U0060661

迤邐文林二十年

歐華作協成立二十週年紀念文集

歐洲華文作家協會 編

執行主編：白嗣宏

編輯組成員：顏敏如、老木、黃世宜、黃雨欣、麥勝梅、
王雙秀、穆紫荊、邱秀玉、林凱瑜

目　次

短篇小說

散文

詩歌

旅遊

微型小說

文化評論

序言

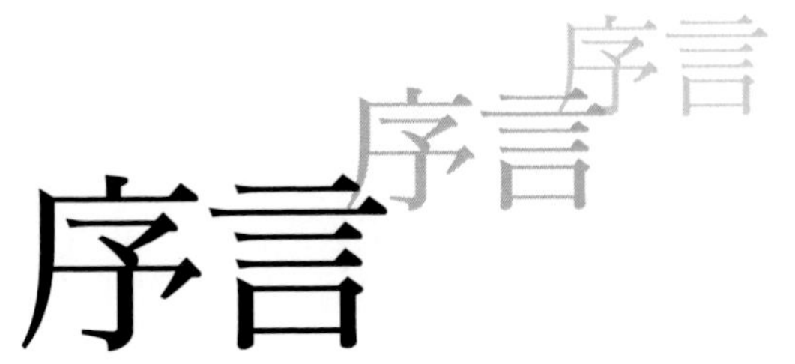

風飛雲會，這邊景色正好

——歡慶歐華作協雙十年華

瑞士　趙淑俠
歐洲華文作家協會永久榮譽會長

那時真的很矛盾，雖然公司給了種種便利，譬如為了不妨礙照顧孩子，允許我在家裡工作，設計圖案做好，派人來取，並漲薪資。卻仍穩不住我的心：回歸文學的意念已在我腦中鼓動了很久，難的是缺乏放下手上那隻畫筆的決心。猶猶豫豫的拖了好幾年，直到一九七二年，把心一橫，將一切作畫用物，紙張，白綢，顏料等等，都分送給同事們。終於停止了美術設計工作，回歸到我少年時代就想走的文學路上。

從那時起，我的寫作之筆便沒停過。到一九八〇年代中期，已出版二十來本小說和散文，其中多種是海峽兩岸同出。接著翻成德語的短篇小說集《夢痕》（Traumspuren）和《翡翠戒指》（Der Jadering）也問世。我個人的文學腳跟已站穩，似乎該做點服務性質的事了。我想：諾大一個歐洲怎可沒個華文文學的「文壇」！僅靠三兩個出名的作家是稱不上文壇的。文壇如花壇，要有四季盛開經久不斷的紅花綠草。那應該是一夥愛好文學的人，共同耕耘的美麗園地。這些想頭使我萌生組織一個文學會社的念頭。

其實我早就希望歐洲能有一個華文文學的會社。但這會社從那兒來？誰來號召，誰來組織？難道我自己上陣嗎？那怎可能！我住在華人稀少的瑞士，彷彿是二十世紀中華文化的蘇武，多年來「悶頭苦寫」已屬不易，讓我再一次開天闢地如何使得！但後來環顧左右看看，覺得這個燙手山藥還真得我來接，否則沒人肯管這閒事。於是，我開始了搜索工作，像偵探一樣探尋哪兒有華文作家，哪個作家住在哪兒？

歐洲華人社會在生態上起了根本性的變化，是近三十年的事。隨著中國大陸的改革開放，臺灣的注意力也不再只集中於美國，兩岸都有大批的留學生湧向歐洲。其他方面的交往，譬如經貿，科技，藝術和文化方面，也漸漸的有了接觸。對歐洲人來說，中國不再只是地理上的名詞，而是與之有千絲萬縷關係的實體。在變化中的新僑社裡，知識分子佔了很大的比例，其中有愛好文學，以寫作為專職的，但他們在哪裡，哪國哪城，門牌幾號可有人知？一個孤軍奮鬥的旅歐華文作家，雖有打開局面的決心，實際上是難得不知從何著手。

由歐洲的華文報刊上，我讀到許多旅歐作家的作品。他們在自己的居住國，繁忙工作之餘，偷閒默默耕耘，寫出洶湧在胸懷中的感情、感想、感覺。字裡行間看得出，這些寫作人是孤單而寂寞的。如果組織一個文學會社提供以文會友，相互切磋的機會。想來會得到支持。但我僅知他們的名，不識人，更不知住址，只好大海撈針一般，寫信到各國的相關機構請求幫助找作家。發出的數十封信絕大部份有回音。偏遠國度，如北歐諸國和希臘和葡萄牙等，都回信說當地「沒有華文作家」。但也有幾個國家，如法、德、意、比利時、西班牙等國比期待的更多，遺憾的是他們只知其名，卻不知住在何處。於是我再寫信去拜託協助，研究聯絡方式。那一年裡，一向懶寫信的我，少說也寫了上百封的信，另加無數個長途電話解釋：在那個兩岸交往還不像今天這樣暢通的時代，我的「在歐洲華文文學的大前題下，不管他和她從那裡來，都是我們的文友」的言論，無可避免的會引起很多人疑慮。說服作家們成為會員不是易事。

一九九一年三月十六日，經過一年多的努力與摸索之後，「歐洲華文作家協會」在巴黎成立。建會的籌備工作，是當時的巴黎會員執行，我則每天以電話連繫。

屬於歐洲的，具有歐洲特色的海外華文文學社團，終於具體有形的誕生了。是歐洲有華僑史以來，第一個全歐性的華文文學組織，成立大會原訂於三月初。因為突然聽說寫小說的鄭寶娟在法國，以文學創作和電視播報雙得名的眭澔平在英國，我便決心要找到他們，將會期推遲來等待。結果這兩位早慧的作家終於被找到。那時鄭寶娟三十二歲，已出書數本，她在讀大學二年級時，以長篇小說《望鄉》驚豔文壇，眭澔平是暢銷書作家，知名媒體人，在臺灣家喻戶曉，那時三十歲，在英國攻讀博士學位。鄭，眭，在創會會員六十四人中，是年紀最輕的。

我和創會元老們，除余心樂和呂大明，與其他人如郭鳳西，麥勝梅，王雙秀，楊玲等，都是大會成立前夕，在我們住宿的「伯爵旅社」晤面，有的是在成立大會會場上初次相見。現任會長俞力工也是創會元老，本說要來，卻因臨時有事缺席，所以成立大會時沒見到。

余心樂原是瑞士蘇黎世大學學生，後來留下就業，相識多年。但我從不知他會寫小說，直到有朋友聽說我在組會，告知我《歐洲日報》上的推理小說〈松鶴樓〉是朱文輝寫的，才知他有一筆名叫余心樂。與呂大明見面，是因為創建世界華文作家協會，已奔走策劃數年的符兆祥先生，得知我正為成立歐華作協在作籌備，要到歐洲看看究竟，若是情況合適，便擬將歐華納入在未來的世華大家庭之內。約好在巴黎相見，我應允一定邀到旅法作家呂大明。巴黎商談後都覺滿意，當即決定歐華為世華的洲際支會之一，歐華成立後，總會將給予支持。那是我與呂大明的初次相識。符兆祥則於八〇年代在臺北有過一面之雅。歐華成立大會之時，符兆祥和那時的《聯合報》副刊主編瘂弦先生，《中央日報》副刊主編梅新先生，遠從臺北光臨來做嘉賓，使我們的成立大會生色不少。

這段過程，是我多年來的一貫記憶，堪稱刻骨銘心，但卻與某幾位文友弟妹的記憶不太一樣。我曾為與他們一致做了修改。但改後心裡不安，因堅信自己是對的，一個作家不該寫自己不相信的東西，是我一向的信念。所以又改回來。我想要怪只能怪時間，年代太久遠，每個人都可能有屬於他個人的記憶。事實上決定在巴黎建會後，我曾兩度單身去巴黎。那時以巴黎的文友最多，我與他們商談的事情，並非每個未來的會員都清楚，也無機會向大家報告。我想可貴的是我們的會已成立，而且發展得如此美好。不如就容每個人任由自己的認同、保存這點模糊而美麗的記憶吧！

「歐洲華文作家協會」的誕生，受到國內外文化界的重視。大會成立當晚舉行餐會慶祝，連來賓共一百多人。還請來國樂家演奏，倫敦的華僑京劇票房來表演清唱。第二天歐洲日報和臺北聯合報副刊以全版給出專刊。認為「歐洲華文作家協會」的成立，很有氣勢和意義。而且我們以「歐洲華文作家協會」的名字，向會址所在地的法國政府文化部，及臺北的僑務委員會正式註冊立案。這樣做，因我們志在整個華文文學和整個歐洲。

說起來很好玩，有點像中國人辦婚禮，小門小戶也要虛張聲勢，場面堂而皇之，大日子一過立即回家勤儉務實的過日子。歐華也是這個作風，屬於我們自己的家已經建立，未來就要學著「巧婦要為無米之炊」，在沒有任何經費的支持下，要能自力更生，勤懇寫作，篤實推行會務。

我們這群身負中華文化「包袱」，也多少受到一些住在國文化特色的薰陶，既不同於母國的本土作家，也不同於僑居國的作家，彷彿已習慣了以這兩種特質的混合觀點來看人生，看世界的熱愛文學的「邊緣人」想做甚麼？當時就有人開玩笑說：「我們該不是要用筆桿子起義吧！」

我們當然不是要起義，而是要做事，想叫顯得有點冷清的歐華文壇興盛起來，想讓主流社會知道，在他們的國土上有用方塊字寫詩，寫散文，寫小說的東方移民。世界很大，華人的移民潮方興未艾，我們想與別洲的華文作家接軌，希望有華人處就有華文文學。最重要的事莫過於要營造一片園地，有效的向前發展，避免重蹈「天狗社」的覆轍：「天狗社」是徐悲鴻和張道藩等人，二〇年代在巴黎建立的文學會社，當時興旺一陣因後繼無人而結束。

二十年的山山水水，歐華作協走過的路算得漫長，我們做了點甚麼嗎？雖然我們有心，周圍的環境是否能任我們揮灑自如？正如我們會中年紀最輕，受過最專業的文學訓練，會員黃世宜寫給我的信上所言：「歐洲不像東南亞，不是美加澳，是西方文明藝術的發源地，移民政策也抓得更緊，這裡的華人有更深切的惆悵孤寂感。在這片處處是文采的大地上，我們這群炎黃子孫要為自己的文化做些甚麼，需要加倍又加倍的努力。」

大會成立前夕，我們鄭重其事的制定了會章，其中有一條是：「提攜後進培植新人」。我認為這一條非常重要。由於本身的經驗，我深深認識到海外華文作家生存之不易，而我們這些會員都是第一代移民，當這批人退下之後誰來接手？歐華作協既已成立，就當代代相傳，屹立於世。承文友們的信任，一致推舉我為首任會長，從扛起擔子的第一天，我就注意這個問題，總鼓勵文友們多創作，發表，出書，並要不斷地與當地的主流文化團體，或大學的漢學研究部門，合作舉辦活動。

十年前我移居美國紐約，將這個正在發展中的文學組織，整個交給那群與我一起打拼的兄弟姐妹。他們一刻也沒停歇，積極推展會務，以文會友，相互切磋，努力的書寫，培植了不少新作家。

歐華作協自協會成立以來，已經出版了三本會員文集。第一本《歐羅巴的編鐘協奏》於一九九八年出版。二〇〇四年的《歐洲華人作家文選》為第二本。二〇〇八年，第三本會員文集，

《在歐洲的天空下》也出來了。今年為了紀念創會二十年，居然大手筆的建立了「歐華作協文庫」。

歐華作協無固定經費支援，能保持正常運作良性發展已屬不易。坦白的說，像創建文庫這樣的大動作，是我在發起組織這個會的初期，從未明朗的出現在藍圖之內的。如今「歐華作協文庫」已然誕生，顧名思義便知：「文庫」的目標不是只出眼前幾本文集，而是要源源不斷的推出新作，不論會員們個人創作，還是集體合出專書，也不論是那種文類，只要是歐華作協會員的作品，都可收入文庫之內。第一批四本，類別多樣化：《對窗六百八十格——歐洲華文作家微型小說選》、《東張西望——看歐洲的家庭教育》、《歐洲不再是傳說》，和一本歐華作協二十華誕紀念文集《迤邐文林二十年》。

歐華作協的規模並非很大，但信心，勇氣，氣魄和成就是罕見的。很實在的說，歐華作協能做成的事，很多其他的會社未見得能做到。一般團體中易犯的毛病：如爭名奪位，忌妒，互相毀謗，一心為己等人性中的弱點，歐華的同仁們不會犯。我常說歐華作協成員最寶貴的資源，除了與生俱來的寫作才華外，是他們都有最佳的團隊精神，和一顆坦然大度的心。大家兄弟姐妹相稱，彼此謙讓，推崇，一人得了榮譽全體為之歡呼。他們愛文學，愛自己所屬的這個團體，真心誠意的相處，希望把會發展得更好。這樣的一個文學團體是可以做些事的。

歐華作協想與別洲的華文作家接軌，也完成了一些心願：每兩年舉辦一次雙年會，並盡力爭取與當地的著名學術機構合作，以求廣交天下志同道合的文友。一九九三年在瑞士伯恩的年會是與蘇黎世大學合作；一九九六年在德國漢堡開會，與漢堡大學同具名；一九九九年與維也納漢學界合作；二〇〇五年與匈牙利漢學界；二〇〇七年與捷克漢學界等合辦文學研討會；二〇〇九年在維也納召開第七屆的年會，是和中國內地專程組團前來的文壇先進們、進行交流與合作。

眼下是文學的黯淡時代，兩岸三地，隨時可聽到「文學就要死了」的聲音。文學真的會死嗎？我的回答是：「不會。」至少從歐華作協看不出文學的衰敗之相。歐華作協的會員精誠團結，不管來自何方，都是會中兄弟姐妹，在會中的份量都同樣重要，對會務也都有熱情承擔。每個人在自己的領域裡用功書寫，在個人耕耘的同時，歐洲華文文壇自然就更形豐茂，紮根亦愈深。歐華文學未來將不斷的增加新血，一代接著一代，會把這塊在沙漠中灌溉出的綠洲，漫延得更堅實廣大。如今的「歐洲華文作家協會」會員來自十九個國家，掌握十三種語言。這是歐華的作家們，對「海外華文文學史」所做的最自豪的工作。

歐洲和中國一樣，都有古老而豐富的文化。有文化的民族最懂得尊重不同文化，所以在歐洲，歐華雙方文化交流之際，總在尋找異中求同的平衡點。歐華的作家們都有完整的中華文化背景，但也都有雅量去發現歐洲文化的精邃之處，求自身文化的精益求精。歐華作家們秉持著這些理念，並無文化悲情，他們懷著欣愉的心緒，在自己選擇的新鄉里，找尋文化的對流與融合。在歡慶歐華作協雙十年華的今天，只覺風飛雲會，這邊景色正好。

異鄉的野楊樹

奧地利 俞力工
歐洲華文作家協會會長

二十年前，歐洲華文作家協會初創時，我正搬進一戶蝸居至今的排樓。彼時，後院的無尾巷邊，長著一株約莫一尺高的野楊樹。所謂野，是指它來路不明、乏人照料、形態一般、搖曳卻不生姿，因此竟沒讓常聚在這兒玩耍的孩童把它一腳踹倒。

二十年間，一天天看著楊樹茁壯成長，一株株幼苗沿著樹根，竄出頭來向周邊探望。春去秋來，與之對襯的是斑駁色褪、久欠維修的一棟棟排樓。當楊樹攀升到二十尺高時，炎夏烈日已穿透不了濃密的枝葉，於是排樓室內的溫度沒有隨著全球暖室效應而提高；往年經不住日照而逐漸萎縮的茶花，終於擺脫了曝曬煎熬，以累累花苞宣示生命的歡愉。

二十年後，歐華作協也在默默耕耘中開花結果，一冊冊單行本，一部部集體文選相繼問市；注入的新血不斷添枝加葉，無聲無息地擴張到十七個歐洲國都。時光荏苒，與之對襯的是十來位創始會員，鬢髮斑白，體力日衰，卻時時感到歐華作協這棵大樹春意依舊盎然。

它曾經是株隨風飄落在歐亞大陸另一端的文化幼苗，幾經掙扎和努力，二十度春花秋月卻使它落英繽紛、陡峭崢嶸。

迤邐千山的弱冠

瑞士 朱文輝
歐洲華文作家協會副會長

一九八〇年代末期，正是全球政治氣候風起雲湧，人心和思潮開始起了驚天地而泣鬼神變化的年代。在中國，有四人幫倒臺之後的改革開放政策；在臺灣，隨著蔣經國的去世，民主運動與開放大陸探親方興未艾；而東歐也傳來陣陣「蘇東波」的震撼。那個年代，西歐有一批客居異鄉的兩岸留學生和知識分子，在寄居地一面擁著思鄉情懷，一面為學業、事業與家業打拼之餘，孜孜不倦地執起筆桿蘸著墨水，一字一句寫下他們離鄉去國的心頭感懷和遠土異地的所見所聞，進而攙扶著心靈，娓娓述說海外遊子的人生逆旅。那年代，沒有當下普遍而先進的個人電腦，更沒有手機簡訊的玩意兒，所擁有的只是一枝健筆和滿腔的書寫熱情。那年代，能讓這些文學藝術愛好者馳騁的，是兩岸三地（如大陸、臺灣、港澳）還有海外華文世界（例如美、加、英、法等國）報章雜誌的副刊版面，而在當時的西德，則有臺灣留學生主持的手抄版刊物「西德僑報」。當今歐洲華文作家協會許多書寫健將，都是那個年代在僑報的版面中一期一期磨刀試劍淬練出來的。

話說那個時期，我也是在蘇黎世大學蹲點後出來就業之餘，不免也喜歡藉著稿紙塗鴉囈語的「老青年」（年近不惑了）之一。雖然也定期在臺灣的報紙副刊和專業雜誌寫點東西，但多是些文學成熟度不夠的塗鴉，嚴格說起來，是比較屬於大眾文學領域的偵探推理論述與創作，與同樣是生活在蘇黎世的文壇先進趙大姐淑俠比起來，我是文學海洋當中的一隻小蝦米。早在一九七〇年代中、前期，「趙淑俠」這三個字便已在我腦海中根深柢固，成為只可欽仰卻無法一睹蘆山真貌的傳說中人物。主要是我寄居在國際留學生宿舍裡，每日展讀寄自臺北航空版《中央日報》副刊的長篇連載小說〈我們的歌〉，天天追讀小說情節裡那女主角余織雲來歐留學前前後後的故事。趙大姐筆下所描述的歐洲情懷以及三教九流華人的萍飄際遇，都讓我們這幫留學生以及在此落戶生根的僑胞感到那麼地熟悉，乃至會有一抹濃濃的親切感，慰藉了離鄉漂泊在外的孤寂。這部洛陽紙貴的小說，自然也拉近了當時散居歐洲各國臺灣留學生的距離，不管是瑞士或其他歐洲國家，每在各種聚會活動的場合，「你讀過〈我們的歌〉沒有？」、「你來自蘇黎世，認識趙淑俠女士嗎？」定然是大家熱烈交談或我被問及的話題之一。

猶記得一九八四年二月，我在臺北的《中央日報》副刊發表了一篇記述趙大姐在蘇黎世大學的一場德文演講，將她不同於原鄉華文寫作取材範圍，更是有別於傳統「留學生文藝」的創作取向——中國當代文學的新型式——報導出來，於是她便知道在瑞士也有這麼一個來自臺灣而且喜歡閱讀和書寫的中國人。後來，因為我工作上的關係，在僑界的活動中便與趙大姐有了直接認識的機緣。一九八八年三月，我又報導了她應國際婦女協會瑞士溫特圖市（Winterthur）分會之邀在聚會中發表有關中國女作家在瑞士寫作甘苦談的演講，並報導她為了重新定位賽金花的女性角色而不辭辛勞旅行跋涉，廣蒐中、德、英文史料，以便撰寫歷史長篇小說〈賽金花〉（原來打算取名為〈狀元夫人〉）的歷程。及至一九八七年我在臺北的一本專業雜誌發表了每月一篇的連載專文系列「世界偵推文學面面觀」以及一九八八年十一月在巴黎華文《歐洲日報》發表我創作的第一個中篇推理小說〈松鶴樓〉，引起也訂有該報的趙大姐對我注意，事後更有機會做面對面的深入交談。她說：「印象中只知你愛好文學閱讀，可不知你還會創作，而且下筆的居然是高難度的偵探小說！」自此，我們才算正式結下文學姐弟之緣。她不斷鼓勵我勤於創作，總說，要不停地寫，文學生命才得以延續。

一九八九年十二月，是我在她鼓勵之下創作成績最為豐收的一年。我的一個短篇和一個中篇小說同月在臺北分別獲得徵文佳作獎和首獎。我們之間的文學交流與討論便有了更進一層的互動。有一天，在某個文學熱情衝動的激發點上，大姐忽然滋生籌組歐洲華文寫作朋友定期聚會的組織，以便可以相互交流創作經驗與心得的想法。她問我這個構想實不實際，並希望我能協助提供她臺灣派駐歐洲各個代表處文化組或新聞組的聯繫地址與電話，以便她逐個去打探旅居歐洲各國華文寫作朋友的資訊。結果，在短短的一年之間，她日以繼夜馬不停蹄地按著手頭蒐集來的名單（絕大部份是她自己設法弄到手的），顧不了那個年代昂貴的國際電話費，不厭其煩地一個接一個給認識的或不認識的寫作朋友打電話，把心中的理念和計劃娓娓道來，當然，我是個文學後輩，公餘跟在一旁打雜學習，幫點文書聯繫的小忙，倒也其樂無窮。

經過一年的辛苦籌劃，大姐登高一呼招兵買馬的壯舉倒也感動了許多從事紙筆耕耘的志士，紛紛報以實際的行動來熱烈響應。逐步克服了聯繫上以及和各地文友在時間協調安排方面的萬難之後，就在一九九一年三月中旬作協成立前夕，首批來自西歐各國的文友約近二十人，齊聚在巴黎第十三區一家華人客棧「伯爵飯店」樓梯口的一個小角落，共商組織作家協會的大事，我們這幫兄弟姐妹們就這麼你一言我一語地討論起如何落實行動的大計來，也在因陋就簡的景況下完成了這樁神聖的揭「（筆）桿」起義之舉（後來這批「志士」都「非正式名正言順地」被封為「創會元老」了）。一九九一年三月十六日下午，歐洲華文作家協會便在巴黎市盛大而隆重地舉行成立大會，當時還在籌劃中的臺北「世界華文作家總會」秘書長符兆祥先生還有其他好幾位文壇先進如聯合報副刊主編瘂弦和中央日報副刊的主編梅新兩位先生都專程遠自臺灣飛來巴黎捧場祝賀。當晚，有僑委會、文建會和外交部及新聞局的慷慨贊助，於是得以包下一個中餐館的樓層，舉辦了一場百餘人的盛大熱鬧餐會，還請來國樂演奏，倫敦的京劇票友更來表演一段清唱助興。那場聚餐連來賓共計百餘人，氣氛熱炙。作協除於會址所在地向法國政府文化部正式註冊之外，另亦向臺北的僑務委員會正式登記立案。

歐華作協成立之後，在趙大姐兩任會長期間內（一九九一至一九九六年），恪遵「增強旅歐各國華文文友之聯繫，以筆會友，相互切磋，提攜後進，培養新秀，發揚中華文化，進而協助旅歐華文作家融入世界華文寫作社會」的創會宗旨，無時無刻不像母雞帶小雞般藉著率團出席世界各地區華文作家藝文活動的機會，擴大本會文友們的參與經驗，廣交天下志同道合的文友，大公無私、殫精竭慮為文友們的作品找發表的園地和出版機會，盡其所能大力推薦文友向各地區的文壇進軍，並且利用本會每兩至三年選擇歐洲各大城市舉辦年會的機會，與當地的學術界（譬如大學漢學系）和非以華文為創作語文的文學社團合作舉辦文學研討會，藉以發揚中華文化，促進華洋藝文交流，成果豐碩，均有紀錄在卷，茲舉其中犖犖之大者：一九九三年在瑞士伯恩與蘇黎世大學、一九九六年在德國與漢堡大學、一九九九年與維也納漢學界、二〇〇五年與匈牙利漢學界，以及二〇〇七年與捷克漢學界等合辦文學研討會。二〇〇九年在維也納召開第八屆年會更是和中國內地專程組團前來交流指教的文壇先進們（上海文藝出版社總編郟宗培先生、《北京小說報》主編趙智先生、世界華文微型小說協會秘書長凌鼎年先生等人）進行交流與合作。近數年來，隨著歐華作協的日益成長茁壯，文友們出書發表的成果也日見豐碩，繼二〇〇八年由臺北九歌出版社推出由丘彥明文友主編的旅歐華文作家文選《在歐洲天空下》之後；二〇一〇年大夥更是通力合作執行二〇〇九年在維也納年會討論通過的決議——分工策劃推出歐華作協微型小說專輯《對窗六百八十格》、以歐洲為背景的人文旅遊專輯《歐洲不再是傳說》以及討論以歐洲家庭與兒童教育為主旨的專輯《東張西望看歐洲教育》，均分由臺北秀威出版社以繁體字和大陸出版單位以簡體字推出，對於促進兩岸三地華文世界書寫創作的觀摩與交流作出了甚有意義的貢獻。

如今，歐華作協經過二十年的千山迤邐而行，一路走來，會友人數不斷增加，由當年臺灣旅歐寫作會員佔多數的局面逐漸演進到大陸文友也不斷報名入會參與活動的盛況。在首任會長趙淑俠之後復有朱文輝、莫索爾及俞力工三位會長傳承銜命，接下趙大姐的棒子努力經營，加上各國理事與文友們的熱心支持，和諧相攙，互助共進，會務蒸蒸日上，歐洲華文作家協會這塊招牌也得以愈擦愈為光亮。

二十年的歲月，歷經苦甘酸甜的成長路程，歐華作協經由當年趙大姐播種萌芽、呵護植養、乃至今天的雙十年華，果實累累，依中國古制便是要舉行弱冠成年的大禮。我們站在當下全球化的書寫環境裡，至應以不亢不卑的態度來面對文學創作，在我們緬懷過去披荊斬棘的奮進歲月之同時，不要忘記還有更長遠的路要走，更深的水要涉，我們千萬不能鬆懈今後創作無間的心志和提升自己心靈的宏願，在懷著欣喜的心情慶祝歐華作協二十週歲生日的前夕，願以下列幾行字句表達祝禱之意——

〈弱冠〉

挺起胸膛拉直背脊
欣然戴上這頂禮帽
生命的爆炸力
引燃青春的火苗
在麵包奶酪和牛排的盛宴上
將龍族的傳承
以新菜的姿態

藉著色香與鮮美
接受食客味蕾的驚豔

這是一場不會結束的筵席
文火慢燉慢熬的精品
還要一道接著一道端出
和世界美食分個春秋
耐嚼和口感
就看咱們漢唐食譜爭不爭氣
西菜中吃
中菜西吃
不過是個形式

酒醉飯飽之餘
千萬莫要忘卻
還有更遠的路要行走
好山好水
總要柳暗花明來托襯
這方園地的朋友你和我
勤讀勤耕
播撒來自黃土地的方塊種籽
讓它天涯海角開結花果

作者的話

我們都是在歐洲安身立命的龍族。文化的傳承與播揚，在洋文環境中以方塊文字筆耕書寫，有怎麼樣的期許和遠景，這是我們歐洲華文作家協會甫滿弱冠之年的當下所應思考與面對的一道課題。

感言與賀辭
感言與賀辭

感言與賀辭

海內存知己，天涯若比鄰

——祝賀「歐洲華文作家協會」成立二十週年紀念

中華民國 符兆祥
世界華文作家協會秘書長

二〇一〇年十二月十四日住在紐約的趙淑俠大姐打電話到臺北給我，要我為他證實一九九〇年「歐洲華文作家協會」在巴黎協商成立的經過，協商的地點、時間、有哪幾位朋友，預定幾時召開籌備會議，邀請哪些人擔任籌備委員，以及將來在哪一個國家註冊等等。趙大姐是『歐洲華文作家協會』的創辦人，成立的經過及二十年的成長過程，一定比我更清楚，作為『歐華』的催生者，我的感覺是：祝福他們繼續成長，創建另一個美滿的二十年。

目前，我正在籌辦二〇一一年與在大陸廣州暨南大學合作舉行「中國世界華文作家學會」和「世界華文作家協會」的「世界華文作家」第八屆大會事宜，趙大姊的電話，將我從二〇一〇年拉回到一九九〇年的時光，更證實了光陰如流水。

「世界華文作家協會」是由「亞洲華文作家協會」、「歐洲華文作家協會」、「北美洲華文作家協會」、「大洋洲華文作家協會」、「南美洲華文作家協會」、「中美洲華文作家協會」、「非洲華文作家協會」等七大洲的作家協會共同組成。

為什麼要七大洲協會組成，因為當時國內（臺灣）要成立一個國際組織非常不容易，按照中華民國內政部的人團法的規定，一定要五個性質相同，同時在當地有註冊的組織共同申請才能註冊。

「亞洲華文作家協會」是一九八一年成立的、「歐洲華文作家協會」、「北美洲華文作家協會」（包括加拿大）是一九九一年三月暨五月在巴黎、紐約成立、「世界華文作家協會」則經過十二年在臺北成立。「大洋洲華文作家協會」（包括澳洲、紐西蘭、美屬薩摩亞、所羅門共和國）則在一九九七年在澳洲墨爾本成立、「南美洲華文作家協會」於一九九九年在巴西聖保羅成立、「中美洲華文作家協會」於一九九九年尾在哥斯大黎加成立、最晚的「非洲華文作家協會」遲到二〇〇二年在南非的約翰尼斯堡成立。

「世界華文作家協會」經過漫長的二十一年終於組織成功。

二十一世紀開始，整個世界在全球化和中國大陸經濟起飛的狀況下，華文開始受到重視，華文文學是反映現實生活的一面鏡子，因此，集合全球七大洲、一百多個國家、地區、三千多名華文作家共組成的「世界華文作家協會」開始得到世人的重視，「世界華文作家協會」如何在一盤散沙、龐大的華人社會中整合組織成功，引起許多有心人士的研究。

「世界華文作家協會」成立的宗旨是團結中華民族、復興中華文化。有鑑於百年以來，中華民族歷經無數的天災人禍，整個社會為之支離破碎，人與人之間只有猜疑、鬥爭、仇恨、文化沉淪，我們的目的是以文會友，恢復中華民族血脈相連的生命共同體，利用在各地區、國家生活的華人在優越的條件下，融入當地社會，促進——母國與居留國之間的合作與貢獻。

不談政治、不談宗教、不談種族，以達到海內存知己，天涯若比鄰。

二〇一〇年海峽兩岸經過五十年的疏離，目前在團結中華民族、復興中華文化的共識下攜手合作，共同舉行「世界華文作家」大會，尋求共識、建構華文文學的世界地位，我想，這也是「歐洲華文作家協會」二十年前成立的共識。

賀歐洲華文作家協會成立二十周年

美國 吳玲瑤[1]

早在美國留學生文學之前，我們已經廣受歐洲留學生如徐志摩、蘇雪林等為五四新文學運動所帶來的衝擊，如今這片土地上的歐華作家們承繼著這樣的傳統，身在異國以宏觀的角度看世界，相濡以沫意念堅定地書寫著，創作屬於人生精采的一頁，更行更遠。走出一條自己的路，二十年來繁花碩果儼然成為一個獨特的華文文學中心。

二〇〇七年參加過一次歐華作協的活動，是一次愉快的經驗，玩遍捷克之餘，非常佩服這小小的精英團體，井然有序把會開得這樣好，來自十幾個國家的文友臥虎藏龍合作無間，會長能幹無私的領導提振了聲勢，作家們找到了交流的渠道，把寫作的歷程串成共用的經驗。更羨慕他們選集一本一本出，作家各有創意頭角崢嶸，散葉開枝成為美麗的心靈風景。

[1] 吳玲瑤女士，西洋文學碩士，著有《美國孩子中國娘》、《女人的幽默》、《明天會更老》等四十九本書，海外華文女作家協會第十屆會長。

創作的本質是孤獨

美國 周芬娜[1]

創作的本質是孤獨，漂泊海外的作家尤其孤獨。在海外以文會友，相濡以沫，是所有海外文學社團創立的宗旨。小而美的「歐華作協」多年來親愛精誠，合作無間，致力於華文文學創作，推動歐洲華文教育，構築了一個文學的烏托邦，無疑是個中佼佼者。適逢「歐華」二十周年慶，在此獻上最誠摯的祝賀。

[1] 周芬娜基金會執行長，前海外華文女作家協會會長、自由作家。

歐華作協最可貴的地方

美國 陳漱意[1]

一九九七年歐華作協在布拉格開會，我那時正在寫長篇（無法超越的浪漫），內容編寫自歐華作協前副會長張筱雲真實的故事。

我因此決定去慕尼克拜訪筱雲。筱雲卻恐怕我行程太無聊，一定要我先去布拉格開會。沒有想到那趟開會和之後的旅遊，成為我難忘的記憶。我在很短的時間裡結交到許多朋友，這是我沒有過的經驗。這就是歐華作協最可貴的地方。

[1] 陳漱意為前紐約《中國時報》、《中報》、《華僑日報》、《自由時報》等各華文報紙的記者和編輯，也是海外華文女作家協會的永久會員，曾任海外華文女作家協會秘書長及審核員。

海外華文女作家協會賀辭

海外華文女作家協會

歐洲華文作家協會敬啟：

獲悉歐洲華文作家協會將於五月在世界文化古城雅典召開年會及慶祝協會成立二十週年，我們謹代表海外華文女作家協會的姐妹們表示衷心的祝賀！

歐洲的文化藝術在世界的文化史中佔有重要的地位，也對世界的文明進程產生過重要的影響。歐洲建築特有的彩窗，曾經讓我們目眩神迷。驚歎於那一方方數百格的小小玻璃上，繪著簡單的人物畫面，卻充滿了無限寓意……

《在歐洲天空下》、《對窗六百八十格》那一格格小窗戶，更讓我們看到歐洲的華文作家們，那東西文化交融，卻又天衣無縫地敘述的每一個動人的故事。你們獨特風格的內涵，深沉的筆觸是海外的華文文學璀璨的一頁。

祝賀你們將以別具一格的形式，富有浪漫的色彩的情調來慶祝二十週年的年慶，我們也期待著和你們在海外華文文學的文壇上再聚首！

祝大會圓滿成功！

海外華文女作家協會
第十二屆
會　長　石麗東[1]
副會長　林婷婷[2]
秘書長　劉慧琴[3]
暨全體工作團隊成員

二〇一一年四月二日

---

[1] 石麗東，海外女作家協會會長，廣西義寧人，政大新聞系、所畢業，曾任職臺北中央通訊社編譯及美國《休士頓郵報》資料部，著有《成功立業在美國》（科學篇及人文篇兩冊），獲世華「海外華文創作獎」第二名（1998），「海外華文著述獎」首獎（2004），第十一屆海外華文女作家會長。

[2] 林婷婷，海外女作家協會副會長，菲律賓華裔作家，現為海外華文女作家協會副會長、加拿大華人文學學會副主任委員。曾獲臺灣僑聯總會1993年「華文著述獎」散文類首獎，2010年獲中國「冰心文學獎新作獎」佳作。其他出版著作有英文兒童書及民間文學研究論述。

[3] 劉慧琴，海外女作家協會秘書長，筆名阿木，加拿大華工後代，祖籍廣東臺山，在上海出生長大，畢業於北京大學西語系，移民前為中國社會科學院《世界文學》編輯。八十年代定居溫哥華後為謀稻糧，白天當會計，晚上爬格子，翻譯、創作自娛。

同心同德、互學互幫

中國 凌鼎年[1]

欣聞歐洲華文作家協會成立二十年了，我自然而然想起了「十年樹木，百年樹人」的老話，頗多感慨。如果換一種表述方式，那是否可以說：人生幾個二十年？難能可貴。

也許，在歷史的長河裡，二十年不過彈指一揮間，然而對於一個文學協會，一個跨國的文學團體，一個只有付出，沒有收益的群團組織，能堅持二十年，團結二十年，活動二十年，發展二十年，這確乎是一個不小的成績，甚至可以認為是奇蹟。值此成立二十周年之際，撫今追昔，應該總結經驗，藉以激勵士氣，更應該傳承、發揚這個好的開頭好的傳統，如果再堅持二十年，那將是一番何等的盛景啊，那在世界華文文學史上也必要記上一筆的。

更令人欣喜的是：歐洲華文作家協會不但生存了下來，發展了起來，還在二十周年慶典時，向讀者，向社會奉獻出了驕人的成果——各位會員創作的文學作品合集，有微型小說作品集，有旅遊散文集，一句話：碩果累累，可喜可賀！

1 凌鼎年系中國作家協會會員、世界華文微型小說研究會秘書長、《文學報・手機小說報》執行主編。

據我知道，歐洲華文作家協會的會員遍佈整個歐洲國家，好像極少是原住民，有的移民自臺灣，有的移民自香港，有的移民自大陸，也有移民自其他國家的。總之，政治背景，經濟背景，文化背景，各各不一，年齡層次各各不一：有三〇、四〇，垂垂老矣；有五〇、六〇，創作黃金年紀；有七〇、八〇，風華正茂，雖有代溝，但認同於龍的傳人，共識於華夏一家，因了漢字，因了漢文化，因了華文文學把大家凝聚在一起，唱和在一起。我知道，或許有信仰的不同，或許有政見的不同，或許有審美的不同，但每個會員心中都有一份對華夏文化的崇敬，對中華文學的摯愛，或多或少，或輕或重，都有一個純潔的文學情結，有一個美好的文學之夢，都願為薪傳中華文化，為光大中華文學出力出汗，添磚加瓦。

我看到，你們以文會友，以詩會友，以寫為樂，以寫為榮，切磋交流，砥礪鼓勵，你們的努力是有成效的，你們的奉獻是有價值的，你們添彩的是瑰寶，你們弘揚的是國粹，你們收穫的是精神世界的愉悅，是人生境界的昇華。

讓我們同心同德，互學互幫，攜手推進中華文化、中國文學在世界範圍的傳播。

作為文友，作為同道，再一次衷心祝賀你們的成就。

我相信

中國 冰峰[1]

二〇〇九年五月，我和陳亞美、淩鼎年受俞力工會長的邀請，一起參加了歐洲華文作家協會第八屆年會，並且認識了常愷、李永華、楊允達、何與懷、朱文輝、謝友、李俊柏等朋友。歐洲的清風細雨，潤澤了我的情感，經過這一次的交往，我和歐洲華文作家之間的友誼開始茁壯成長，枝葉茂盛起來。

從此，歐洲這片土地在我的心目中，變得十分親切。只要與朋友談起歐洲，便有許多火熱的話題……而且，我還與常愷合作，於二〇一〇年二月初在維也納舉辦了「二〇一〇中國新春音樂會」和「大美內蒙古國際攝影展」等活動。這也是我參加歐洲華文作家協會的重大收穫之一。

由此可見，歐洲華文作家協會不僅僅是作家之間交流寫作經驗、溝通友誼的橋樑，更是作家之間交流世界文化，溝通全球資訊的紐帶與舞臺。我相信，歐洲華文作家協會在俞力工會長的帶領下，一定會走出一條更為廣闊、更為色彩絢爛的大路。

---

1 趙智，人民文學雜誌社編輯，微型小說雜誌社社長。

短篇小說
短篇小說

短篇小說

夢歸湖邊

德國 穆紫荊

每當燕卿來到那個湖邊時，她總是感覺自己是又走入了那個夢境。

碧綠而閃爍著鱗鱗波光的湖面，隱射著斜斜的陽光。那是一個初春的早晨，清冷的空氣中透著些許的濕潤。燕卿沿著湖邊的小路輕輕地飄著。小路上鋪滿了鬆軟的枯葉，黃褐色的片片相疊，在微微的晨風中梭梭地輕響。小路邊的森林密密又暗暗。有一個人影在林中忽隱忽現。耳中傳來布穀鳥在林中一聲接一聲的歌唱。偶然地，也會傳來幾下清脆的梆梆聲，也是一下接一下的，那是啄木鳥在工作。梆！梆梆！

湖面平整得如同一面鏡子，靜靜地在晨光中舒展著如同一床柔軟而又稠綿的錦緞。燕卿在夢中沿著湖邊的小路輕輕地飄著……飄著……

在燕卿的書房裡，有一隻專門用來存放和中國有關物品的抽屜，比如她小時候的照片、幼稚園的報名單、年輕時代的日記本，以及出國時所帶的一本寫滿了中國親戚和朋友的通訊錄。儘管後來位址和電話幾乎全都變了，作為通訊錄形同廢紙，然而燕卿不但沒有把它扔掉，反而每次搬家時都帶了一起搬過去。

因為，在這個抽屜裡留存了燕卿對故土的一些夢般的原始記憶。這些陳舊而泛黃的紙張和本子一直靜靜地放在抽屜裡。每逢燕卿打開那個抽屜，靜靜地翻閱和流覽時，她都會因著上面那些筆跡而眼眶濕潤。比如父親在那張幼稚園報名單上用其粗大而有力的筆跡在備註裡寫道：「膽小，害怕打雷。」一件如此微小的事情，體現了父母對燕卿的厚愛。讓燕卿從中感受到父母生怕她在短短的幾小時內，若遭遇打雷時會因少了親人的呵護而受驚。

除此之外，還有一個漂亮的打著蝴蝶結的盒子也躺在抽屜裡。燕卿每每拿出來看著它並撫摸它時便心生一股淡淡的暖意。那是一隻小小的紙糊的盒子，除了盒底畫了一條魚外什麼也沒有。而只有燕卿知道，那盒子裡曾裝過一張張美麗而又雅緻的花箋，有的是粉色的，有的是淡綠或淺藍色的。一張張上面都或多或少地寫了一些話。那還是當燕卿年輕時，一個自稱是魚的男子所寫給她的信。

已記不清是哪一年的夏天了。燕卿常常喜歡在湖畔的一塊石頭上坐著看風景。還記得那一年湖畔的野薔薇開得特別地旺盛。那一天，當燕卿像往日那樣閑坐著時，風吹花顫，野薔薇的花瓣隨風飄零。有幾片不經意地落到了燕卿的身上，讓當時也正在湖畔閑坐著看風景的魚扭頭看見了，便舉手叫燕卿別動。他說，燕卿的藍衫襯著綠水，又被幾片紅色的花瓣點綴了實在很美。如果燕卿不介意的話，他可以用燕卿手裡的相機為她留個影。燕卿卻指了對方的頭笑，魚被笑得莫名其妙地摸了摸頭，只見從他自己的頭上也摸下兩片野薔薇的花瓣來。於是魚便也不自禁地跟著燕卿一起笑了。

燕卿便是如此認識了魚的。那一年的夏天，魚也常常在湖邊坐著看風景。燕卿對他的身影是熟悉的，然而卻也沒想過有一天會和他說起話來。還記得魚當時在自我介紹時說，他只是一條在湖中隨波逐流的魚。於是燕卿便也說自己只是一隻在天上順風而飄的燕。魚聽了說：「啊哈，原來我是在水裡，妳是在天上。」燕卿隨之也笑了，說：「你在水裡遊，而我在天上飄。」「啊哈！」魚聽後又點點頭，便沉默不語了。

如果不是因為當時的年輕，如果不是因為那個夏天的傍晚，有點過於地令人舒適，原本兩個萍水相逢，只是偶然在一起欣賞著湖畔落日的人，是不會說話的。而那一刻，對燕卿來說，真正的姓甚名誰似乎也不重要。重要的是獨處時，有個人在你的邊上和你說著一些讓你覺得還有些意思的話。多少年後，每當燕卿看著這個空盒子的時候，她還差不多能記得魚所說過的每一句話。那天魚和燕卿說了自己的名字後，便接著說他是個沒家的流浪漢。

流浪漢有自願和不自願的。燕卿倒是曾認識過兩個自願的，一個是當年未滿十八歲便離家出走闖蕩到柏林去的小叔子。十幾年裡，家裡誰都沒有他的消息，後來當他終於過夠了流浪的癮頭回來後，燕卿曾聽他說，無奈得山窮水盡之時也曾坐到大街上去伸手討過錢的。另一個是燕卿的朋友，他曾為了應徵一份工作退了房子來到遠方的一個城市。而到了以後，才知道工作沒了，他不肯告訴家人，於是便做了足足兩個多月的流浪漢，一邊流浪一邊找工作。餓了在火車站的流浪漢救濟站裡排隊領碗湯喝，晚上則和其他流浪漢們一起擠在市郊給流浪漢們所準備的集裝箱裡。這樣的流浪精神，在中國人看來是很不可思議的。然而燕卿在德國的時間已經夠長，倒也見怪不怪。只是總以為流浪漢在一般人的眼裡都免不了幾分愁苦潦倒的神態，而此刻在燕卿眼前的魚，卻是一個渾然不覺自身潦倒，反而在美麗的景色前還會湧動出勸燕卿留影的頗具幾分詩情畫意的人。

後來燕卿便把手裡的相機給了魚。魚欣欣然站起來為燕卿左右都各照了一張後，才又滿意地坐下。還記得那天湖裡的水因著接連幾天的下雨，水面變得很寬，水位漲得很高。平時灰灰的湖水，此時變得厚厚的墨墨的，如一層蠕動的由植物所組成的被子漂浮在兩岸的中間。傍晚的夕陽正在西下，河面上灑下了星星點點的光斑。魚看了看正獨自面對著湖面出神的燕卿，突然示意她和他去湖邊的那塊石頭上坐。坐下後他當著她的面，解開了自己的鞋帶，然後對燕卿抬了抬手指。後來，每次當燕卿回憶起這一幕時，都驚訝魚幾乎沒對她說過一個字。

魚就是這樣用手指，微微地示意了一下，燕卿便跟了他，坐到了石頭上。不過燕卿並沒有鬆開她自己的鞋帶，她只是好奇地看著魚，看他做什麼。而魚把鞋子脫掉了。脫掉鞋子以後，魚又繼續把襪子也脫掉了。脫完襪子後的魚光了一雙腳，看著燕卿，然後伸出一根手指向燕卿的腳示意著，燕卿猶豫地搖了搖頭。魚便收回手指不再理會她，自顧自地把一雙光腳插進了水裡。燕卿觀察著魚，只見他輕輕地從鼻子裡哼出一聲「嗯」，便無比舒服地閉上了眼睛。那副神態如同咽下一口茅臺美酒，燕卿不由得暗生羨慕。

過了片刻，燕卿見魚一直閉著眼睛享受著，便不動聲色地把自己的鞋子和襪子也脫了，學著魚的樣子，把一雙腳探入水裡。

「啊！」入水的瞬間，燕卿一聲尖叫，差點從石頭上滑下水去。魚被燕卿的驚叫一嚇，睜眼道：「出了什麼事？」燕卿哆嗦著牙關說：「水，好涼……」魚聽了只輕輕地噓了一聲說：「不是好涼，是好舒服。」說著他伸出自己的手臂，摟住了燕卿的肩膀。讓燕卿靠近他，穩住了自己。然後他們的腳便在水下輕輕地動著。

一會是魚的腳，在燕卿的腳背上，把燕卿的腳踩下去，一會又是燕卿的腳在魚的腳背上，把魚的腳踩下去。如此不久，一股清爽的涼意便從腳心升起，酥酥地麻醉了燕卿經年來的疲勞。燕卿微微地歎了口氣，說：「唉，如果一個人不需要活著，就這樣坐著也很好。」魚沉默地拍了拍燕卿的肩。許久之後，他自言自語地說道：「現實是殘酷的……」

現實是殘酷的。那天傍晚分手以後，魚就不知去向了。然而分手時魚記下了燕卿家的地址。因為燕卿說：「讓我們保持聯繫吧！」於是燕卿後來便有了來自魚的隻言片語。魚居無定所，然而所用的信紙卻不是香煙殼子或麵包口袋，而是一些不知道他從哪裡去弄來的色彩柔和的花紙。一張一張的，或大或小，或粉或綠，讓燕卿幾乎以為自己變成了一個十六七歲的孩子。

魚的信寫得很簡短，隻言片語的，常常令燕卿覺得魚所要表達的，不過就是開頭的問侯和結尾的祝福。然而，這對燕卿來說也足夠了。因為燕卿看到魚的信，感覺便等於是看到了魚本人。所謂的見信如晤，對燕卿來說便是如此。燕卿拿了花紙便彷彿又回到湖畔和魚同坐的時光。

在後來燕卿的回憶裡，似乎從來沒有過那樣令人放鬆的一刻了。那一刻雖然很短，卻讓生活所帶來的沉重和煩惱都悄悄地褪去了，眼前和心中只蕩漾著湖畔的美麗和安逸。這便是為何燕卿始終捨不得丟掉魚的信，始終把它們一張一張都收進了盒子的原因。因為在它們裡面，隱藏了一份對生活的如釋重負。

一年又一年，每當燕卿想到魚時，她都會去把那只盒子拿出來，摸一摸和看一看那些美麗而又雅致的信紙，讀一讀信紙上面，魚所寫的那些隻言片語。令人奇怪的是，每次讀魚的信，燕卿都不會感到魚是在流浪，因為魚總是在信裡對燕卿輕描淡寫地說東道西。而更多的時候，是燕卿毫無魚的消息。魚居無定所，一切用電的東西魚都沒有。沒有電腦，沒有手機。因此，燕卿便只能當魚是在某個石縫裡睡覺。而她便像是守著一條睡美魚似地守著那些魚的信和魚信裡所說的那些話。

也因此每一次，當燕卿打開信箱，意外地看見有魚的來信時，感覺便如同打開了一扇門後，突然看見魚站在屋子裡向她微笑一樣。令燕卿欲哭還笑地對自己的眼睛產生疑惑。因為對她來說，收到魚來信的同時，也往往意味著是她再次失去魚的任何消息的開始。快樂和痛苦總是交替地在燕卿的心裡沉浮。時間，就這樣過了一年又一年。

多少年過去了，燕卿盒子裡的花紙漸漸地滿了起來。而終於在一個落葉飛舞的秋天，魚的信又來了。這一次魚在信中寫道，他有可能在近日搭車再一次路過燕卿所在的城市，他說他將會在傍晚的時光在湖畔的石頭那裡等燕卿。

不用說，在接下來的幾天裡，燕卿是每天下午便來到湖畔的那塊石頭邊，直坐到落日西下才回去。她在那塊石頭上坐著等魚。那天下午，她還沒有走近湖畔時，便遠遠地看見了石頭上有個人，燕卿的心怦怦地直跳起來，因為她看到了那個在石頭上的人腦袋，是白白的一片。竟然全白了！燕卿禁不住直打哆嗦。

那一天晚上，魚走時把盒子裡的花紙全都帶走了。因為他把那些花紙拿出來放在鼻子上聞了聞後，說他聞到有一股淡淡的香味，他認為那就是來自燕卿的香味。而燕卿也順從地讓他帶走了，那是因為她把它們早已都深深地刻入了腦子，閉著眼睛都背得出內容。只是燕卿說盒子空了，以後看起來會令人覺得難過。於是魚便拿出一支筆來，在盒底溜溜地畫了一條魚。那真是一條漂亮而又寫意的魚呀，小肚子胖胖歪歪的。燕卿看著它不禁又呆了。魚笑了笑輕輕地對燕卿說：「我是一個愛畫畫的人。」

原來魚的居無定所都是和他的愛畫畫有關。魚喜歡畫畫，喜歡讓自己每天都沉浸在美麗的風景和幻想之中。因此他辭掉了固定的工作，到處遊蕩。遊到哪裡畫到哪裡。曾經有過的幾個女友，都漸漸地無法適應而離開他。魚最終變成了一個自願的流浪漢。燕卿認識魚的那天，魚已經很久不畫畫了。然而，當他拿到燕卿給他的地址以後，當他開始用花紙給燕卿寫上隻言片語的時候，他那久已丟失了的創作熱情，又慢慢地回到了他的身上。他走了很多地方也畫了很多的畫，只是這些他都沒拿出來給燕卿看。

那天魚再見過燕卿以後，便幾乎徹底地失蹤了。一年又一年，燕卿在春夏秋冬的季節變換裡，時不時地默想著魚的一封封信。然而，魚始終沒有再出現過。燕卿後來也住進了養老院。那一年的秋天，當樹上的最後一片葉子快凋零時，養老院的護理給燕卿送來了一捲郵筒，說是從燕卿的老地址轉過來的。燕卿看不清上面的字，便請護理替她唸，唸後才知道那是由一個教會機構給她寄過來的。燕卿請護理幫她拆。只見郵筒打開以後，從裡面倒出厚厚的一捲畫來，全部都是些用鉛筆畫出來的小幅素描。一幅一幅的風景，十分地美麗和飄然。而每一幅畫的邊角上，全都有幾筆勾出的女人的臉。護理指著那張臉對燕卿說：「那不是您嗎？」每一張畫的邊角上，都有一張燕卿的臉。而每一張畫的背後，都貼了一片形狀不規則的花紙，那是魚當年給燕卿所寫的信。現在它們附在魚的畫後面，又回到了燕卿的手中。

隨畫寄來的還有來自教會機構的一封信。信上說，魚目前正在教會機構屬下的一所收容所裡，由於患病，行動不便。近日，他把自己的畫都捐給了教會屬下的基金會，目前正在收容所的大廳裡展出。而這一部分，即全部都畫有女人臉的部分，魚特別囑咐了必須贈送給燕卿。

燕卿讀後，沉默良久。然後，她要護理為她安排去探望魚的旅程。

那一夜，燕卿重新又夢到了那一片湖。在夢中，她和魚一起又坐在了那一塊石頭上。春日的太陽，暖暖地灑在身上，她看見魚脫掉了自己的鞋子，於是燕卿也脫掉了自己的鞋子……

陌生漢子

瑞士 顏敏如

就像所有那個年紀的男孩一般，在校的下課時間裡我們常聚在一起比賽臂力，贏的人當天放學時就可以享受讓大夥兒從教室抬到校門口免走一小段的權利。弗朗哥到我們村子裡來的那時候，正好是我為了練習臂力而接受父親，似乎對我有好處，實際上是減輕他工作份量的建議，勤奮地以粗重的鐵製澆花器提水澆灌母親的萵苣園，以大斧頭幫他劈糵冷杉用以儲備冬季爐火木料的高潮期。一九五一，那年我十二歲。

沒人知道弗朗哥的來處，也沒人知道他究竟為何會選擇我們的村子落腳。他無聲無息突然在週末市集中出現，讓村人感到很不自在，感到相當緊張，或更好說，感到極端排斥。起初我並沒發現任何不妥，和母親在哈付那先生攤子前選購草莓時，瞥到海絲太太邊以鄙視的眼光看著在人群中漫遊的弗朗哥，邊提著她那老式笨拙的籐籃嘟囔地走過，才引起我對這位陌生人的注意。海絲太太的敵意似乎是場百年罕見的強力傳染病，不消片刻，弗朗哥身旁的人們一一走散，霎時間彷彿被一道無形的柵欄隔開，使得完全不自覺遭到孤立弗朗哥的隨意行走更加逍遙起來。他的外表令我記起幾年前為了慶賀我在教堂初領聖體，和父親去城裡選購禮物時看到的流浪漢。他身著一件佈滿縐褶的灰舊外套及已部份泛白的深藍色長褲。綴著小白點紅領巾的兩端借著穿過一個火柴盒以繫牢，代替襪子功能的是以別針別住的幾塊抹布，而那雙又寬又硬早已不堪再穿的破鞋也說不出是什麼顏色。即使不說話，他的嘴也不時地嚅動著，頸項間的血管乍隱乍現。儘管他時不時跟不認識的村民點頭微笑，也只有極少的人展現一臉的不明究理對他冷冷回應。弗朗哥便是以如此缺乏理由來自無處的身分，出現在我們居民數百，位於烏拉山下縱谷的小村子裡。

一開始我們是有點害怕弗朗哥，就連全校最壯大的裘埃也不例外。他的假裝無所懼是在大夥兒起鬨要他去調查弗朗哥住處，他卻在事實上他母親已出發去隔壁村探望外婆時，藉口要回家幫忙翻攪堆肥的錯誤時間裡拒絕我們的要求而洩漏出來。因著好奇的催促，不久後我們便三個兩個，五個七個孩子，從跟在弗朗哥身後開始，逐漸環繞他兩側，直到膽敢在他面前蹦跳地隨著他浩浩蕩蕩走在村子的大街上。裘埃為了洗雪我們對他的識破，更是穿梭顛腳地企圖摘下弗朗哥鴨舌帽上的小鮮花。這一舉動竟惹得弗朗哥當街和我們玩將起來。大人們一直想方設法避開這個怪異而奇特的陌生人，他們急欲明白又故作不屑的疑問卻由我們這群孩子毫無心機地提了出來：你從哪裡來，弗朗哥？你在我們村子裡做什麼？你幾歲？什麼時候回家？你有太太小孩嗎？……這一連串問題弗朗哥均以令人似懂非懂的語言，配以模糊不清的手勢表情，也興高采烈也高深莫測地回答。透過似乎老清不出濃痰的喉嚨所發出的咕嚕聲音更讓他的說話顯得怪誕而有趣，引起我們競相模仿卻學習不來。弗朗哥最惹人急欲探究的是他瞎了的左眼。眼皮像是被強膠黏住般貼在眼窩裡，緊緊關掩住那個必定也和右眼一樣漆黑卻悍然拒看世界的瞳孔。

天黑時分，小村人家不約而同點燈裝飾濛漫長夜。溫暖的廚房裡飄著奶油香，爐子上直挺挺站著一隻冒氣的深鍋，趁母親把豌豆湯一一盛入陶盤裡，我拿著大齒刀切片裸麥麵包。剛下工的父親正就著水槽洗臉時，透露了最新消息：「你們知道那個流浪漢吧，他今天到我們鑄造廠來找工作。問他會些什麼，他也說不清楚。廠長向他要身份證明文件，他根本拿不出來。看他有一餐沒一餐的樣子，哪做得了廠裡的工作！還好廠長沒用他，否則，依我看哪，早晚會出事。」其實弗朗哥真是找對了工作，翻砂工的活兒對他無疑是輕而易舉，絕對幹得來。這是我後來知悉他曾一路從事粗重工作所下的結論，可惜沒人瞭解，更沒人有興趣設法瞭解。

弗朗哥不時在村子裡出沒的確引介了他些許工作機會。先是禿頭的布爾基先生僱請他油漆藥房的外牆，村外兩家農舍的牛糞是他拉著拖車，在畜棚子與玉米田之間不知來回走了幾趟才清理乾淨的。甜薯收成時，弗朗哥單薄的身影也總是參差在其他村人之間。有陣子上午挨家挨戶分送牛奶的工作也由他全權執行。逐漸，弗朗哥足以賺得有限的糧食，增進他有限的語言，村人也明白他的確是個幹活兒的料。當然，必須是在他不醉酒的時候。

很長一段時間弗朗哥是村子裡的神祕人物。他老是咧嘴笑，也不多說話。見了人就親切，喝了酒便要沒落而安靜，幾天也醒不過來。十二歲的孩子怎耐得了心頭翻翻滾滾的好奇，那天我終於不顧母親不許親近探知弗朗哥的警告，下課後悄悄問裘埃：

「你知不知道弗朗哥住哪裡？」這一發問才讓我明白，原來許多新發現都是臨時起意的。和同樣也想一探究竟的裘埃約好在週三沒課的午後，不告訴第三者的情況下，展開我們的追蹤探險。

那是個陽光燦燦，空氣清明澄淨，滿園楓紅，金黃葉子墜鋪山丘小徑的美麗秋日。裘埃與我決定人神不知地跟隨這名不見得受到歡迎的人，打算一睹他的棲身之處。這天弗朗哥掃完街，從村幹事手裡接過一大塊麵包及一段香腸後便踏著他那慣有悠閒的腳步往墓園方向而去。沿途他一面大口吃著賺來的糧餉，一面對識與不識的人打招呼。跟平時一樣，有些人非要把弗朗哥隱身化，裝作沒看見。我們尾隨他經過墓園黑色欄柵大鐵門，走上一條通往密林子的小徑。一路大約與他保持五十公尺左右的距離，我們有時隱身在大樹幹後，有時藏身在矮灌木旁。又小跑又快走又躲藏，不僅不能讓他發現我們，也不能讓其他極少的行人識破我們的意圖。我們緊張又害怕，不被發覺的快意，鼓勵我們傾全力完成這可能一舉成功的探險。原來這山徑底端不遠處歪歪斜斜站著一間廢棄多時的小工寮，工寮四周是片極寬廣的草原，草原盡頭便是巨大幽深的杉木林。我們各據一棵白楊樹後，屏息觀看弗朗哥徐徐走向小木寮，熟悉地推開不怎麼靈光的木門並消失在它後面。

人人知道弗朗哥不與旁人共住，可是如許蕭條如許淒清的獨居，卻是我始料未及。不知是為他的處境，還是為著自己的一時無法接受，我頓時感到十分無助又特別悲傷。我與裘埃約定，只把這新發現保留給自己，也很以這共守的祕密為榮。回村子的路上，陽光依舊鮮照燙金的秋葉，我卻因想到弗朗哥必須在那寮子裡孤寂渡過皚皚嚴冬而感到悄然上身的陣陣寒意。

弗朗哥無端出現在村子裡的悶然騷動，隨著時光流逝漸趨平息。山谷裡的人們也習慣看他有時賣力為生計工作，有時手持酒瓶醉臥在教堂前的臺階上或某家花園的木門旁。孩子們不再弗朗哥長弗朗哥短地跟前跟後，而是和他開始一種彼此贈送採摘自路旁花朵的新遊戲。女孩們有時送他澄黃雛菊，有時在我放學途中，大聲跟他問好的同時，他會把手裡的一束紫色小野花擎到我面前，說是讓我轉贈給母親。後來有幾週時間沒看到他，我以為人們小聲耳語的話題裡那個不堪的弗朗哥的確已徹底消失，直到那件事的發生。

「沙太太的貓已經有好幾天沒回家了。」母親邊說邊縫補我的長褲。

晚飯後，我就著餐桌補做白天在學校來不及完成的作業。我的低頭忙碌是要掩飾在同一條褲子，同是右邊膝蓋處破第二個洞的窘迫。其實那天只要漢茲不從背後將我的新帽子打落，我也不會和他在水泥地上扭打起來。

「她到處找遍了，就連火車站都跑了好幾趟。她懷疑，嗯，她懷疑是弗朗哥偷了她的貓。」母親頓了頓才繼續說，好似嫁禍於人並不是件容易的事。

「不可能！」我大聲反駁，「他的房子……」

一時想起和裘埃的約定，我連忙煞住了嘴。母親似乎不曾發覺我的有事相瞞，只管繼續說她的，儘管知道不該又不得不參與的懷疑。弗朗哥的住處是絕對關不住一隻到處漫遊的貓，這事母親當然不明白，也缺乏追查的興趣。

第二天校園中一反平時的喧鬧，空氣裡飄浮著一股異常的煩躁不安，連老師都明白緣由似地能夠忍受同學們的竊竊私語。

「弗朗哥把沙太太的貓吃掉了！」「弗朗哥把那隻貓煮熟吃掉了！」下課時間，我清楚聽到別的孩子在走廊上邊跑邊嚷地到處宣揚。不一會兒，同學們三五群聚，又興奮又害怕地討論，貓肉到底好不好吃？用鹽水煮貓肉或在淺鍋裡煎貓肉之前，是不是應該先把貓毛去掉？……我拒絕相信弗朗哥是偷貓的賊，可是怎麼拔貓毛，怎麼烹煮貓肉的想像卻充塞我整個心思好一段時間。

就在大夥兒議論紛紛謠言滿天的那個下午，弗朗哥又出現在村子裡。他頂著滿臉鬍渣，踏著搖晃步履，手裡拿了隻酒瓶，還不時喝上兩口又嗒嘴。孩子們又在他身邊聚集，卻出奇安靜地跟著他走上街。弗朗哥拉開他乾癟的喉嚨開始啦唱出一點也不輕快的小步舞曲。這次沒人有興致和著他跳舞，而早已酩酊的弗朗哥也絲毫不察覺出周遭對他所產生莫須有的敵意。

「你覺得貓肉好吃嗎？」金髮漢茲的好奇激勵他鼓起最大勇氣，快速拋出這句問話。

「你是不是先用刀子把毛剃掉了才放入水裡？」馬可立即接腔。

其他孩子正緊張屏息，瞪大眼睛等待答覆。培德突然大喊，「看，他的外套上有貓毛！」

瑪麗亞首先尖叫。所有孩子一剎間全散開了去。我邊跑邊回頭看弗朗哥。他竟然無動於剛發生的不尋常現象，只顧著貪口那瓶裡瓊漿。陽光灑向他無邪的笑靨，我望著他的孑然一身，千萬個不相信他會是撒弄邪術的噬貓賊。

「妳是不是也聽到最新消息了，布洛賀太太？」布店老闆娘在為母親剪窗簾布時特別壓低聲音問。「昆格家的母羊生了死胎！」老闆娘低頭掃視布店各處，「知不知道是怎麼回事？」又傾身向母親耳語，「因為弗朗哥剛好走過！」

「怎麼說？」母親皺著眉頭，很感興趣地問。

究竟兩個女人繼續嘀咕些什麼，只會引發我更多的嫌惡而已。母羊母牛有時生死胎畢竟不是新鮮事，幾個鄰近村子裡均曾發生過。這是烏拉山麓人人盡知的自然情況。

此後，籠罩全村的不再是低空漫佈的烏雲，一股來自無處神祕難喻的扼人氣氛不斷滲透山谷各處。有些原本基於禮貌與弗朗哥攀談幾句的人，不再和他說話。昆格先生也不再託給他小工作，不是因著母羊的死胎，而是因著他的醉酒。有次昆格先生請弗朗哥修理他家後園子的一圈矮籬，偏偏弗朗哥又在工作時間喝了烈酒，使得昆格先生平白損失五隻兔子及二十二隻肥鴨。這次沒人懷疑是弗朗哥監守自盜，他的酒醉成了眾矢之的。

冬天來臨，弗朗哥的工作明顯減少。整整有兩週時間他不在村裡出現。大地的蕭條更使我加緊想念起他來。在一個太陽露臉的午後，我決定單獨去拜訪他。裹上大衣又繫上圍巾，我沉重又緊張地踏上通往大杉林覆滿白雪的小徑，滿心思想的是，弗朗哥如何在那頹垣欲傾的工寮裡渡過長達數月的寒冬。

約半小時之後，我來到小徑的盡頭。工寮四周原是廣闊鮮綠的草原，已被層層白雪覆掩得密實肅靜。站在那扇斑剝不堪的木門前，我將耳朵貼上卻聽不出半點音響。難道他不在？我應當敲門？還是出聲喊他的名字？對於我的突然來訪，他是歡迎，是不歡迎？正當我思前想後拿不定主意之際，竟然不自覺地將門輕輕推開。

屋裡一片闃暗。

「孩子，」出其不意的一聲幽冥，嚇得我心跳腿軟。「水，拜託。」是氣若遊絲的請求。

我定了定神才看清斜躺在角落裡乾草堆上的弗朗哥。他以半閉的單眼示意我在他自造的簡易爐子上有著一隻凹凸不平的湯鍋，及一隻沒了耳的粗陶杯。從幾乎空了的鍋子裡，我只能勉強倒給他半杯水。弗朗哥呼吸沉重正發著高燒。已有三天不曾進食，是我從他艱難話語裡探得的訊息。這空蕩蕩的小屋裡也不存在丁點可以入口的東西。生著病無法修飾自己的弗朗哥看起來更顯蒼老。在他皺紋鏤刻的臉上野長著更見風霜的鬍渣。視覺僅存的右眼注滿無言的痛楚。原本瘦高的個子似乎被疾苦噬縮了許多。

「別急，我去弄點吃的來。」

弗朗哥必須立即有實質的東西裹腹。我快速衝下山徑，從家裡地下室拿了幾隻蘋果，又氣喘吁吁來到他面前。看著緩慢咀嚼專注吸吮甘美甜汁的弗朗哥，我才稍稍放下心來。往後幾天，母親只奇怪於我突然增加的食量，並不特別究竟原因。我雖每餐盡力省下麵包、馬鈴薯、乳酪、蘋果，也只夠讓我的朋友每天吃上冰冷的一頓而已。

沒人問起弗朗哥的近況，也沒人關心他的突然缺席。弗朗哥在村子裡是個沒有臉面的不曾存在。

大約一週後，我的朋友逐漸康復。這段探訪的日子裡，我在他的棲身處學會了如何生火燒水，如何打點簡易日常，也熟悉他獨居生活的全貌。就在他「臥床」後能夠較長距離外出走動時，我們便一起向著林子緩步而去。儘管覆上厚雪的山徑多麼不同於遍地野花，樹間小鳥跳躍啁啾的春夏日，他仍熟稔各個彎道小徑，不差分毫地領我穿過被重雪壓低阻路的重重枝幹，來到他平日獨坐思鄉的木板凳所在。我們清除了凳上的積雪，坐下後他便開始表達他對我雪中送炭的感激。從他不流利的德語中，我可以清楚感受潛藏在他心底巨大的熱誠善念。木板凳就位在一棵落盡葉子枝枒參天的大樹下，自此窮極目力是片無邊無崖裊裊煙霧的雲海，遠山在飄忽不定的氳氣裡載浮載沈。弗朗哥告訴我，那一連串若隱若現的山巒在大好晴天裡會放大數倍，也就是山頭積雪終年不化的阿爾卑斯山。越過山脈往南直下便是他的故國家園。就在我們沈寂一陣，我的思緒遊動幽渺，弗朗哥突然從他褲袋裡掏出一樣東西塞進我手裡。

「給你。」弗朗哥說得又清楚又肯定。

我驚訝地瞪大眼，那是只沈甸甸的金色懷錶，連接著一條做工精緻的金鍊子。躺在手裡的金錶閃爍著暈黃微光，令我猜想它的價值連城。

「很貴？」我問。

「噢，非常貴！」

「哪裡來的？」我繼續問。沒人會相信窮苦如弗朗哥能擁有如此一隻精美貴重的懷錶。我更不願想像村裡人看到弗朗哥與金錶時會做何種反應？大概又要誣陷他為偷兒，謠傳他會邪術。足夠生活的人，總不肯花心思去瞭解不熟悉的人與陌生的事物吧！

「我母親，給我。」弗朗哥配合著手勢說。

就在那天，我知悉了弗朗哥迷霧般的過往。

弗朗哥來自一個極富有的家庭，在一座從他充斥各種手工玩具房間的大窗便能眺望西西里島的別墅裡長大。父親曾是權傾一時極有影響力的政府官員。二十二歲那年，他經朋友介紹和游擊隊員有了接觸。父親認為他結交低層浪蕩的行徑是家族的奇恥大辱。在屢勸不聽，警告無效之下，他被盛怒的父親趕出家門。

游擊隊是些什麼人都做些什麼事，弗朗哥並沒對我說明。他一向孤獨，不多說話也從不生氣，有著極少見，安靜泰然的氣質。記得夏日裡的一場雨後，我們一群孩子在不被大人發覺的情況下，跟他到村北小林子裡探險。他幾乎認識每種植物，知道每朵小花的名字，還鼓勵我們嚐吃不同的香草藥草。石子路上偶而出現的蚯蚓，他折下細枝把它們挑起輕輕放回路邊草叢裡，免得遭人踏。弗朗哥不傷害任何人任何動物，哪怕是不起眼的一根毫髮。也因此我確定，義大利的游擊隊員一定不是壞份子。弗朗哥的朋友也就是我的朋友。

「很多年以後，」弗朗哥繼續說，「火車裡我看一個軍官，他的手在小姐肩膀上。這樣不好。小姐不高興。他拿她頭髮。小姐不高興。這樣不好。我大眼睛看他。他不高興。他打我。我也打他。用力打，用力打。他，他碰鐵管，流血，死了。」

弗朗哥以手腳比劃，更在木凳前的大片雪地上作畫圖解，我也才目睹他驚人的繪畫能力。

「我父親，不高興，很不高興。」弗朗哥說。

出事之後，他被迫斷絕和家裡的關係。就在出逃的當天晚上，母親匆匆從藤櫃裡找出曾是娘家添做嫁妝的這只純金懷錶，好讓他當逃亡費用。自此他埋名隱姓，不但沒變賣母親的紀念品，還浪跡到義大利北部，在一處葡萄園酒莊覓得一職，並在偶然的機會裡認識了他後來的妻子黛拉。黛拉的父親擁有一家業務鼎盛的大理石工廠，她自小在優渥的家境裡長大。父親見女兒的男友勤奮有禮便答應兩名年輕人的婚事。婚後弗朗哥享受了幾年平順的日子，與黛拉接連養了兩個兒子，以為自此不須漂泊，不再有羈絆牽掛。

在弗朗哥緩慢笨拙的敘述裡，我彷彿看到他單眼中隱約閃現的柔情。接著從外套裡層口袋，他拿出一張滿佈縐褶嚴重發黃的照片，上面是體面講究的三個人，分別是穿著長禮服，他高貴優雅的妻子，一個與我年齡相仿的兒子及另一個更小的男孩。兩名男童腳上穿著的正是我想望已久卻負擔不起的皮靴。弗朗哥凝視照片許久，我在一旁沉默陪伴。好一陣子後他才又開腔：「我太太的爸爸沒有心。」

這次他說得大聲些。起初實在難懂他的語意，逐漸我才明白，原來他岳父在得知他的過往之後，竟然出賣他，讓人將他送入監獄裡。當時年輕熱血的弗朗哥並沒在獄中久待，他打昏了專事虐待犯人的獄卒，偕同另外十二名難友越獄逃亡。一路上險難重重，白天躲藏在山洞裡，趁天黑之際才往北流竄。他們涉水急湍，在叢棘密林裡赤手空拳找尋出路，抵抗蚊蟲疾病的侵襲，屠殺野鹿充飢。他的左眼便是在這時，為了採摘櫻桃不慎從樹上摔下，被一根斷在地上的枯枝插入而失去的。除了無路找路的困境，弗朗哥一行人還得時時提防當局的搜索逮捕。他們中的七人，就是分別在不同時間不同狀況下被逮住帶回。另兩名則在體力不支時，跌下絕壁慘死崖下。最後弗朗哥和僅存的兩名夥伴終於越過邊境抵達法國。三人分道謀生，在流浪無數年之後，究竟在何時離開法國，弗朗哥自己也說不分明。我們的村子則是在他越入瑞士境內烏拉山後落腳的第一站。

「我工作很硬，」弗朗哥邊說邊握起右拳，「路、橋、隧道……我有力氣。我工作很硬。」他嚴肅地重覆。長期在外地求生，造就他成為幹粗活的能手。然而每次他都得因酗酒而變換工作。「我這裡痛。我要喝酒。」他說得愁苦，還以拳頭直搗前胸。「很多人不知道我這裡痛。我要喝酒。」他提高嗓門緊皺眉頭，又重捶胸口。

看著他的失意落魄，我強烈感覺，我是弗朗哥多年來唯一能傾聽他，能讓他說出真心話的第一人。

木板凳前方圓十公尺，弗朗哥以手指在雪地上畫滿他的人生：他生氣的父親、甜美的妻子、獄中的酷吏、枝枒張揚的櫻桃樹、險峻的山谷、被逮的難友、爆破的隧道、林場的樹屍、失修的橋墩、採石場的礦石、兩個兒子成人後可能的長相……我在一旁跟從的腳印有如不相干走過的陌生人，只是或淺或深地駐足便又走開了去。

冰融雪化，水仙又在籬笆旁花崗上展現另一年的清秀，村子裡的生活平乏依舊。弗朗哥又開始在田裡栽種，在人家花園裡幫忙。時序轉移至六月底時，山谷裡突然下起整整兩天罕見的大雨。當太陽再度露臉，我們這群孩子便急著四處找弗朗哥領隊到池塘裡捉小魚。然而，豈僅是一日兩日一週兩週，整個夏天弗朗哥均不曾出現，我和裘埃也數次去工寮尋他未果。弗朗哥的確是無端消失，我的擔心焦躁也無處覓得憑依。

一天晚上，父親從小酒館聚會帶回來最新消息。原來弗朗哥一直在鄰村查尼醫生家裡。我明白大人不喜歡我與弗朗哥為友，便不插嘴提問，只裝作專心於學校複雜的剪貼勞作，卻豎耳傾聽父母的談話。

六月底大雨讓溪水暴漲時，弗朗哥又喝醉不慎滑入溪流裡。在數次沈浮之後，遭傾斷入溪的大樹枝插入右大腿，阻擋了他整個人繼續被沖向下游的危險，而幸運被救起。接下來的幾天，傷口嚴重發炎，他依然撐著發高燒的身子去買醉而昏厥在路旁，才被人用馬車載到查尼家就醫。

「肉都爛到看得見骨頭，化膿一大片，臭得很！」父親滿臉不屑，形容得好似他也曾親眼目睹。我在一旁聽得極其難過。

「為什麼不早點去看醫生？是他自己不對嘛。」母親冷冷做評。

「查尼醫生拿新鮮牛糞跟大白菜的葉子給他裹傷。先把暖暖的還冒著氣的牛糞直接塗在傷口，貼上白菜葉，再用防水布整個包起來……」

我沒能全部聽完，衝進廁所裡，吐盡所有剛下肚的晚餐。

弗朗哥再度出現村子裡已是深秋時節。他明顯清瘦許多。鴨舌帽上仍舊舞動著數朵小野花，只是一根利於行走的拐杖卻成了不可或缺的道具。他把在山丘上找到的蘑菇拿到村子裡販賣，生意也不見得好。我以零用錢買了些回家，母親卻全數倒掉，說是來路不明的蘑菇可能有毒。

我時不時造訪弗朗哥，這事不與任何人說，就連裘埃也不願提起，我不希望見到弗朗哥一次次遭受人們傷害。他只有我一個朋友。我們時常徒步到密林裡，坐在大樹下的木板凳上有一句沒一句地閒聊。我總感到對弗朗哥負有某種責任，我要保護他，使他歡欣。除我之外，他在世上再也沒有可親的人。

我幫忙行動不便的弗朗哥蒐集枯枝備齊爐火用料，希望他不要在隆冬裡凍著才好。那年冬天來得特別遲也特別冷。聖誕節過後，氣溫驟降為零下十二度，晚間人人提早熄燈就寢，我還特地抱了個溫水袋在被窩裡，一心想著寮子裡的朋友應該燃燒最粗的樹枝以撐過嚴寒。夜半，我依稀在睡夢中聽見男人們在街上慌亂的喊叫聲，朦朧之際，有人重重敲打我家的木門。父親應聲而起，和來人交換了幾句，便以極快速度穿戴好衣帽匆匆離家。好奇心驅使我偷偷溜出家門來到大街。雖是把自己厚厚裹上一圈，嚴峻的酷冷仍使我抖顫不停。我隨著男人們往火車站方向跑去，空氣裡是股過度燒焦的烤肉味。失火了！一場大火！鬼魅般的火焰在火車站後的夜空裡張舞著它駭人的爪牙，照亮大片天。那是亞克曼農莊所在。猛火一發不可收拾，男人們雖提來一桶桶滿水，也只能束手睜眼，看著大火施展它特有的無情。要想救出棚子裡那些牲畜也早已不可能。

「弗朗哥！」亞克曼先生出其不意的叫喊在滿耳轟轟的燒火聲中凸顯得令人格外驚心。「我有隻母牛快生產了，我讓弗朗哥今晚在棚子裡守著……」

天！我的淚水立即奪眶而出並使勁喊叫：「弗朗哥還在裡面嗎？」拔腿就要往火裡衝。男人們立即把我攔住，父親更硬拖我回家，把我反鎖在房裡，完全無視於我的拳打腳踢大聲哀號。

第二天母親把我從房裡放出來之後，我立刻向出事地點跑去。被燒成灰燼的棚子前躺著一垛垛動物的屍體。焦縮得不成形的四匹馬及十八頭牛全被燒成木炭一般又黑又硬。弗朗哥不在其中！接下來的幾天，空氣裡明顯可以嗅出大火後的焦味以及人們緊張的氣息。大夥兒到處找尋弗朗哥，他的住處竟是在此一尷尬情況下受到村人第一次的造訪。人人猜測，弗朗哥可能在喝酒睡著後，沒注意到倒在乾草旁的油燈而引發大火。

是的，唯有我知道在何處可以找得到弗朗哥。我一逕快速走向密杉林。晴空如洗，藍天無際，結成冰的白雪晶瑩剔透，爽淨的氣息沁人心肺。遠遠看到弗朗哥就坐在大樹下的木凳上，令我雀躍不已。當我上下氣不順接地跑到他跟前，呵，滾燙的淚珠卻成串奔下臉頰。叫不醒的弗朗哥不再需要勞動，不再需要跋涉，更不需要因為人們對他的不熟悉而遭受冷淡而背負莫須有的愆過。他在嚴寒中孤獨久坐，完全不受干擾地找到了永恆的寧靜。

他的右手緊握著那張家庭照片；木板凳下，拐杖旁，孤零零地躺著一支空酒瓶……

蒙馬特小丘下的大篷車

比利時　謝凌潔

通常，巴黎的熱鬧喧嘩處，不外乎幾個地方：塞納、盧浮、凡爾賽、香榭里、蒙馬特、艾菲爾……等等。當然，聖心院和聖母院，也是人山人海。然而，基於聖母和耶穌的神聖，更多的肆無忌憚從這裡轉移了戰場。你看，同樣是塞納旁，艾菲爾廣場的遊客就顯得十分不羈，他們的無所顧忌純粹是雛鳥出籠野馬脫韁，都到了無疆無界的天國似的，野得很。塔上的聲浪，盪著鞦韆，一浪高過一浪的，塔腳買票的隊伍盤出幾條龍。一個指向雲端的鐵架子有什麼值得廢掉十一歐元挺著脖子攀爬半天？站在艾菲爾塔上看巴黎，和站在北京城牆上看四合院是一樣的效果：煙囪瓦片全趴地上。然而，到了巴黎不上鐵塔，就等於到了北京不登長城，再說了，回去也好有個顯擺的不是？敞篷大巴巨輪般一波一波往裡拉人，消防車救護車候了一旁，嚴陣以待。員警更甚，那些打著綁腿全身迷彩的白種人真是威武：粗眉、大眼，皮膚的白皙剔透，顯著種族的優越，而後腰別著的曲尺手槍，則示著法蘭西共和國的威嚴。他們來回踱步，看似無所事事，其實是準備著隨時應付突發事件。

「Speak English？」一句很平常的問話，來人似漫不經心，又像是餘音嫋嫋滿懷期待。

此刻，楊希正站在一棵梧桐樹下心神恍惚，聽到這半句英文，他緩過神來，見面前一張典型的美人臉。

一張嫵媚的Gypsy臉！

這張臉，長眉大眼，挺鼻寬唇，身段更顯妖嬈性感。他的恍惚迷茫頃刻沒了。正掂量著姑娘言下之意，聽前面滿腿捲毛的男人對跟前一個衣裙翩然的女人吼「Fuck off！（去你媽的！）」。他即明白那女人是攔了男人的路，或者她還伸了手，遞上一張寫著半句英語的方塊紙片。

楊希捏著這半句英語，心裡有些躊躇。那邊樹下草地上的吉普賽女郎真不少！她們席地而坐，低眉俯眼，昏昏欲睡，一旦行人路過，她們即如醒獅，猛然立起、隨行，緊追不放，直等到對方知覺她的存在，即裙裾一個蹁然，擋在跟前：「Speak English？」

楊希回頭又看眼前這張嫵媚的Gypsy臉。唉！他歎氣，並下意識地摸了摸口袋。即見這張嫵媚的臉低了下去，眼露難堪之色，她似乎也歎了口氣，輕輕地。他止住了動作，問他能為她做點什麼。姑娘舉著兩張票，說她想上塔，但自己上去有點怕。「妳恐高？」楊希問。「不知道，只是怕。」她說是朋友給的票，她有事來不了。

艾菲爾塔像個巨大的編織工藝品立在地上。站在鐵塔下往上看，見不到塔的頂部，空中橫出的截面擋住了天空。楊希決定做這個護花英雄，他讓Gypsy走在前面，他護駕在後。登上階梯時，他時不時走神。他在掂量面前這個身段婀娜的Gypsy姑娘怎麼會找上他這個亞洲男人？對於Gypsy，除了從電影裡看到他們一些十分戲劇化的生活外，別的也只是道聽途說。關於他們的來歷有太多說法，英語國家叫他們埃及人，法語國度和俄羅斯、義大利等稱他們為Gypsy、波西米亞、茨岡（Atsigano）、希臘種，西班牙國家則除了叫他們波西米亞，吉坦（Gitan），還叫金加利（Zingari）。對於他們的職業，「男從販盜，女行乞賣淫」這句類似「男盜女娼」的論調近乎是定論。

楊希一隻腳踏在階梯上，渾身像只口袋鬆垮下來，他真不想繼續往上爬了。此刻，那張嫵媚的Gypsy臉立時看向了他，如一朵盛開的花：Are you ok？楊希看到一雙扇子般的睫毛，睫毛下是琥珀色的眸子。他近乎打了一個激靈，迅即又渾身是勁：I am ok！

從塔上下來，楊希直接把姑娘帶回了家。楊希的家，就四壁一地，原木地板，一張半舊床墊。

一切都水到渠成。

姑娘不是姑娘了，是個女人。很美好的女人：肥臀，豐胸。是女人臍下那片黑暗幽秘的凹陷，把他喚向陌生和遙遠。楊希大汗淋漓，彷彿去了一趟極樂世界，幾個月來的抑鬱困頓消失殆盡。

女人像一頭經歷分娩的雌獸，極度疲憊，卻十分安詳。巴黎的夏天來了，陽光從窗外進來，屋裡暖烘烘的，很安靜，空氣裡升騰起令人愉悅的體液氣息。床單，被褥，肌膚，乃至四壁，被一種久違的空氣縈繞籠罩，空蕩蕩的家滋生萬物蘇醒大地回春的氣象。

他們開始說話。用不太標準的英語、法語，夾雜荷蘭語，和羅姆語。女人說：我可以知道你是哪裡人嗎？我來自中國。中國在哪裡？在喜馬拉雅山的另一側，它的另一側是印度，是喜馬拉雅山從地理上隔離了中印兩國，妳應該知道的吧？

許多人只從書上知道吉普賽人來自印度北部，那其實是很久以前的事了。

楊希看女人不多說，話題就此打住。他想起傳說中吉普賽人的大篷車，他們的流離輾轉，處處為家。楊希實在想多問些什麼，因為好奇，終於還是沒問。萍水相逢的，何必像個婆姨？

窗外是熙熙攘攘的蒙馬特。巴黎人也管這兒叫小高地、小丘。滿世界的畫家都夢想著到這裡來，哪怕一無所獲，作為畢生的一次朝聖也值。據說，梵谷於一八八六年三十三歲時到達巴黎，與他的大畫商弟弟提奧同樣租房居住此地。有提奧引薦，梵谷認識了一批印象派畫家，畫風由此從一貫的沉鬱走向明朗。在這裡，他畫出《唐吉老爹》等著名肖像，還有他眾多的自畫像。據說和蒙馬特有關的作品不少，比如《蒙馬特高地下的巴黎城》，《蒙馬特小咖啡館》等等。蒙馬特不僅成了梵谷畫筆下的浮世繪，更是他察看巴黎的一面鏡子。除了梵谷之外，畢卡索、亨利盧梭乃至歐洲許多有成就的畫家，都在這裡逗留過。似乎一切崇尚藝術和自由的靈魂，都喜歡蒙馬特，這裡不僅有世界畫家匯聚的藝術廣場，蜿蜒的幽深的小徑，還有神聖肅穆的聖心教堂，夜夜笙歌的紅磨坊，和寫滿愛情的巴黎愛牆。巴黎人這樣評論蒙馬特：如果說咖啡館和書攤聚集的左岸是拉丁區的蕾絲，那麼藝術家雲集的蒙馬特就是巴黎的鑽石。可見這裡每天人山人海也是正常。場地其實不大，地上堆滿了畫框畫架和油彩，畫作多是油畫，畫面是歐洲人家窗臺或花園、臺階上爛漫的鮮花，有鬱金香，勿忘我，卻沒有梵谷的向日葵。

女人似乎對窗外鬧哄哄的景象也感興趣。楊希看她目光落在一個坐高腳椅、穿低胸禮服的女郎身上。女人穿孔雀花紋長裙和細跟鞋，後腦挽螺髻，臂環紅綢帶，坐姿很美，神情專注，那是到這裡畫肖像的女郎。這裡宛如歐洲週末的跳蚤市場，人貼人的，到這裡來閒逛，品鑒，聚眾，淘寶，都是正常。在蒙馬特，買畫，看畫，看作畫者作畫，或物色一個眼光和技藝都不錯的畫匠畫幅肖像，更是平常。當年，那個義大利女人不也坐在梵谷的高腳凳上畫了肖像嗎？

稍頃，楊希竟聽到身邊的女人講起夢話來。

楊希挪動身體，欲抽身往洗手間去，手卻動不了，側身一看，女人右手的指頭和他左手的五指相扣！他心裡被什麼狠狠地撓了一下。她是在夢裡把他當什麼人了？一起離鄉背井的情侶？生怕走失的親人？相依為命的道途夥伴？其實，除了短暫雷電交拼的歡愉，他們彼此連名字也還不知道。而此刻，當之前澎湃的血潮回歸原來的介面，他陷入了迷惑。那麼，他這隻手就被這樣牽著走了嗎？他小心翼翼地轉動並仔細看那隻扣在他左手上的女人的右手，正處於睡眠狀態，其伸腕柔軟，凝脂般的皮膚讓他想起洋人餐桌上的乳酪。當他視線從女人伸腕慢慢移到他手腕上時，他心顫了一下：那排從他指縫裡倒扣下來、直扣住他生命紋上的指頭和花甲，在壁燈的橙光下顯得如此炫目；他急著側頭去找她的拇指，那拇指翹在尾指伸腕間，甲面花紋的油彩和圖案和四個出入不一的花甲排列成一個弧度。

他猛然覺得心裡有太多的蟲蟻在磨牙，在噬咬。他想起在大陸相師給他看相時有論說過他的手相，說他從掌邊過來，直抵掌心出伸腕向拇指的這片區域十分寬闊，這說明他精力充沛愛慾旺盛，而尾指下方的感情線直滑向中指之下，這說明他只重情慾，不信海誓山盟。

他突然莫名地惶惑，想起有關他們的種種傳說，胸腔裡蕩起的熱浪驟然落下，心裡很亂。此刻，他只想盡快從這種感覺中出來，那麼，得抽出扣著他的這隻女人的手，然而，他的指掌卻如纏藤蔓，難以抽離。他努力並小心翼翼地把扣著他手的四個指頭一個個掰開，貓腰下地。

從衛生間出來時，他煥然一新。他換上了一套乾淨的衣服，挺括的襯衫和西褲，他甚至還打了領帶，整一個紳士的模樣。

女人醒來了，正瞪大著眼看他。

女人要走時，楊希正掂量著是否要給她錢。他想起艾菲爾廣場那個滿腿捲毛的男人辱罵女人的場景，心裡有些不是滋味。他決定，這錢一定要付，絕不含糊。這樣一來，之前的美好就變成了嫖客妓女的交易，一場上天入地的歡愉就被劃歸下作範疇，由道德去評說——這個結果讓他實在難以接受。然而，此時此刻，除了這條路，又沒別的途徑可走，中間難以迂迴騰挪，不進則退，退就必須退得徹底。那好，當機立斷，嫖客就嫖客吧。

他於是開始找皮夾。之前蛻皮一樣脫的衣服，褲腿褲頭捲成一團，豬大腸似的，急亂中翻不出個裡外。女人兩隻大眼眨著扇子，看他的眼睛越來越大。等到他開了皮夾口子，指頭夾著一張杜伊森貝赫頭像的紙幣轉身一看，屋裡只他一人了。

楊希陷入一絲自責，儘管這絲自責是輕淺的、悄然而來的、不經意的。他和那女人的事，天知地知，連鄰居也不曉得的。這裡是歐洲，只要不是強姦，就沒人過問你的私事，何況對方還是和他一起回了住處來的。這就說明他不是街頭耍流氓，而是光明正大。他迅速獲得自我開解。可是，那女人是看出了有什麼不對嗎？他想起自己床上床下前前後後的迴異，想起他從一地狼藉的衣服中翻找錢夾的急切和嚴肅。而他還知道，彼時他臉上的表情肯定不僅僅是嚴肅和急切。裝什麼呢？莫非也應了中國那句獨有的老話：要做婊子也要立貞節牌坊！楊希以自嘲的方式讓他在自我的良知和形象上回歸原有的尺度。

自紅菱離開楊希，他很久沒觸碰女人了。那時他和紅菱多好啊！他們的好，比所有的戀人都要好，那個黏糊勁！每天，他們一起上課，一起到飯堂就餐，一起看電影逛街，真是形影相隨。在國內時，他們是南方一所藝術院校的同學，一起學的美術。畢業時，同專業的同學不少選擇留學巴黎，他和紅菱選擇了荷蘭。他們忙得很，上課下課，打假日短工，什麼活都幹。到館子當週末跑堂，刷抹碟子刀叉，上門做家教。總之，報紙登出的招工廣告，他們常常關注。後來，楊希獲得一個到阿姆斯特丹花田做花農的工作，這是他在歐洲獲得的快樂且體面的工作。他的任務是打理花田的花，並負責給各聯盟花店送貨。楊希非常喜歡那個藍天白雲遍地鮮花的水國，那裡綠草茵茵，水窪處處，奶牛肥羊滿地。其實，對一處地方的喜愛，和愛情有著血肉相連的關係。一個城市是否攏在心裡，就看愛情是否在這裡發生或延續。楊希，他的愛情就在這裡茁壯成長！

然而，拔節的愛情只開了花，沒結果。紅菱沒緣由地變得跋扈、刁鑽。他不明白她怎麼突然對建築癡迷，口口聲聲說中國沒有建築藝術。

「那長城故宮呢？」楊希極為不服。

「那，你告訴我，中國有哪個建築刻有建築師的名字？」

楊希很快明白紅綾這些理論是從一個叫安德列的德國建築師那裡來。楊希見過安德列，那人樣子像《鋼琴師》裡那個德國納粹軍官，金口輕易不開，抿著嘴，通常以聳肩點頭的方式表示對事情的認可與否。那天，楊希在街上撞見紅菱和「納粹」手牽手站在西教堂前，他恨不得過去把「納粹」開了。紅菱說，安德列是帶她去看教堂中廳那個形狀類似希臘式十字架的設計。楊希憤憤，說，他一個納粹也配走進阿姆斯特丹最神聖的教堂！他沒看見邊上那三個粉紅色三角[1]？楊希看著紅菱的眼珠瞪到最大：「你叫安德列納粹？」

一場三年的戀情至此告終。

楊希畢業後，有兩個選擇，一是回國，一是留下。他選擇留下。他去了布魯塞爾。當然，楊希到布魯塞爾，絕不是為追尋梵谷的足跡，那實在過於矯情。他莫非是要找到一個可以獲得居所

---

1 西教堂（Westerkerk/Toren）上的三個粉紅色三角，是個同性戀紀念碑。1987年丹恩主持落成典禮，以紀念那些因同性戀而遭到納粹份子迫害的人。三角象徵著同性戀者在納粹壓迫期間，被迫戴上的三角形標記。

和食物的差事，雖然布魯塞爾比不上中國的北京上海龐大，那畢竟也是歐盟近三十個成員國的總部所在。然而，結果是，他不僅沒有像梵谷一樣在布魯塞爾留下像《壁爐前》那樣的作品，他甚至是一無所獲。於是，他決定前往巴黎。「巴黎是夢想之都！」這又是誰說的大話？他已經開始懷疑自己在專業上的選擇，然而，一如成不了音樂家的人，卻去不掉和音樂發燒友紮堆的毛病。這便是他選擇蒙馬特的潛在原因吧。沒准蒙馬特所有的畫匠曾經都和他一樣滿懷遠大的藝術夢想呢。

他開始東一榔頭西一棒槌地打散工，做導遊於他是意外，他其實根本就沒有導遊證，但是，他依然可以到旅行社拉活，靠著幾種夾生的語言，對付人地兩生的遊客已是綽綽有餘。

這天，楊希帶團到艾菲爾。按人頭收了錢，買了票，就獨自放風去。反正票買了，爬天梯，乘電梯，隨客人自便。對於這個景點，他都說爛嘴皮了，有了網路，要看什麼有什麼，到這裡來莫非是看個實物，誰稀罕那點生搬硬套的解說？

身不由已地，楊希又到了那棵梧桐樹下。他耳邊想起那個吉普賽女郎的半句英語。他們在梧桐樹下對視言語的情景此刻竟現出才子佳人的詩意，有一種溫柔的折磨，如漣漪輕蕩於心湖，竟想念那女人了。他甚至後悔沒有留下她的聯繫方式。其實他曾經從自己的名片盒裡抹下一張來了，上面有他的手機，信箱和Skype等，但終於他沒有給出去。是擔心自己的衝動給將來種下一個巨大的危險嗎？還是和所有種族歧視者一樣在一個流浪民族的成員面前持著居高臨下的態度？他憑什麼？就憑他自以為，再天涯淪落，遙遠的東方也有個五千年古國做故鄉？

艾菲爾廣場入口那棵柵欄圍著的大樹下，是吉普賽女人紮堆的地方。她們衣著斑斕，長髮垂腰，身段婀娜。想必任何一個初來乍到者都不會把如此標緻風情的形象和伸手行乞者攪混一起。然而，她們就是幹這行的。她們似乎把這個行當當做自己的宿命來服從了。她們卻只是隨意，不糾纏，問只是問，是他們主觀意識上的作為和這個城市乃至世界交流的方式。「Speak English？」可理解成：能說英語嗎？能和我說說英語嗎？甚至，能和你說說話嗎？語言的理解是靈活的，何況，長期的流浪，她們近乎沒有說本族語言的機會，有的或許甚至遺忘了自己的母語。

楊希把團送往機場後，回到住處。在門口，他看見一幅畫，擱在臺階的花壇旁。油畫，80×100大小，畫上是個女人，半坐姿，花長裙，披散長髮，秀眉、大眼、鼻挺、眸亮。楊希心裡轟然作響，轉身衝出巷口，直跑到聖心院廣場，這裡一如既往地瘋狂。巴黎的夏季，夜晚姍姍來遲，此刻夕陽正滑落地線，晚霞如一汪金水，從聖心院左側迅速傾瀉而下，整個巴黎城瞬間浸入金色的城池。楊希站在高處，用眼睛高頻率地搜索人群，然而，滿山滿海的人，沒有一個似曾熟悉的女人的影子。

吉他手鼓應聲起落，一個狂歡達旦的夏夜正開始。

返回住處，楊希把畫搬進房間，放在床前。他這才算好好打量起這個他正惦記的女人，一個和他有過半宿之緣的吉普賽女人！從女人裙擺邊扭在一起的幾個字母看出一個名字：吉娜。當然，是以羅姆語書寫的吉娜。儘管，他越來越覺得那些常年在廣場給遊客畫肖像的畫匠遠不是他心目中的畫家，然而，眼下吉娜這幅肖像，除了清晰美麗的輪廓，還是畫出了幾分神韻。

一週後，楊希拿著從油畫拍下的照片找到幾個逗留廣場的女人。女人們說：吉娜生病了。

楊希見到吉娜時，她躺在一個破鐵皮屋的木床上，裡面陰暗、潮濕。雖是夏天，依然有寒氣。

楊希喚吉娜時，她緩緩轉過頭來，目光飄渺。她在陰暗的光線裡把楊希看清楚了。「一夜夫妻」的情誼，從千山萬水跋涉而來，回到四目相對的兩張臉上，一切顯得如此地柔腸百轉，即見兩顆眼淚晶瑩著從吉娜睫毛滾落。楊希猝不及防，趕緊給吉娜擦拭滑向耳郭的淚線。他明顯感覺到她頸脖的滾燙，去摸她額頭，上帝！

很快，他找到了吉娜高燒的根源：那只被子下用破棉捆綁的腫得像山包一樣的腳，連腳踝都看不見了！

楊希抱起吉娜，說：「我們去醫院。」

吉娜條件反射，異常倔強：「這裡沒有我們的醫院！」

「為什麼這樣說？」

「反正我不去！」

「不去病好不了。」

「反正，我不去！」

吉娜的倔強與其說是一種抗拒，還不如說是執拗，甚至恐懼。楊希明白，異鄉人在這裡看病，得帶護照、身份證，乃至結婚證，和醫療卡。吉娜是否有這些證件，他一點把握也沒有。

眼下，楊希只好給吉娜降溫，用溫水、涼水，或一切可行的物理降溫法。意識到眼前這個女人的安危搭掛到他頭上，楊希心裡猛然有了男人大丈夫的擔當，於是開始在爐灶和床榻之間的忙碌。

一旁的廣播正報導午間新聞，說義大利正在展開一場非法移民清理風暴。義政府之所以這樣做，是因為龐大的移民群體給義大利的社會形象、公共治安和環境衛生等帶來了一系列問題。尤其是遍地簡陋骯髒的吉普賽營地裡，那些住鐵皮棚的吉普賽人，常年逃避人口註冊和普查。他們來無影去無蹤的生活方式讓義國公民的安全頗受威脅，甚至，有太多的治安案件頻頻爆發。為此，義出臺了一項「安全法案」，由警察局和紅十字會負責對所有吉普賽人展開一次全面的人口普查，不管是否擁有義大利國籍，一律進行指紋採集。義國官員認為：只有這樣，才能保證那些有資格留下來的人體面地生活。

楊希按吉娜的指向，在床頭小櫃一個精緻花紋雕刻的木盒裡找到了一個帆布袋，裡面並列著兩個方形木盒，楊希分別打開，一個裝有多色線腦紐扣和蕾絲花邊，一個十分緊致地碼著各種包裝的藥品，都拾掇得格外利索。藥物上的文字，是印度語。楊希從形狀和氣味上分辨出紫蘇、麻黃等一些退燒用藥。他沒想到吉娜自己有如此精細的計劃，似乎對自己的異鄉歲月有備而來，並做好自力更生的計劃。他急於燒水，可是，水壺插上電源沒任何反應，又去插燒咖啡的壺，顯示燈還是不亮。他急慌慌地打爐灶的火，火苗總算竄起來。

因為受了廣播的干擾，楊希情緒有些激動，他站了一旁候水開。是的，吉娜吃藥、熱敷等等，都等著這壺水。水真是生命之源呢！他不知道吉娜這樣躺在床上有幾天了，估計是有人幫她買的罐頭、麵包和果汁。條桌上零落著紙袋和盒子，因悶熱和潮濕，有了異味。吉娜看楊希把堆積的紙巾，紙盒，錫罐分別裝了袋子，又去洗杯子拿毛巾。楊希說：「這地方住不下去的，我要把妳帶走！」

楊希在沏水時，聽到棉被下傳來吉娜輕聲的哭泣。

楊希端了水來，告訴吉娜，他需要坐到床頭上去。說著，手就到了吉娜後肩胛。吉娜靠在楊希懷裡，楊希把她繞了滿身的頭髮順到後面。吉娜順從地喝水、吃藥。她一邊喝著楊希遞給的水和藥片，一邊流淚。

吉娜的腳傷是因為摔了一跤。她受近郊一個景點的老闆雇用，為遊客展示吉普賽舞蹈。老闆是個法國人，給的薪水低廉，還月月拖欠。法國人說：「看妳歌唱得好，舞跳得好，才把妳留下。妳知道你們吉普賽人沒人要！」近來，他又拖延吉娜工資，房東催房租，還斷了電。那天，吉娜在臺子上走神，栽了下來。

楊希把吉娜帶回了家。一路上，他不是沒有顧慮，撿了這麼個大活人回來，萬一哪天缺水斷糧怎麼辦？但，總不能讓一個活口在饑寒交迫中客死他鄉啊。他儘管出去拉活，一個月裡能撞上一兩個團，把他們往賽納、盧浮、凡爾賽一帶，然後到香榭裡，手錶店皮具店工藝品店轉一圈，一月半月的房租吃喝就來了。反正，有這樣一個美人在家，賞心悅目的，他也心情愉悅，起碼，能對一個如此風情精緻的女人施好，是他福氣。

吉娜的燒退了，山包似的腳踝也漸漸痊癒。之前，她一再和楊希強調，她的腳絕不是骨折，只是崴了。果真如此。

他們得做點什麼來共享喜悅，有什麼比男女的歡愛更讓人著迷呢。這一回，再也不是初次邂逅的狂風暴雨，因為不用擔心只此一頓之後的青黃不接。彼此的纏綿便變得如饑似渴，變本加厲。他們這樣這樣地給予，又那樣那樣地擄奪。每過一輪，吉娜就說她腳上的腫痛減輕一半了。吉娜的話激勵著楊希，讓他越發孜孜不倦。

吉娜完全恢復後，他們更是變著法子在床上尋歡快，貪婪得很。

廣播正追蹤義大利的「指紋採集」事件，該事件導致了滿街失學行乞的吉普賽兒童。這些流落街頭的孩子大多和他們的父母一樣，沒有義大利國籍，因而失去受教育的權利，甚至沒有資格享受疫苗接種。而很多家庭的被迫分離，讓眾多的孩子一夜之間成了孤兒。他們中有一些是在義大利出生的孩子，擁有義大利國籍，而他們的父母因為非法移民，甚至遞解令在身，被查緝之後，立馬被遣返回國。

吉娜閉上眼把頭埋進楊希的臂彎。

楊希的簽證是一年一簽，從學校出來後，因為沒有固定的工作和住處，他還需要朋友幫忙，才拿到這個簽證。而吉娜的情況，他從來不問。吉娜也不問他。在這個事上，他們彼此十分自覺。

蒙馬特又開始了它的旺季。大清早，場子就擺開了。畫框、油彩、鏡子、高腳凳鋪陳一地。太陽躍上高地，場子裡遊客就背貼著背，臀蹭著臀，插腳都難了。四周的館子，滿滿當當都是客。

吉娜的出入，常常引來目光的追隨。尤其是那些畫架前的傢夥，他們更是放浪形骸地吹哨。他們寧可讓調色盤裡的油彩凝固，也要把一個撩人心扉的美事繼續下去。

那火焰般的衣裙——她讓我相信達芬奇的《蒙娜麗莎》是有原型的，能把這個尤物弄到自己名下，就不用滿街找模特兒了——他們聳肩瞪眼，像在談論電影裡一個人物。直到吉娜的背影消失在擁擠的小巷，他們才轉過身來，讓心思重新回到手頭的活兒上。

那天，窗前有個人在探頭探腦，楊希問了聲「是誰？」人影即消失了。今天，有人敲門。楊希把門打開，是個絡腮鬍子，披掛著滿身是口袋的便裝，衣襟上有乾掉的油彩。

楊希認出他是前面攤子上畫肖像的。

鬍子說：「我似乎看見有個姑娘從這裡出入？」楊希張著嘴，他不明白大鬍子的意思。鬍子繼續他的自言自語：「她找我畫過畫，極其嫵媚的姑娘。」楊希趕緊側身，擋住身後牆上的畫，說：「哪個姑娘？我不認識。」大鬍子說聲抱歉，轉身出樓。楊希才記起在一些雜誌上看過對他的介紹，鼓吹他在創作表現上靈活運用質感的視覺與觸覺性，使作品呈現具真實的美感，尤其擅長肖像，曾經為不少名人乃至總統畫像。云云。

稍為躊躇，楊希還是決定告訴吉娜，說有個為她畫過畫的大鬍子來找過她。吉娜愣了一下，說，那人神經病，別理他就是。楊希不明白吉娜說的「那人神經病」具體是指什麼，他很想問問，又不好問。終於也沒問。

那天，楊希在家裡半天等不回吉娜，火燒火燎，終於撥通了吉娜的電話。她在那邊聽到楊希的聲音，嗚嗚哭起來。楊希頭髮豎起，問出了什麼事。「我迷路了。」楊希大著嗓門：「妳在哪裡？」「我不知道。」「看看旁邊有什麼標誌，比如路牌、建築什麼的。」「沒有，我在地鐵站。」

楊希問吉娜怎麼不給他電話，吉娜說她電話打不出去了。吉娜終於告訴楊希，說她在香榭麗站。

「我馬上就到妳身邊，別怕！記得，原地不動。」楊希又加了一句。

楊希趕到吉娜身邊時，她小臉都紫了。吉娜把頭戳進楊希的下巴頦時，他眼眶裡熱氣洶湧。

「別怕，我們不是又在一起了嗎？」

楊希拍著吉娜的背，重複著這句話。此刻的他們不是蒙馬特酒吧裡消遣的客人，不是愛牆前的純情男女，他們變成了彼此依靠的親人。他驚詫這種感情的由來，是幾個月肢體相纏的同床共枕，還是人在他鄉的種種遭際讓他感嘆。

回家的路上，他們又變得飛鳥般雀躍了。楊希逗吉娜，說，以後他要給她脖子上掛個小紙片，上面寫上他們家的地址，並給足夠的車錢，這樣，不管她到哪裡都不怕，萬一迷路，把脖子上的紙片向計程車司機一遞，她就可以坐著賓士唱著歌回家。吉娜羞紅了臉，撲向楊希哈哈大笑，終於順下氣來，說：「我才不掛什麼小紙片，那是孝順的兒子們對老年癡呆症媽媽的做法。」楊希於是作勢發起牢騷說：「看妳以後怎麼做媽媽，連自己都差點弄丟了，能照看好孩子？」

吉娜噤聲了。

楊希自知失言，趕緊閉嘴。孩子是屬未來的，他和吉娜哪有什麼未來呢？

吉娜是那樣喜歡孩子，街上那些折疊童車裡的天使，那些上下兩層的躺著坐著的三個四個一起、吸著奶嘴的天使，總讓吉娜駐足良久。楊希不明白他們的父母是用什麼樣的男女秘方，能一次造出一群來。

楊希和吉娜的日子越來越像一對恩愛夫妻了。白天，楊希出去拉活，吉娜在家裡絕不閒著。她能用巧克力、曲奇、雞蛋、糖等等，借助機器和器皿，做成美味可口的蛋糕、冰淇淋；她會用烤箱烤出油光發亮的烤雞和鬆軟泛香的麵包；她能用色彩圖案搭配絕佳的布片拼接成形，再配以蕾絲花邊，縫出斑斕的長裙，乃至精緻性感的胸罩和褲衩。總之，楊希回到家來總能看見新鮮的事物，包括熨燙整齊挺括的他的衣裳，還有角落裡漸漸多起來的跪的坐的、盛杯子碟子的碎花布墊，色彩斑斕的。誰說吉普賽人邋遢冷漠，誰說她們天生只行乞偷盜？楊希在心理說。

這些天，街上到處張貼有畫報，畫報上是一堆洋人的頭臉，男眾女寡，都一臉燦然。從簡介看，有不少是這個城市甚至這個國家的主宰。廣播說，六年一次的政府選舉即將開始，這是僅次於總統選舉和立法會選舉的普選。

楊希帶團到里昂，沿途的鄉村曠野，同樣是那些在城裡張貼滿街的人頭。幾乎是十分漫長的時日裡，每天出門，公車站、地鐵站、人堆裡，談論的幾乎都是領導與選舉。人們議論著誰對這個城市貢獻較大，誰對福利的改善有膽識，誰對移民管理最具英明。廣播裡常常是一對男女唱雙簧，滔滔不絕地渲染喜慶將至的氣氛。

這是週末，到了選舉的日子。家家戶戶，凡是滿十八歲的，須持身份證到指定地點去參加投票。大清早，房東坐在門口，出門的人從身邊經過，她準要問一句：「拿身份證了嗎？」好像她兒子也在候選人當中，她這一開口，能為她兒子討上一票。

楊希和吉娜就坐在他們窗臺前的花叢邊，聽著公寓裡進出的主人和鄰居們的忙碌。此時的月季正嫣然。「民主選舉」宛如歐洲百姓的鴉片，只要擁有國籍的十八歲歐洲公民都可參加，選舉對象上到總統，下到市政人員，那是多麼榮耀的一項國民權利。

吉娜和楊希就在春花爛漫裡用他們摻雜的法語和英語談論著這些有趣的事，似乎，在法蘭西的地界住久了，他們也在變成這片土地上的一員。其實，他們和這裡的老百姓有什麼不同呢？他們同樣是早上吃的法國麵包，晚餐土豆牛扒，他們不過是沒有參加選舉的權利。誰當總統、市長，他們不同樣是異國他鄉的寄居者？一胎三胞四胞地生產孩子，甚至，他們連一個孩子的生育權也沒有。但說來，這些都不重要了，最為提心吊膽的，他們得時刻提防員警的「光顧」。

二〇一〇年，這一年的劫難他們是無論如何也難以避免了。夏季的假期在有些空蕩的城市裡顯得寂寞而漫長，幾乎所有的家庭都還在鄰國或境內渡假，以致薩科奇在電視裡說必將驅逐吉普賽出法蘭西疆界時，他的百姓們還沒來得及趕回慶祝這件大快人心的事。一直以來，有多少法國人把那些遮風擋雨的帳篷、隨走隨宿的房車，以視頻或圖片的形式呈現在法國政府面前？又有多少人把花園裡失竊櫻桃蘋果描述成嚴重的偷盜事件？更有傳言說，那些隨口問出「Speak English？」的街頭婦女，是被輾轉多處販賣至此的娼妓。似乎，種種跡象表明，吉普賽們所形成的宿營地無疑是罪惡的溫床，這不僅有損法蘭西貴族們的形象，甚至對他們的生命財產構成了威脅。

「『義大利式災難風』捲到法蘭西來了。」楊希說，「唉，不過也確實是有些羅姆人不愛惜自己，壞了大夥的名聲。」

已經持續了兩個月了，報紙電視，處處是羅姆人（吉普賽人）攜帶孩子離去的圖片和畫面。那些攜家帶口横穿馬路的背影，那些雙眉緊蹙神色蒼茫的臉，還有，被拽在手裡隨大人疾步或滿臉驚惶的孩子。據說，他們當中，有人拿了政府的補償，成人三百歐元，未成年一百歐元，並自願簽下離境協議。

晚上，楊希和吉娜回來較晚，鄰居來告知，說今天來了兩個民警，問了楊希家住的什麼人。兩個白種男人在門前等了良久，下班前才走了。楊希和吉娜對了眼，不吱聲。

週末的傍晚，小丘上的那個大鬍子又找上門來。正好，楊希在，吉娜也在。這一次，他看到了牆上寬邊畫框的吉娜，自鳴得意：「以後我會把妳畫得更美，妳投胎前就是畫上的人。怎麼妳不願意呢？」吉娜說：「我說過，我不喜歡就是不喜歡！」大鬍子沒喝完楊希沖的一杯咖啡，便知趣地告退了。

後來，吉娜才和楊希解釋大鬍子說的「怎麼妳不願意呢」這句沒頭沒腦的話。曾經，吉娜去找大鬍子畫肖像時，他和她談過，要她去做他畫室的模特，她說她不可以。他問她為什麼，她沒說。但他沒頭沒腦地說了一句：「我可以給妳的長期居留做擔保。」他告訴吉娜，他移民局有人。

楊希不明白自己對這件事情為什麼沒有任何表態，其實，那對吉娜是個很好的出路，他不能給吉娜這樣的出路。他只想過要把吉娜送去語言學校，讓她一邊學習法語，一邊把巴黎的地圖線路弄清楚，標示出這個城市上好的景點和購物網點。他會把做導遊的經驗告訴她，這樣，不僅謀生輕而易舉，且還兼了遊歷，長了見識。實話說，他是不希望吉娜去私人的場所跳舞的。

新聞依然不斷，畫面上一批接一批的吉普賽人登上遣送回國的專機離開法國，還有，那些才降落故土的吉普賽人又重返歐洲，以致歐盟所在地處處是他們夜宿的帳篷，一切是那樣不堪；薩科奇齊在歐盟委員們面前咆哮：「我不是希特勒，更不是蓋世太保！」，「我們自己國家的事，我們有權利自己解決！」

一週後，吉娜對楊希說，她很快要離開巴黎了，她要隨大夥到丹麥去。

楊希聽到這個消息一點也不意外，只是來得快了些。其實，他從來不曾想過要問起吉娜在這裡的身份，他甚至決定，哪怕她和不少異鄉人一樣，是個懷揣遞解令行走於大街上的流亡者，他也不在意。而越是這樣想，他越覺得他們彼此情誼的珍貴，越無法面對迫近的別離。

吉娜比楊希更意識到事情的不容扭轉。然而，她先天是吉普賽人的爽朗奔放，似乎遷徙對她是家常便飯，一點也沒必要愁眉苦臉，哪怕把楊希永遠地留在蒙馬特。之前，她把那些她自裁自縫的布藝全洗了一遍，還有楊希的衣服，床上的被褥等等，似乎，她在走前要把自己留下的氣味全部清理出去。

大清早他們有長久的纏綿。小丘上的畫匠們把畫板架子支開時，他們又貪戀著睡了一覺，直到場子裡人群熙熙攘攘地走動，他們才懶洋洋地爬起。

傍晚時，楊希見到了傳說中的吉普賽大篷車，其實就是打扮誇張怪異的大卡車。這個被認為和印度人同根同脈的民族，他們天生擅長以熱烈表達憂鬱，以奔放宣洩寂寞。他們的大篷車一路鼓點激越歌聲嘹亮地開進蒙馬特，館子裡正說悄悄話般耳語的紳士們此刻側目凝神，卻見這輛怪異的卡車，車廂外立面被裝點得格外花俏滑稽：左面是直衝雲霄的艾菲爾塔，薩科奇挺立在塔前，臉上是咆哮著「我不是希特勒」的憤怒和猙獰；右邊是一對吉普賽男女激情歌舞的造型，男人神采飛揚，女郎身段妖嬈，顏容嫵媚。

蒙馬特地勢高，連逶迤全城的塞納河也無法逆其而上，長著六隻輪子的大篷車也只能停在小丘下。

楊希不知道一起來接吉娜的吉普賽人有多少，只聽見小丘下的鼓點越來越急，男女對唱歌聲纏綿，這讓他想起看過的那些印度電影，那些深情憂傷的眼神，和進進退退的舞步。

說好不許送的，他們就在回廊裡狠狠地吻了一會兒。

吉娜帶走了楊希幾天前應她要求而畫的一張素描。沒有裝裱，只輕輕一捲，成筒狀放背包裡了。楊希站在小丘的窗前，聽吉他手鼓在響，一時弄不清是聖心廣場的狂歡正在開始，還是吉娜他們的大篷車就要大肆歡歌地離去。當聲音越來越清晰時，楊希正面對著油畫上那張嫵媚卻憂鬱的臉。

那是吉娜給楊希留下的印象。

散文
散文

散文

在孔雀的故鄉，與開屏的孔雀合影

德國 譚綠屏

最早領略孔雀之美，始於幼年跟著母親去動物園。擠在大人的腿邊張望，那搖曳生姿的孔雀屏開如展扇。後來父親有朋友來訪，留下兩枝精美閃亮的孔雀尾羽毛。父親插在客廳的大花瓶中，每每讓我愛不釋手。少年時學跳孔雀舞，最難忘那一手臂高舉過頭，合指如雀首，另一手臂後揚拾裙裾，展開如雀屏，直腿換弓步，側身跨越行的漫妙舞姿。青年時從農村病退返回城，念念不忘孔雀那攝人心魂的俏麗風華。下苦功、排萬難，用紀念先母華采真的筆名華真，創作了大幅中國畫《慶昇平》（81 cm×138 cm）。圖中一白衣傣族少女與開屏的孔雀共舞，太陽從湖水中冉冉升起，畫中寄託著對國家對自己升平的期望。中年時在國外打拼，一切從零開始，二十多年無緣與孔雀照面。壯年之際來到雲南西角。在和順圖書館，我揮毫題書「夢圓雲南」，道出我多年的真情想望。

帶著潑水節後的興奮和困倦，來到畹町生態園，不覺眼前一亮，精神一下子振作起來。這裡是我結緣已久的孔雀的故鄉。一九九九年四月建園以來至今已有家養和野生的孔雀四百多隻，比大門外豎牌的介紹增添一百多隻。繁枝茂葉映襯、花影繽紛拱托，綠色的、藍色的、白色的孔雀優遊自在，安身立命在占地二十五畝的自然園區內。

我們每人端著一盒玉米，進入園區分頭各自招喚孔雀，搶拍孔雀優雅嬌媚的神情，抓住孔雀俊逸瀟灑的風姿。記不清是哪一位仁兄幫我拍下我與開屏的孔雀合影。看吧，定格為畫中人，人生入秋，素面朝天，掩不住倦容的笑臉，竟然惹得孔雀王子的眸子暗送秋波！好在玉米還有，奉獻一把，收尾休息，善哉善哉。

旅美作家盧新華買了一隻孔雀蛋小心翼翼端在懷。我說：「回家小心孵呀，明年到你家看小孔雀。」

後來我到杭州與家姐會合同遊孔雀園。那杭州的孔雀養在柵欄內，不准觀眾餵食，只能遙遙用鏡頭捕捉。杭州的孔雀像城裡人一樣，富態豐腴、貴氣孤高。猛然見它們十來位孔雀同時開屏亮相，那氣勢八面威風令人叫絕又震驚。我想念起畹町的孔雀，沒有那麼油光發亮，倒是像山裡人一樣精幹靈動、單純可親。特別是大膽開放、善氣迎人，同來客交誼尋趣、打成一片，融合成天人一體的祥和圖畫。

小鎮四季

西班牙 張琴

十幾年前，離首都不遠的貝里亞小鎮，還是一片冷冷清清，閉塞得幾乎無人知曉。那時，鎮上的居民至多只有五百戶。除了日用起居什物的小店外，根本看不到像樣的店鋪，人們需要考究的用品，必須到附近的大鎮去購買。

十年彈指一揮間，小鎮發生了可喜的變化。如今，方圓幾里到處佇立著典雅的別墅群，那紅磚牆，襯托著白色的柵欄和鐵門，家家戶戶院落裡搖曳著花草植物，煞是美觀。

現居住在此的居民大約已有上萬人，政府、警察局、成人學校、診所、超市、網球、足球、籃球俱樂部，各色商店應有盡有，光銀行就有五家，還有家庭印刷廠。小鎮每週還出版一份自己的報紙，免費贈送。學校從小學到初中、高中就有三所，附近鄉鎮的孩子們也來此上學。

春暖花開的季節，小鎮到處洋溢著春的氣息，露水珠兒點綴著青青的草坪，楊柳冒著嫩芽，早春的銀杏花飄香漫溢著全鎮，還有那一株株玫瑰和薔薇含苞待放。

居民的院落裡，晾曬著家什衣物，婦人們靜靜地坐在小院享受著春日的陽光。老翁們走出戶外，來到運動場，揮動著手臂運動著正逐漸衰老的生命。隔壁安娜養的那條Rottweiler狗，與對面琳達家的大黃狗與一隻小花貓相處了整整五年，牠們就像一對好朋友，每天形影不離，有時也會串東家走西家來到你家的花園裡。屋簷下，燕子又飛回到了去年所築的舊巢，嘰嘰喳喳熱鬧起來……

不知什麼時候，小鎮住進了許多外國人。大家平時都只是在超市才見見面，彼此禮節性地打個招呼。可一到夏天，鎮上的大女人小女子，全都穿著性感的比基尼，男人穿著短泳褲，不約而同地來到了游泳池消暑。彼此間，自然多了一份「坦誠」的交流。游泳池裡，肥瘦相間的美人魚游來晃去，把那藍色的池水蕩滌得波紋綻裂，即便有人在烈日下一展美麗或「不美麗」的天體，也沒有人感到驚詫與淫穢。

小鎮不遠的湖旁邊，垂釣的人兒早早往湖裡撒下了誘餌、放下釣竿，等著一條條魚兒上鉤來。一旁的林蔭小道上，燒烤的濃煙繚繞升起，那香氣早令人垂涎「千尺」。此時，小鎮就像一幅自成天然、美輪美奐的油畫，讓人流連忘返。

一年中的秋季，是小鎮最熱鬧的季節。政府會出資請來遠道而來的民間藝人、俄羅斯有名的芭蕾舞劇團……想不到的是，在這不到萬人的小鎮，還能親眼目睹到人跟牛狂奔的場面，那份刺激把小鎮人樂開了懷。

看焰火，最好是在小鎮月朗星稀的秋夜。稍大型節日都會放煙花，讓居民大飽眼福。每逢這時，外來看熱鬧的人流就會絡繹不絕，潮水般的車輛把小鎮擁擠得水泄不通。

燈光下，各種各樣的兒童電動玩具轉動不停，悠揚的音樂不絕於耳，唱唱鬧鬧個把星期，小鎮熱鬧得就像開了的油鍋。那些常年趕集市的小攤販，也不失良機，搭棚接電，拉開了長龍般的攤位，兜攬生意。秋風吹來，落黃滿地，漫步小鎮，一絲愁緒之外，會有滿懷成熟、滿足湧上心頭。園丁們每日不辭辛勞清掃著大街小巷，為小鎮裝扮著今天和明天……

冬天一到，小鎮上滿目甚是冷清，蕭條得見不著人影。連那飛禽也不知躲到哪裡去了。

我們居住的小鎮中國人是越來越多了，顯然沒得串門的機會。我和外子也只好入鄉隨俗，緊閉大門，躲進「安樂窩」。實在熬不住冬的蕭瑟時，我們便生著壁爐，聽著木材燃燒劈哩啪啦的響聲，望著舒展的紅色火焰，聊著天南地北。當我們手捧書卷閱讀疲乏時，外子會突然「發難」或詼諧調侃，常使得我捧腹大笑，睏意頓消。興之所至，我會不顧壁爐燃燒的火焰，一屁股坐在壁爐近邊，腿上蓋一條毛巾被，做老態龍鍾的嫗婦狀，一副滄桑衰老的樣子。外子驚訝又欣喜：「等一下，用毛巾把頭包起來，照張像……」又是一陣狂歡的笑。待壁爐裡的火焰有了「底火」，室溫也就升高了。到最後餘下一堆炙炭的時候，我們把早已準備好的土豆，紅薯埋了進去。這時，身上不再冷，雙頰已被烤得通紅通紅，額頭上已是汗漬漬的，我們倒進沙發，熟睡在冬的童話裡。一覺醒來，哇！噴香的薯味撲鼻而來，又是一個冬天的軼事。

我們就這樣在這聊寂的冬季，各自護守著各自「溫暖的寒冷」，品味著冬的情趣。

備註：幾年前，貝利亞小鎮被聯合國文教處列為「最適合兒童居住地」。

淒情才女張愛玲

德國 黃雨欣

傳說中張愛玲幾欲焚毀《小團圓》之手稿又終於不忍，在這位曠世才女離世後近十五個年頭的今天才得以面世，這期間所糾纏的紛雜世事以及張愛玲複雜神秘的身世，都給這部「千呼萬喚始出來」的小說增加了噱頭。小說的前半部事無巨細地交代了一個冷傲女子的家庭背景，以及家庭中錯綜複雜的人物關係。這部分寫得過於瑣碎拖遝，我讀起來非常吃力，對人物總體的感覺是病態：親生母女之間的疏離排斥的關係、姑嫂之間的曖昧同性關係、姑侄之間的柏拉圖式的精神愛戀……那種種個性心理的病態壓抑得令人喘不過氣來。

從後半部開始，出身落魄名門的才女九麗和汪偽政府漢奸才子的戀情才鋪展開。兩位男女主角一露面，就讓人明顯感覺出，這是一部反映張愛玲和胡蘭成那段難以言說戀情的自傳體小說。胡蘭成在小說裡的名字叫邵之雍。這個男人愛上小說家盛九麗時，家裡還有一個正妻，一個小妾。正妻是被邵之雍後娶小妾氣出神經病後，帶著一大群孩子讓邵之雍的侄女秀玲撫養，而秀玲又因深愛著自己的親叔叔甘願承擔這份不明不白的責任。這個男人是帶著雙重婚約來追求九麗的。看到這裡，很為癡情的九麗所不值，更佩服九麗追求愛情的勇氣，這樣的火坑也敢跳，真真服了她！事實證明，九麗對愛情的追求是多麼地盲目和可憐。在逃亡的路上，邵之雍毫不掩飾地和護士小康交好，在九麗還追到邵在鄉下的隱居地糾纏著「你到底要我還是要小康」時，才發現，人家早就又和鄉村女教師明鋪暗蓋了；期間借助在日本人家裡時，和日本女房東也有一手。

看到這裡，我似乎明白《小團圓》書名的含意了。大漢奸邵之雍在逃亡期間，一直在做著古代書生進京趕考，沿途見一個愛一個，金榜題名時左擁右抱，幾美團圓的春秋大夢。

當邵之雍給九麗的信裡明白無誤地告訴她：「有一次夜裡同睡，她醒來發現胸前的紐扣都解開了，說，能有五年在一起，就死也心甘了。我的毛病是永遠沾沾自喜，有點什麼都要告訴妳，但是我覺得她其實也非常好，妳也要妒忌妒忌她才好。」讀到這裡，我恨不能一口唾沫啐到這個無恥之徒的臉上，真是世界之大什麼鳥都有，見過不要臉的男人，但沒見過這麼不要臉的，這種從裡到外都散發著腐敗惡臭的行屍走肉，張愛玲憑什麼愛他愛得昏天暗地，追他追得無怨無悔？他毀了張愛玲全部的感情世界，沒有他吃人不吐骨頭的感情傷害，張愛玲的一生就不會那麼孤苦淒慘。不過話又說回來，張愛玲能為這種連人都不算的沒品沒德的跳樑小丑窮其一生，那可憐的情商用她自己的話說，真可謂是「低到了塵埃裡」。

國內網上炒作的色情描寫也不過就那麼一小段：

「他眼裡閃著興奮的光，像魚擺尾一樣在她裡面蕩漾了一下，望著她一笑。

他突然退出，爬到腳頭去。

他的頭髮拂在她大腿上，毛魆魆的不知什麼野獸的頭。

獸在幽暗岩洞裡的一線黃泉就飲，汩汩的用舌頭捲起來，她是洞口倒掛著的蝙蝠，深山中藏匿的遺民，被發現了，被侵犯了，無助、無告地，有隻動物在小口小口地啜著她的核心，暴露在恐怖柔和在難忍的願望裡：要他回來——馬上回來，回到她的懷抱裡，回到她的眼底——」這段描寫，雖有湧動的情慾，卻並不淫蕩。

張愛玲的筆是冷的，心是冷的，她眼中的世界依然是冷的。讀了她筆下的冷眼人生，以及冰冷世界裡的男女之間冰冷的親密關係，我的心猶如刀割一般疼痛，為這個高智商低情商的癡情才女，為她在冰冷人生裡的淒涼謝幕。

莫斯科擁抱日本風情

俄國 白嗣宏

在莫斯科這樣一個紅塵滾滾的名利場上，卻有那麼一片淨土，一片綠洲。莫斯科的老百姓為了躲開迷漫的硝煙，給自己一段清淨的時間，往往喜歡到市裡這片綠洲來。這片綠洲就是位於市內俄羅斯科學院植物園裡的日本花園。

日本花園所在的科學院植物園始建於一九四五年四月，即二次世界大戰即將結束的前夕。佔地三百六十公頃，約相當於五千四百市畝。園內種著一萬二千多種世界各大洲的植物，其中有不少是已經列入紅皮書的珍稀品種。除了俄國特產寒帶植物，還有很多亞熱帶和熱帶植物。這裡有植物展園、有花卉館、有白樺園、有橡木園，還有觀賞池塘。就像遼闊的俄國一樣，科學院植物氣勢宏偉，可算是世界上不多的大都會市內植物園。這裡，夏季，綠茵喜人；秋季，五彩繽紛；冬季，琉璃晶瑩；春季，雪融草生。

當遊人走到遠離塵囂的園林深處，一座幽靜的花園就展現在眼前。它那富有異國情調的櫻花，日本風格的石塔，竹筒裡潺潺的流水，樸素的小木板橋，別是一片天地。指路石燈更是給迷途遊人指向聖潔的彼岸。日本花園種有一百多種花草，其中不少來自日本的北海道，如櫻花、榆樹、日本映山紅。這座園子的四季又別於大的植物園。冬天遊人稀少，樹枝孤零，雪地皚皚，石塔石燈頂著雪帽，嚴如冷俊的美人兒。春天始於連翹開出豔黃的花朵；四月底五月初，櫻花開放，像在日本本土一樣，也只開三四天。接著，杏花映山紅爭妍鬥麗。夏天，園裡的紫色鳶尾花引出銀色的薰衣草花和粉紅的繡線菊，金色的千島群島茶花，一直開到深秋。秋天又是一片景象：紅葉悄悄飄落在綠茵上，正木樹上升起一個個粉色小方盒，彷彿百花再次給園子染上了春色。

這座日本花園建於一九八三至一九八七年間，由日本聯合園藝公司設計，由七〇年世博會紀念聯合會、日本駐俄大使館、俄羅斯科學院主席團出資贊助，許多日本和俄國單位參加，共同創造了莫斯科這一美景。俄國研究日本文化專家和一大批日本文化愛好者常常借這塊聖地舉行各種介紹日本文化的活動。莫斯科的日本茶道學校週末時常在這裡舉行茶道藝術表演。

今秋的一個週末，這裡舉行了四場茶道表演，每場四十五鐘。下午兩點的一場由一家私立學校特約，請一位年僅九歲的男孩擔任茶道藝術的主演。十名五年級男女小學生（十一歲）恭坐兩旁觀看。先由日本茶道先生用日語扼要介紹茶道的歷史和要義，一位俄國少女任譯員。然後介紹主演男孩大衛，說他年紀雖小，卻已深得茶道三昧。接著大衛跪在蹋蹋米上行禮如儀，動手做茶。先生對小學生們說，在做茶過程中要斷絕雜念，一心放在茶道之中。這時，三位茶道學員將甜糕分送各人。茶做好了，仍由這三位茶道學員將茶舉碗齊眉，敬送到每人面前。少年們個個表情莊重，細細品茶。這時先生從室內掛著的字匾上的「清寂」

二字說起。他說「清」表示純潔、清淨，「寂」表示祥和、寧靜。他又拿出兩塊字匾，一塊上寫著「和」字，另一塊上寫著「敬」字。他說，「和」表示和諧、和睦，「敬」表示尊重、敬愛。合起來是「和敬清寂」。這四個字就是日本裡千家今日庵茶道學派的人生哲學。接著他又詳細闡述了一番。他沒有說教，沒有進行宣傳，沒有「聯繫實際」，只是從日本文化的角度娓娓道來，在這些年輕的俄羅斯心靈裡播下高尚的亞洲文化的種子。

茶道先生問俄國少年和小姑娘，今天參加茶道活動最大的收穫是什麼。他們說，是和諧，是人同大自然的和諧，是人同周圍人的和諧。和諧了就不會打仗，就不會有爆炸。日本文化的空靈美潛移默化，自然而然地深入他們的心靈。

在莫斯科傳授日本茶道的學校是裡千家今日庵，西川勝先生任教授，利休居士十五世鵬雲齋宗室簽發畢業證書。茶道學校學員不少是鍾情日本、熱愛日本文化的俄國人，特別是莫斯科大學亞非學院日本語專業的師生。他們超越了小市民對日本電器的崇拜，進入了日本文化的另一個境界。應該說這是日本文化的魅力，是亞洲文化對人類心靈的貢獻。

大城小事

波蘭　林凱瑜

記得中學時讀過的歐洲歷史，對波蘭這個國家印象最深刻的是它常受到鄰近強國的侵略與摧殘，人民受盡顛沛流離與亡國的悲痛。第二次世界大戰時，首都華沙被夷為平地，從中再也尋找不到絲毫過往歷史的印記與面貌了。現在世人所見到的華沙市容，都是一九四九年以後重建的，而波蘭也成為鐵幕中的國家，這一切，直到一九八九年底才有了改變。

從沒有想過我竟然會來到這個在歷史課本上讀過的國家，更沒有想到我在它的首都——華沙一待就是二十年的歲月。現在的華沙，發展得像極了臺北市的西門町，有百貨公司、有像誠品書店般的大書店、有大商場、電影院、酒吧、迪斯可以及各式連鎖速食店……等，熱鬧不已。然而，我所看到及體驗到的一九八七年至一九八九年的華沙又是以什麼樣的面貌存在呢？

一九八七至一九八九年鐵幕中的華沙文化生活

我和波蘭籍的外子在臺北結婚後，於一九八七年七月飛抵華沙定居。彼時的華沙很灰暗，即使在七月的艷陽天，也無來由地令我感到陰暗寒冷。人們穿著顏色單調的衣服，甚少有面帶笑容的。馬路上往來的車輛很少，且都是一種小型的Maluch（FIAT 126p），我戲稱它為「火柴盒小汽車」。這種車有多小？有一次，我們駕駛這種小車到機場迎接一位身高一百八十八公分的美國教授，他得彎腰駝背，將雙腳縮到胸前才坐得進來。經過一路上凹凸不平的顛簸跳動，教授下車時差點直不起腰、伸不直腳。當時市面上就只有這種小小車，直到一九九〇年波蘭經濟開放後，這種小車才停止生產。

當時生活上，不論是無形的政治壓力，或是有形的經濟壓力，在在都令遠從寶島臺灣來的我感到無助。每天在電視上（只有兩臺國營電視臺）都能看到他們的總理賈魯塞斯基（Wojciech Jaruzelski）對人民精神喊話，此外就只有一些關於集中營大屠殺的影片，好似告戒波蘭子民：不聽政黨的話，就是這般下場。這些節目看得我夜夜惡夢連連，特別想念臺灣又笑又鬧的綜藝節目。而夜間最好不要外出，因為大小商店都在晚上六點關門，十點以後更有員警攔路臨檢。

「共產」的鐵幕生活，連人民日常生活所需，也難以得到滿足。華沙市裡所有的商店都是國營的，店裡嚴重缺乏貨源，貨架上大多空空如也，要不就是粗糙的塑膠製品。到所謂的「百貨公司」去，更是叫人哭笑不得。一、二樓賣的是成人與兒童的塑膠鞋，只有一種顏色、一種款式，三樓賣的則是有瑕疵的塑膠或木製的家庭用具。衣服毫無款式可言，樣式、顏色都很呆板，但是顧客也沒有別的選擇。所有的東西都是以品質最差的塑膠做的，簡單而且沒有變化。想當然爾，也沒有可任人自由挑選的超級市場，想買什麼都得告訴店員，再由店員拿給顧客。常常在比劃、說明瞭半天之後，顧客拿到的仍然不是自己想要的東西。想要更換，店員還會惱羞成怒地發脾氣說：「沒有了！下一位！」

我曾有過親身經歷。當時是想買蘋果，我很客氣地請店員挑好的給我。當她秤重時，我看到一顆壞的，連忙請店員更換，她卻馬上變臉，將所有袋中的蘋果全倒回籃子裡，並告訴我：「妳不要就沒有，下一位！」顧客在這個國家是沒有地位的。有一次，我和外子去買抽水馬桶，排了一個多小時的隊，總算輪到我們了。店員很好心地說：「這是最後一個馬桶，恭喜啊！你們真幸運。」是呀！我們多幸運，只排了一個多小時的隊就買到了，後面還有人買不到呢！當場我們高興得抱著馬桶又笑又跳。還有一次是排隊買冰箱，幾天前就聽說店家也許會進貨。從那時起，我們天天到店外守株待兔，總算等到這天。店家早上九時開門，我們六點半就提早去排隊了。黑幽幽的空中飄著雪花，陣陣冷風吹得人直打哆嗦，算了算我們還是排第十位。

總算等到九時了，看到一臺臺的冰箱被搬進店裡，心裡算了一下，有十臺哩！真好，我們又會是幸運的最後買主。正當高興時，卻聽到店員說：「冰箱只能賣五臺，另外五臺是壞的，很抱歉，請改天再來。」改天？三天後？十天後？或是一個月後？店員對我們聳聳肩，表示她也不知道。

生活上大大小小的日常用品，如衛生紙、衛生棉、香皂、牙膏、牙刷、針線等，都不是天天都能買得到，更別說是牛奶、肉類、糖等食品了。記得1988年這一年，我們收到外子的德國朋友寄來的聖誕禮物，就是這些日常用品，我還感動得直哭，有生以來，第一次覺得這些不起眼的小東西是那麼地重要，我從來不知道沒有針線的日子那麼難過。

據說這是共產黨政府為了讓人民沒有時間思考政治問題而建立的社會體制，而這種體制也使人們養成了多一事不如少一事的工作態度，反正不論做多做少就是領那麼點錢。走在華沙街頭，最常見到的是五、六個修路工人站著看一個工人修路，比手畫腳地告訴那個工人哪裡沒做好，難怪他們修一條馬路得花上三、四年的時間。上班族也常常把公司裡的物品，比如燈泡、螺絲、鐵線、石灰、油漆等東西帶回家使用。不是共產嗎？意思就是大家的共用財產。夏天更能看到店門上貼著這樣的公告：七月二日到七月二十日公休。他們覺得休假比賺錢重要，這就是人們的工作態度。

一九八九年後華沙的新社會文化生活

自一九八九年底華勒沙以不流血的政策推翻共產黨，波蘭正式地與西歐國家接軌，成為名符其實的歐洲國家。此時華沙的進步是有目共睹的，百貨公司、大商場、超級市場、電影院、酒吧、咖啡館、異國餐廳、外國銀行、二十四小時商店等，如雨後春筍般地冒出來，把華沙點綴得更活躍、更有生氣，完全看不出它曾在鐵幕中度過四十年。雖然有許多體制也慢慢地在改變，並向西歐國看齊，但這不是一朝一夕就能改的，需要時間。

比如工作態度，雖然有越來越多的波蘭人意識到多做多賺的事實，也能接受超時工作的加班制，不過他們仍然很注重生活品質，動不動就說今年非去度假不可。有些到臺北求學或工作過的波蘭學生都異口同聲表示，無法適應臺北的步調，天天趕著打卡上班的生活讓他們精神緊張壓力大，也很佩服臺灣人的工作精神，不但經常加班，而且有人下班後不管多晚都會去酒吧喝一杯，還有精力去夜市逛逛。

臺北的夜生活也令波蘭人羨慕不已，曾經去過臺灣的波蘭學生最懷念的就是夜市小吃。雖然現在華沙人的生活比以前自由又豐富，但還是沒有夜生活，一般商店營業到晚上八時，百貨公司到九時，最後一場電影也只到十一時，只有部份酒吧與飯館營夜到凌晨一時。

這幾年來波蘭或居住或經商或學習的臺灣人越來越多，據說全波蘭大概有六、七百個臺灣人，光是華沙就有四百多人。很多臺商來此經營、投資，電腦公司（華碩、研華、愛地雅、仁寶、微星電腦）TPV冠捷面板、長榮空海公司、Vako電子消費公司、edimax電腦周邊公司、穎霖鋼管公司，還有生產衣服、鞋子，建立腳踏車工廠等等。

近幾年也來了很多臺灣學生在華沙大學或波滋南大學的醫學院就讀。聽說是這裡的醫學系比美、歐各地的學費便宜一半，且讀出來的文憑是被各國承認的。像我這樣嫁過來且成為「波婦」就有十幾對，卻都分居在不同省區，要見個面都得等到大家從各地趕來參加春節或是國慶酒會。因此，大概在五、六年前我們幾個波婦成立了華僑聯誼會，每年舉辦一次活動，每次都由住在不同省區的波婦辦理，這樣我們才更有聚會見面的機會。

一般說來，波蘭人沒有種族歧視，對待外來的民族很熱情。我在這裡生活了二十年，從來沒有感到不自在。左右鄰居還常問我：「妳的波蘭先生對妳好嗎？要是他對妳不好，那真是丟我們波蘭人的臉啊。」可見他們的民族自尊心有多強。

在華沙居住有個最大的好處，那就是華沙市裡有大大小小二十多個公園。雖然名為「公園」，其實都像小森林，一天也走不完。我家附近就有一個「蕭邦公園」，因公園裡有蕭邦的銅像而得名。夏天常有露天鋼琴演奏表演，我們常去那兒散步，順便鍛鍊腳力。可惜這兒的人不在公園裡打太極拳或跳探戈。

自從改革後，華沙的生活變得方便多了，但除了食物、日用品不虞匱乏外，都市的交通運輸系統並沒有臺北完善方便。華沙市目前只有南北兩條地鐵，雖然路上有電車及公車，但每天早上七時到九時和下午三時到五時，這兩個時段常常大塞車。不過，有件事值得臺灣的駕駛人學習，不論有沒有紅綠燈，這裡的駕駛人都會停車讓行人優先穿越斑馬線。

全波蘭有百分之九十的人是天主教徒，所以教堂特別多。每個星期日華沙市民會上教堂望彌撒。各式各樣的建築風貌為市街增添不同的景色，路上也有像臺灣的地攤小販，不時也有街頭藝人賣藝演出。華沙，這個由戰後鐵幕裡的廢墟裡重新站起來的城市，讓我經歷鐵幕生活與民主自由的城市，現在真正是活力充沛的大都市了。

偷看是件美好的事

瑞士 顏敏如

偷看？呵，是呵，偷看是件多麼美好而愉快的事！

飛機鄰座穿著高雅的女人，身上香水瀰漫，你卻能在全套緊身內衣的掩飾下，仍看出她腹部足足多出三斤脂肪時，便會為自己的好眼力自豪。

火車中，不論是雙排四人面對或單排兩人朝同一方向的座位，一旦經過玻璃窗反映，眼力所及乘客們的行動，很難逃過你興致勃勃的偷偷觀察。

你的後側座，腳蹬火箭鞋的摩登女郎，在沈思默想後決定從袋子裡取出一個西點麵包盒時，你清楚看見，她如何以為有塑膠袋遮掩地，將兩支塗著蔻丹的玉指伸入盒內，夾出一個中型蛋塔，送入血盆大口之中；當然，這時外頭漆黑的背景更補強你對色彩的判斷。而你斜前方，頭背對窗子歪躺著注視手提電腦螢幕的長髮阿少，他無來由地咧嘴發笑，原來是映在玻璃窗上，螢幕中的漫畫卡通所使然。

不需在簾子後躲藏，不必在門縫中遮掩，你賭定要在眾目睽睽之下偷看。就在你發覺，自己從玻璃反射中偷看的那人，也正透過靠近他的玻璃反射偷看你時，是多麼驚心動魄的人生邂逅啊！

大白天在公共交通工具裡戴著太陽鏡假寐的好處是，隨著頭部的左傾右幌，你可以有諸多選擇地，看她不看他或看這不看那。若你非要偷看上世紀八十年代羅馬尼亞人徹夜排隊等買麵包時，那個精瘦的小不點兒如何把先佔有的位置賣給後面的人，自己又從最後面排起的話，也絕沒人會提出異議。

你在飯店大廳抽煙，面對一整牆的明鏡，更可光明正大地偷看你身後桌旁的妙齡女郎，如何愛嬌地拂去她身旁那脖子綁著大紅領帶闊老闆肩上的頭皮屑。而作戲的這兩位怎麼也偷看不到，那個難民女作家把被車門夾死的邦比冰在冷凍庫裡，因為除了小狗她沒有其他親人。

當你看厭了百花齊放的現實世界而想著愛人時，其實是在精神上偷看她。如果年齡正巧處於人類身體發展的交配期，你必定要偷看愛人如何地一絲不掛。而精神上偷看的無可取代，就在於你能隨興自編自演，就在於你往往將影片中裸體美人在絲被中的翻轉，輕易地取代你在緊張中胡亂初吻的尷尬；儘管你心知肚明，愛人的短腿如何也比不上裸美人那兩隻酥軟的玉臂，你也萬萬不會偷看到自己右臉頰黑痣上的那根毛。

偷看是文學，因為文學是轉換，是去蕪存精；偷看更是文學閱讀，多麼愜意而嚴肅。特別是當你捨棄高鐵牽著烏龜散步時，完全不需費力轉動頸椎子，不僅後街壞嘴罵孫子的阿婆，跛著她的長短腳與你踽踽同行，或巷口煮牛肉麵的老巴，豎著他肥敦敦的大頭假意在你眼前幌過，就連愛斯基摩人、蘇丹人、毛利人也都齊心合力地聚攏四周，讓你以悠閒清明的神智偷看個夠。

當你偷看完了人生的繁華與蕭索，勢必會偷看到在墓園裡一排排躺下的、再也顯不出任何差異的森森白骨。也因此你懂得，偷看逼人自省、令人反思。偷看者的人生絕不是一條打著呵欠緩慢流動的長河。

於是你知道，偷看的意圖值得內化，偷看的技巧值得學習，偷看的癖好值得發揚，而偷看的生涯，是多麼值得歌頌啊！

曇花

荷蘭　丘彥明

小時候住在母親任教中學的宿舍裡，其中有鄰居在院子裡種了一棵曇花。那株曇花種了許多年，從沒見到開花的跡象。有一年終於綻出了花苞，消息立刻在宿舍區傳遍了。

當時我是小學生，好奇得很。因聽說曇花開花難得，很怕看不見花開，每天都要從鄰居家的籬笆縫縫張望那花苞，確定還在那兒才放心。若見到他們家有人出來，便問：「什麼時候開花？」重覆地問，也不想別人煩不煩。

一日傍晚，鄰居在院子裡架燈泡。其實，下午早有其他小朋友通風報信，說曇花晚上要開了。大家傳佈這項消息時，臉上表情都帶點神祕。

晚飯吃得心不在焉。匆匆吃完碗一推，和弟弟妹妹就往鄰居家跑。早已有一幫小孩子等在那兒了，都帶著自己的小板凳。我們趕緊又衝回家取了凳子。

除了鄰居全家和宿舍區裡幾位特別愛花的老師，院子裡黑壓壓一片的全是我們這些看新奇、湊熱鬧的小孩子。等待中毫無耐心，這裡打過來，那裡揍過去，這邊攘一下，那邊推一把，吵鬧得像逛夜市。

晚上七點鐘，大夥兒已聚在院子裡等候，至九點鐘仍無花開動靜。許多小小孩已眼皮沉重支撐不住。有的父母來把孩子抱回家，孩子不肯，又踢又叫，父母強力抱走，便聽見：「我要看花，我要看花……」的無望喊聲夾雜著哭聲在黑暗的巷子裡遠去。有的小孩，把頭趴在哥哥、姊姊的腿上，眼皮搭下之前，還掙扎著最後一分清晰的意識要求：「花開的時候，要記得叫醒我哦！」「知道了！少囉嗦，趴好了睡！」

父親管教嚴，平時九點鐘便強迫我們上床，說早睡早起身體好。這時他當然也踱了過來喊我們。我們心裡不願，又不敢出口央求，把眼光轉看鄰居伯伯充滿懇求。鄰人會意，笑對父親說：「孩子喜歡，你就特准一次吧！不礙事的。來，請坐，一起看花。」鄰人為我們求情，又是當著一夥人，父親不便拒絕，也坐了下來。

又是一小時過去，十點鐘了，花苞仍然沉著氣，不顯一點花開的動靜。父親卻沉不住氣了，轉頭向我們：「晚了，可以回家了吧！」語氣並不太嚴厲，想是在人前的緣故吧！小孩子最會察言觀色，從父親的語言中，我們嗅到一種通融的可能性，怯怯地懇求：「讓我們留下來看花嘛！好不好？」旁邊別的小孩子也都為我們求情：「丘伯伯，就讓他們看吧！」父親略一猶豫，轉頭起身，向鄰人告別：「那我先回去了。」「不急走，再聊聊，順便看花。」鄰人招呼父親。「不看了，不看了。」父親邊走，又邊吩咐我們：「不能太久，明天還要上學。早點回家睡覺。」

父親走了，弟、妹與我鬆了口氣，繼續與同伴等待花開。

十點半，突然有人喊：「花開始開了！」一時，此起彼伏的說話聲戛然而止。所有人的眼睛全專注地盯到花苞上了。花苞一點一點地開啟，偶然一聲咳嗽，大家便飛快地投過一瞥責怪的眼神。燈光的照射下，雪白的花瓣在黑夜裡，益發純淨剔亮，如鋪散開來的銀白絲緞，輕柔優雅，花蕊亦是飄舞的白絲帶，盤旋在錦緞的中心。

看花看得出神，突然被一聲熟悉的聲音震醒。

「好了！花開了，可以回家了吧！」父親不知何時又踱到籬笆邊來了。我與弟弟、妹妹無可奈何地拎起我們的小板凳，邊走還邊往回看。燈影下仍有十來顆小腦袋在幌動，我們既羨慕又嫉妒。

第二天鄰居的哥哥告訴我，昨夜鬧到凌晨兩點鐘。我快速張望一下，曇花莖葉上已不見任何花蹤，便關心地問：「花謝了？花現在在哪裡？」小哥哥笑嘻嘻道：「我爸和我媽今天早上把它煮進粥裡吃掉了。」

事隔數十年，童年大夥兒坐在院子裡等待曇花花開的影像，仍是那麼清晰地留在腦海裡，充滿了甜蜜，也夾雜著微微意猶未盡的遺憾。

一九九六年，去德夫特市（Delft）朋友家，倚著窗臺有一株頗多枝葉的曇花。秦玉笑說：「從中國剪了一枝來插。幾年了，猛長葉就是不開花。你們喜歡養花，就帶走吧！」利平也在一旁慫恿。「養了許多年也不容易。我們取一枝回去就是了。」那日，離開時，我們剪了兩枝曇花莖葉回家。

一九九七年，堂哥在比利時攻得博士學位，返回中國大陸。臨走前，鄭重地把他書桌前的一盆曇花交給了我們。秦玉送的曇花枝，在我們家毫不認生，一如在她家似的，也是莖葉猛抽、也是枝細葉長。兩年下來，沒有一點花訊。堂哥移交的曇花，與秦玉贈的曇花相較，形態屬矮短身材，莖粗葉厚。曾經聽堂哥說起，它是從一株開花極多的母株分枝出來的，自然對其寄與厚望。只是一年過去，不見動靜。

效老端詳著曇花莖葉，反覆地問我：「妳說，它什麼時候才開花？」「你問我，我問誰呢？」我不斷重覆相同的答話，亦是無可奈何。

一九九八年八月底，一日效給臥室窗臺角上的曇花澆水，像發現新大陸地嚷著：「快來看，冒花苞了。」我半信半疑傾過身去，望了半天葉凹處半粒米大的突起物，覺得有點掃他的興，卻不得不點明地慢聲說道：「是新葉，你高興得太快了。」

「不！絕對是花苞。它的形狀較圓。葉芽的形狀是扁平的。」效堅信自己判斷正確。我聽著，笑笑不置可否。效持續著興奮，變得多話了：「要開曇花了。我再找找，說不定還有其他花苞。」

這一下眼尖了，居然又另找出了兩個小「花芽」，接道：「不得了，錫元哥給的曇花品種果然好，一下子開三朵曇花。」正說得眉飛色舞，心思又飛躍起來：「我上閣樓看看，說不定秦玉和利平送的曇花今年也要開花。」邊說著，他兩腳三步拾梯而上，已沒了蹤影。

我還沒收回笑他舉止像個小孩的笑容，他又叮叮咚咚急奔下來，拉著我的手，不由分說再次往閣樓上衝，說話聲音帶著顫抖：「妳簡直不敢相信，閣樓上的曇花也結了一個花苞。」

停在閣樓裡的曇花株前，效指著靠近淡青藍色花盆邊的一片葉凹處，要我細看那三分之一米粒大，實在說不清到底是何物的紅點，硬要指認是曇花苞。我真的只有搖頭莞爾的份，想只有效這種天真人，永遠相信世界上的好事都會落到頭上來。

事隔一星期，小紅點們有兩個米粒加起來那麼長了，果然被效料中，真是呈箭頭形狀的花苞，我自然被嘲笑了好一陣子。

確定兩株曇花共結出四枚花苞後，效與我兩人心情患得患失得厲害，每日彼此互問幾回：「妳說，會開花嗎？開幾朵？」「你想，我們真能看見開花嗎？」

九月中旬我們去成都、北京、大連二星期，一路擔心害怕。生恐回至荷蘭，花苞已凋落，一切不過一場幻夢。

返回荷蘭家中，放下手中行李，第一樁事就是解除心中的掛念。很幸運，臥房中的三朵曇花花苞，只凋萎了一個，剩下兩朵。閣樓上的一朵也安然無恙。而且沒料到兩週不見，隨著花柄的伸長加粗，花苞已呈數十倍的膨脹，看來開花是指日可待了。

九月下旬，三朵曇花花苞都像醮飽淡粉紅色墨汁的特大號毛筆，準備隨時瀟灑有勁地揮出燦美的文字。九月最後一日的傍晚，緊繃蹙起的筆尖，慢慢依隨筆桿的運勢鬆弛下來，輕輕地點下了第一筆。落筆之際，筆端散開來一抹白色飄逸的筆意。

忙將花盆從臥室窗臺抱下客廳，擱在立式鋼琴頂上。架好V8攝影機、照相機換上顯微（micro）鏡頭、速寫本與鋼筆也放在隨手可取的位置，一切都為紀錄花開而準備妥善。

此株曇花兩個花苞生長得近，像極了懸在筆架上並比的兩枝毛筆。效第一次看曇花開花，疑問不斷，我只能從記憶中盡可能找出滿足他的答案。邊不慍不火回他的問，心中邊想：唉！就不能等一兩個小時嗎？自己觀察不是什麼疑惑都解決了嗎？

夜晚九時了，第一枝書寫毛筆，繼續精巧婉轉飛舞，如天鵝展翅，愈煽雪白的羽翼愈豐美輕盈，終於翻飛了起來。

整整兩個多小時，我們目不轉睛地以肉眼、照相機、錄影機紀錄花開的每一個細節。我還不斷地以筆畫下它某個扣動心弦的剎那。同時，鼻子更不忘嘗試辨識它源源傳來、愈來愈濃郁的芳香氣味。那味道說是奇香吧，卻有一股說不出讓人窒息、不敢逼近的悶人氣氛。

黑暗的夜色繼續時序漸進。而，純如白玉凝脂的花瓣，暫時停頓在盛開的風華萬代、顧盼生姿之間。果然當之荷蘭名稱「nacht koningin」（夜后）無愧。默默凝視，效突然伏過我耳邊悄聲問道：「曇花一現。是不是指所有曇花都在一夜裡開盡？」「你怎麼會這麼想？那也太過傳奇了。曇花一現只是描述一朵曇花開花時間的短暫。」我輕聲回答，像個極有耐心的教書先生。「妳確定？」他語氣中多所懷疑。「確定。」我胸有成竹，邊說邊點頭。眼睛繼續追逐著盛放的花兒，不願放棄它任何細微的變化。「是嗎？」效仍是猶疑。「閣樓上的曇花，今晚不會開？」「不會。」我斬丁截鐵：「下午巡視過了，沒有開花的跡象，大約再等個幾天吧！」「真的？我上去看看。」真氣人，居然不相信。算了，反正白跑一趟也不關我的事。

就在這一剎那時，效的大嗓門打閣樓傳來，悽厲無奈地喊叫：「花開了呀！花開了呀！妳騙我，害我沒看見它開花呀！」怎麼可能？準是他又演戲逗我。不理睬，繼續專心以畫筆描繪盛開的曇花。

再畫下一筆抬頭，效站在我的眼前，正經嚴肅：「上去看看，不說笑，閣樓上的曇花真的開了。」

我凝視他好一會兒，深深閱讀他的眼睛。終於放下畫筆，登樓而上。

一朵高華潔淨的曇花，孤傲地面我而立。無視於我們對它突如其來降臨的疏忽，氣韻神態優雅自在地環看四壁群書，展露不可一世的仙靈容顏。

我微微嘆息，望著它只猶疑了一秒鐘，欠欠然自語：「對不起！」依然下樓了。魚與熊掌不可兼得，在這非常時刻，我只能效忠於一個「女王」。

而第三朵曇花呢？畢竟當晚沒有走出舞臺爭搶風光，仍舊矜持著含苞待放的狡黠。

看花直至凌晨一時許，按耐不住倦意，依戀不捨也只有告別「午夜女王」，擁被而眠。只是整夜似睡又醒，輾轉反側。次日睜開眼來，果然女王攏過長裙，斂妝而去。

鎮日跟蹤第三朵曇花花苞的變化。十月一日傍晚，我權威地宣佈：「今晚，第三朵曇花要開了！」

照相機、錄影機、畫筆、畫紙再次各就各位，耐心等待。晚餐後效與我邊喝茶、聊天，邊注意它的變化，它卻從容不迫，毫無動靜。直至夜半，淡粉紅色的細長花萼，依然如幾十位窈窕高佻的侍女，幾十雙嫩藕般的玉臂輕柔地環環搭扶，虛掩著她們的女王。

終於敵不過實在漫長的等待。凌晨二時了，效放棄道：「算了！睡吧！這位女王不接見我們，也不勉強。」好吧！隨緣。順其自然，關燈上床。

次日醒來，效先下樓。我高聲自樓上詢問：「花怎麼樣？」「正盛開呢！」效興奮回答，「快下來看，我上班去了！」「真的?!」我忙衝下樓去，見燦笑得讓日月星辰為之黯然失色的花容神采，忙按快門、提起畫筆。心中一片甜蜜，感謝此花有情，竟記得照養它的情份，仍舊把美麗留下做最後的相見。

整個早晨，我一個人忙手忙腳紀錄花謝的過程，正好補足對第一朵花紀錄的缺漏部份。攝錄「女王」揮手含笑，提起裙角猶自回眸，而後緩緩在歡聲噓嘆中逐漸翩翩離去的每個場景。

接下來的數日，在屋內來去之間，看到風華絕代盡去的曇花殘瓣，在枝葉裡跟隨著垂落的花柄，柔弱無力的牽牽絆絆、纏纏綿綿。吃驚於乍現於世間的短暫美麗生命，竟有難捨紅塵的手勢。不免心中為之悲苦悽愴。鼻尖一陣酸楚，悄悄別過頭去……。

錢姑媽，白蘭芝夫人

比利時 郭鳳西

錢姑媽今年八十四歲。自從去年失去了老伴，她一下子老了很多，最明顯的是記憶力衰退，這也可能是她在許多事情上心不在焉的緣故。她和白蘭芝醫生結褵六十多年，幾乎每日三餐都不曾分開過，一旦永別，她就失去了主宰，不知所措。

她的一般健康狀況還是不錯的，精神上也還撐得住。我們請她參加一些老人會的活動，她都樂意。當然得有人陪伴才行。

在許多華人海外創業成功的事例中，錢姑媽的故事排不進去。她沒有轟轟烈烈的事業和資財；她的成就是另一種形態的。她是中國女性的光輝，一種淡淡的光輝溫和地散發在西方的土地上，讓他們賞識，讓他們仰幕，讓他們感懷。她是中國人惟一接受比利時國家感謝勳章（Médaille de la Reconnaissance Nation-ale）的人。比國南部艾高森（Ecaussines）鎮上有一條街就用她的名字：白蘭芝錢夫人大街（Rue Madame Perlinghitsien）。

十六歲的小留學生

老一輩的華僑都叫她錢小姐。我們這一代留學生都叫她錢姑媽，因為她是錢憲和博士的姑媽，才這樣稱呼。錢姑媽本名錢秀玲，一九一三年出生在江蘇宜興的鄉下。父親是鄉紳地主，兄弟姐妹五人，她是么妹，三歲就訂了親。小學是在宜興城裡唸的，住在姐姐家裡。中學就讀蘇州女中。錢秀玲在學校風頭很健，她是籃球選手，曾經代表蘇女去南京參加省運會。她的學業也是一流，特別喜歡化學，有志做中國的居理夫人。

她從蘇州女中跳到上海大同大學預科，專攻化學。一九二九年二哥錢卓儒讀完大同大學的礦冶系二年級，要去比利時留學，她央求父親，與哥哥同行。由於她的未婚夫已先去了比國，父親就答應了她。兄妹兩人於一九二九年十一月到達比國魯汶（Louvain）。

那個時代中國來比利時的留學生很多，有庚子賠款來的，有教會獎助來的，有自費來的，因為那時來比國唸書並不比在上海貴，所以光是魯汶就有一百五十多人，但是十六歲半的小女孩只有她一個，大家常在天主教中國學生之家（Foyer Catholique Chinois）聚會。

來到不久，她的未婚夫就找來了，這是兩人生平第一次見面，也是最後一次。她們談話格格不入，最後她說：「你走吧！以後我們不必再見面了。」這段婚姻就這樣結束了，可是卻給家中帶來無限的煩惱。退婚的事在當時非常嚴重，兩個門當戶對的家庭頓時反目成仇，糾紛牽連了許多年。

錢秀玲在魯汶大學化學系很快進入了情況，也結識了一些朋友。一個醫學院的男生，化學課同班，下課後常陪她走回宿舍。這是一位英俊瀟灑而又溫文爾雅的西方青年，祖籍希臘，隨父母在俄國長大，俄國大革命後轉來比利時，他就是日後的白蘭芝醫生。兩個人漸漸地熟識、相愛，而終成眷屬，白首偕老，直到去年白醫生過世。

化學博士、家庭主婦

根據魯汶大學的檔案，錢秀玲在化學系一九三〇年入學，一九三三年以優異的成績畢業（Licencié en Chime, Distinction），然後擔任助教，同時攻讀博士。一九三五年以二十二歲的年紀和優異的成績獲得化學博士（Dr. en Chime, Distinction）學位。這一年的十月他們結婚了，她並且接受了上海癌症研究所的聘約，夫妻二人準備去中國發展，可是中國的局勢越來越壞，中日戰爭一觸即發。最後回國不成就跟丈夫到艾伯蒙行醫去了。

艾伯蒙（Herbuemont）在比國南部幽美的阿丹區（les Ardennes），四周有森林環繞，色莫河（Semois）穿堂而過，著名的十三世紀奧斯弗（Rochefort）古堡就在近郊。白蘭芝的小家庭就從這裡繁榮滋長，老二以下的四個兒女都在這裡出世。化學博士錢姑媽做了全職的家庭主婦和兼職的護士，白蘭芝醫生和他的家人成為這一帶最受歡迎、最有信譽的人家。

中國抗日戰爭已經打了幾年，歐洲的情況也日益惡化。一九三九年三月德軍進佔布拉格，九月德、蘇瓜分波蘭。一九四〇年五月德軍入侵比利時。比、荷相繼投降，德軍直搗巴黎。但是在廣大的德軍佔領區裡，當地的愛國份子組織地下活動。他們提供敵後的情報、破壞德軍的設施、狙擊落單的德軍……

一九四三年的某一天，艾伯蒙全鎮的居民震驚了。鎮上的一個愛國青年、地下組織的活躍分子，名叫羅傑（Gerard Roger）的，被德軍抓去判了死刑。全城的人都為他奔走呼號。誰有辦法救他一命？誰有權力放他？

救難英雄

德國駐比利時及法國北部的總督名叫亞利山大・逢・法肯賀申（Alexander von Falkenhausen，以下簡稱法肯賀申）和中國有很深的淵源。這是一個有學養、有品質的職業軍人，青年時期就與中國結緣，一九三四到一九三八年間做蔣委員長的軍事顧問，實際上他參與了抗日戰爭前期最重大的戰略決策和軍事行動。由於日本的壓力，他被調回德國，再派來這裡。當年錢秀玲的堂兄錢卓倫任職國防部參謀，曾經是法肯賀申將軍的工作夥伴。德、意、日結盟，法肯賀申調回德國，錢秀玲關心國是，曾寫信問他的堂兄，法肯賀申會不會出賣中國？錢卓倫回信說，法肯賀申將軍為人重信義、有原則，與中國的友誼根深蒂固，絕不會出賣中國。

基於這種關係，錢秀玲長夜思量，寫好一封為羅傑求情的信，也帶上堂兄的來函，經由一位熟諳行政關節，曾在中國工作多年的比國人士指點去求見總督。她很快被接見了。法肯賀申親切地問她一些個人情況，答應她會向柏林求情。她預感到羅傑有救了，從總督府出來時感到如釋重負，走在路上輕飄飄地，好像長了羽翼，要乘風而去（十年後她寫給法肯賀申的信中提到）。幾天以後，羅傑獲釋了，全鎮的人歡欣若狂。錢秀玲成了比國人民的救難英雄。不能置信的是，另一個村鎮布雍（Bouillon）也有一個叫羅傑的青年，同名同姓、同樣的死刑犯，也同時獲得赦免。消息不脛而走，全國各地遇難人的家屬都紛紛來請求援手。錢秀玲仔細考量，決定從情節重大的死刑犯著手。此後，她就不斷地求見總督，殫精竭慮、廢寢忘食、風雨無阻地奔行在這條救難的路上。

當時的國王萊奧波德三世（Leopold III）和王后伊利莎白也常出面關說，但是往往不如錢秀玲有效。她的解釋是：她的求情是直接的，文件親自交到法肯賀申手上；別人講情的信件常常到不了總督手裡。

可是到了後來，法肯賀申漸漸失去柏林的信任，錢秀玲的奔走也常常沒有下文。一九四四年六月六日聯軍已在諾曼第登陸，六月七日比利時的地下組織在艾高森（Ecaussines）地方謀殺了三個德軍的高官，德軍抓了九十六個居民，並且拉出十五個人來當人質，要他們交出兇手，否則就把他們處決。錢秀玲明知道事態嚴重，自己的奔走希望渺茫，但她還是硬著頭皮去見法肯賀申。這是最後一次，是去比京近郊的總督官邸塞納福古堡（Château Seneffe）。這時的總督已被蓋世太保嚴密地監視，情緒非常沮喪，說自己即將被撤職了，但他會運用最後的職權來搭救這十五條無辜的人命。這十五個人當時是被押走了，但都活著回來。

錢秀玲的救援工作從一九四三年的羅傑事件開始，到一九四四年的艾高森人質事件，經她救援生還的有二十五人之多。這個數目和送去集中營一去不返的人數相比當然微乎其微，但憑一個弱女子之力，在德軍警衛森嚴的禁地進出求情，她的好心和勇氣能不令人欽敬！

國家感謝勳章

戰後比國政府頒獎給為國立功的人士，錢秀玲獲頒國家感謝銀質勳章，時為一九四七年末，適逢她返國探親。這是她去國十八年後第一次回到故鄉，父親已經不在了，二哥錢卓儒奉派去臺灣接收日本留下的礦產。由於戰亂，母親和兄姊等家人都遷居上海。她也去了老家宜興給父親上墳和祭祖。

十八年的變化太大了。她自己從一個十六歲的中國少女，蛻變為一個西方的女中精英。難能可貴的是她始終保留著中國女性溫厚的美德，一回到家裡便和家人親友融為一體，再度重溫她那溫馨的童年。

她這次回來仍然懷著居里夫人的夢想，可是內戰已經蔓延，共軍就要渡江了，只好匆匆地趕回比國。這時法肯賀申的戰犯審判已經在比國的軍事法庭展開。一九四四年七月法肯賀申被調回柏林，當即被蓋世太保監禁。次年德國投降，他被聯軍輾轉羈押，其間中國政府曾向他提供過許多援助，有實質的也有精神上的。一九四八年他被引渡回比利時接受戰犯審判，關在比京聖日耳監獄裡（Prison de St. Gille），錢秀玲透過中國駐比大使的協助經常去探望他。

一九五〇年初，法肯賀申的案子轟動比國社會。五月二十二日的首都日報（Journal Métropole）對錢秀玲有一篇專訪，充分表達了她的胸懷、她的睿智、她那種中國人特有的謙遜仁厚的氣質。她說：「如果我在大戰期間做過一點事情，值得接受一座國家感謝勳章，那是由於我當時的努力獲得結果，而這個結果是法肯賀申將軍給我的。他是冒著自己生命的危險把他的佔領區做了最大限度的愛護，才避免了像荷蘭、挪威、波蘭等那些德軍佔領區的悲慘情況。法肯賀申將軍的命運如何，我不敢預測，但我希望他能看到你這篇訪問。讓他知道我和許多比國同胞對他永遠地感謝和尊敬。」

錢秀玲和許多受過他恩典的人都出庭為他作證。可是法庭基於種種因素，仍判他十二年勞役，卻又引用了比國刑法寬免的條例，以他已服的刑期折抵，當月就開釋了。

法肯賀申將軍的結髮妻子在他入獄後去世，他出獄後和一位仰慕者，比利時大戰時期地下組織的女英雄賽西利・王特（Cecile Vent）結婚，定居在波恩，一九六六年去世，享年八十八歲。

此人以二十二歲的青年軍官參加八國聯軍到北京，卻從此愛上了中國的文化和人情。後來遊學日本，再出任駐日武官，對日本有深切的瞭解後，就越發對中國情有獨鍾，終生不渝。當時的錢秀玲正是中國文化氣質的化身，難怪她的求情特別被重視。

科學工作和中國飯店

一九五一年在魯汶近郊的愛屋萊（Heverlee）成立了一個大學聯合核能科學研究所（Institut Interunivercitaire des Sciences Nuclaires），錢秀玲當年的教授馬克韓浦儉（Marc Hemptienne）約她去擔任化學分析工作（Séparation des Élements Radio-actives）。這時白醫生的診所已搬到布魯塞爾，孩子們都在讀書，她每天去魯汶上班，對家庭是重大的損失。這項本行的科學工作堅持了五年，她又回到丈夫和孩子們身邊。

六十年代初比利時的中國飯店還很少，但有幾家卻很有水平，而且是由幾位女強人開設的。她們都大有來歷，又都在外國學有專長，由於種種機緣，卻做了開設中國飯店的先驅。當年這幾位家庭主婦在一塊聊天，有人說，與其跟別人上班，還不如自己開個飯店。錢秀玲第一個不贊成，唸了那麼多書，怎能去開飯店！可是一旦決定，她就全力以赴。她在布魯塞爾先後開出三家中國飯店都很成功。裝潢高雅，運作規律，顧客都是一流的，而她的公共關係無人能比。不僅生意興隆，而且宣揚中國文化。客人來吃飯同時感受中國文化的薰陶，見識中國女主人的風範。

出塞的昭君、故國的女兒

錢姑媽的長子醫學院畢業，在比京行醫，其他的兒女也都各有所成，她已經有十多個孫兒女。她二哥的四個兒子在她的照顧下都在比利時拿了博士，回國任教、任職。大陸上的晚輩她也提攜有加，有幾位在比國成家立業。她常告誡華僑後進，要感謝並珍惜比利時國家和人民的禮遇和寬待：我們從苦難中來，分享人家國家許多年來社會建設的成果，也應該回饋這個社會，至少要盡一些應盡的義務，不應光圖賺錢。

一九八九年的天安門慘案，使她義憤填胸，帶頭到中國大使館去抗議，積極參與僑界支援大陸的民運活動。一九九〇年她在僑界發起贊助包端國王慈善基金的捐款運動，第一筆十萬比郎在國王壽辰的慶祝會上以中國僑胞的名義獻上，獲得媒體對中國移民的好評。

錢秀玲以十六歲的稚齡離開中國，六、七十年深深地融入比國的社會，她的丈夫、兒孫以及周圍的親友大都是道地的比國人，可是她自己卻像一個出塞的昭君，一生心存漢思，常念著她故鄉的親人、中國的同胞、中國的命運以及比利時的華人社會。

註：關於法肯賀申Alexander von Falkenhausen的事蹟本文參照：His-Huey Liang, The Sino-German Connection, 1978, VAN GORCUMASSEN / AMSTERDAM.

故鄉的小城

捷克 老木

建設部八月二十一日公佈了「二〇〇六年中國人居環境獎」，家鄉的小城竟位列全國三十五個獲獎城市之一。欣然之餘，勾起了心底對故鄉小城的思念。

坐落在華北平原上的故鄉小城，是我小時侯生活的地方。那是一個有著傳統商業氣息，沒有多大名氣的城市。那裡除了印尼的考古學家才有興趣的、他們的先王——「蘇錄王」的陵寢之外，再就是著名的「扒雞」了。儘管這雞非常有名，但是與別家的名山大川、古剎勒石相比，讓人覺得再怎麼說都不過是個「吃貨」，拿不出手。其實小城還應該有一個古蹟的。據非官方考證，黃天霸鏢打竇爾敦，就發生在「滄州德縣東門外」的「青龍橋」。

青龍橋是由長長的石條砌成的，早時在我們幼稚的眼睛裡，那些一丈多長二尺寬厚的石「橋樑」，可真了不得，都是些平原地方少見的大石頭。那青龍橋原是建在護城河上的，六十年代的時候，小城還有殘破的城牆和護城河。可憐的護城河被一段一段地截開了，像一截截被痛苦地斬斷了的水蛇，那一截截的河裡還有清清的水，小城人習慣上把它們叫作「海子」。

那時侯，除了洗衣洗手弄出的少量肥皂水，還沒有別的化學東西往水裡排，因此，一個個清亮的「海子」裡會自己生出許多種小魚兒來。最常見的是小小的三丁魚，生活在海子邊上的淺水裡，寸把長，渾身泥灰色，間雜些偽裝用的小黑點。它有三個尖利的、可以收攏和張開的硬刺，刺上有令人恐怖的鋸齒，無比鋒利。那刺除了自我保護，也是不小心的孩子們的「倒楣」機會，被他刺傷不但會出血，還會紅腫起來，疼中帶癢，所以它就有了一個很「棨怪」的名字：嘎丫（發音）。沒有人知道「嘎丫」兩個字怎麼寫，也不知道從什麼時候傳下來的。小城裡的孩子，無論男女幾乎都捉過它，大家都這樣叫，覺得字、音挺貼切。捉這種魚很簡單，天氣溫和的時候，兩掌重疊，用兩個小臂在水中圍成圈子，挨著泥，慢慢往水邊摟，摟到淺處，水面下沉，就會發現臂彎的泥水裡有黑點動彈，然後尋著那黑點很容易捉到它——它那迷惑人的保護色點也倒成了出賣自己的標記。

除了「嘎丫」之外，還有喜歡浮在水面上的「鰱子」、水稍深處的「厚子」、「草蝦」和泥裡的泥鰍。用兩根竹條、一塊籠布綁成一個靠十字竹片彈性支撐的網，裡面放一兩快扒雞骨頭、半塊窩頭，浸到離岸約兩米遠的水裡，不一小會兒就可以用竹竿「搬」（俗語，挑起來的意思）起網來得到各式各樣的小小「魚貨」。

水裡最多的大概是鯽魚了。這些小精靈顯然智商高得多，除了在釣魚鉤上偽裝好蚯蚓、小蟲這樣上好的活餌耐心去釣，靠「搬網」斷難騙得過它們。大概是水不流動的緣故，時間稍長，小鯽魚就會變化自己的顏色。每當雨後天晴，空氣爽朗的時候，紅的、粉的、花的，一群群的小魚就浮上水面來。魚群集中在看得清卻搆不到的水面中央，嘟著圓圓潤潤、濕漉漉的小嘴在水面上快樂地吐泡泡。每到這時，大些的孩子就拿著「網抄子」（有把的、網魚的網兜）朝著離魚群最近的海子邊轉；小些的孩子們就會在岸邊的高處，傻傻地、有節奏地喊：金魚！金魚！間或水邊響起一兩聲清脆的蛙聲。突兀的響動加上孩子們的呼喊，會驚起水草根部成雙的或蓮蓬頂端單個的蜻蜓……

成年後我離開了小城。在北京，聽說青龍橋很幸運地「堅持」到八十年代初。可惜後來在修建新馬路的時候給拆毀了，那些石條也從此不知去向。隨著青龍橋的拆除，早先處處可見的海子、金魚、蓮耦、蜻蜓都在不知不覺中漸漸地從人們的視線裡消失，黃天霸、竇爾敦的傳說也慢慢被人們忘記了。

九十年代初回老家，馬路明顯地寬敞了，沿街都建起了商居兩用的「商住樓」，滿眼都是商店，傳說中舊時小城的商業繁榮景象似乎回到了眼前。新世紀再回老家，路邊的商住房正改建成高層住宅，城市中心建起了與人工湖連接在一塊的寬闊廣場，廣場周圍的樓差不多與九十年代初北京前門大街的一樣高了。旋轉的塔樓餐廳、擁擠的停車場——已經完全看不出離開小城時的模樣了。居高鳥瞰，彩色迷幻的燈光、波光粼粼的水面、熙熙攘攘的人群……讓我恍然間以為身居異國，正流連在歐洲的都會。

出國後的幾年，外國都會那緊張而充滿危機的淘金生活，把日子整年整月地過丟了。突然有一天想到了金魚、想到了故鄉的小城，掙錢的生活頓時就顯得意義貧乏了。之後不久，我們在布拉格郊外的小鎮邊上，買了房子、土地，種了瓜果、挖了魚塘……於是就有了春天滿樹的桃李花，夏天滿地的蒲公英，秋天滿園的豆角、黃瓜，又有了蜻蜓、水蛭和小魚。

找到了兒時感覺的時候，內心便豁然開朗起來。心情像仲秋傍晚蔚藍天空下的陽光一樣，溫暖而清澈。空曠的胸襟如同飄著雲絲的蒼穹，清新的氣息就那樣滋滋潤潤、甜甜綿綿地湧進來。寂靜中，聽見心悠然地對自己說：是啊，多好。

出國十幾年，無論是住在高樓林立的歐洲都市，還是古色古香的波西米亞小鎮，每天醒來總有一個短暫的恍惚：這裡是不是我的故鄉——於是就想起了故鄉的小城，想起午後透過大槐樹的枝葉斜著射入故居小院內斑斑點點、卻是暖暖亮亮的陽光，想起陽光下提著裝滿了青青綠綠的菜藍下班歸來的母親，想起「海子」、「金魚」、蜻蜓，想起魚群濕漉漉的嘴，想起接吻與初戀……

多年後，走在故鄉嶄新的道路上，沒有了幼時熟悉的東西。面對現代化的進步、富庶，欣喜之餘，總有一絲莫名的惆悵。悵然間，不由得會想起熟悉的布拉格。想起那裡幾百年不變的整條整條的街道和小廣場，還有幾百年來光光滑滑的石子路。不由得慨歎：我們的祖先給我們留下了那麼豐厚並從未間斷的文化，卻沒有留給我們長壽的建築。房屋的土木結構，註定了我們需要不斷更新。這種建築物的不斷更新和布拉格相對固定的形貌相比，是多麼大的資產浪費和文化損失啊！習慣於這種更新的我們，又丟失了多少美妙的回憶。

那是我們在布拉格郊外裝修房屋的時候，大門外一位鬢髮斑白的老者向我懇求：「您好！先生。我從德國來，離開這裡已經三十年了，您可以允許我進來最後看看我的出生地嗎？也許我沒有機會再……」我開門迎接強忍哽咽、滿臉淚水的蹣跚老人的時候，想起了自己故鄉的小城。

聽到「長亭外古道邊……」的歌，我會想起故鄉的小城。徜徉在江南的紹興、西塘古鎮、澳門的大三巴，我會想起故鄉的小城。行走在斐迪南王子的獵宮和楊胡斯佇立的老城廣場，我也會想起故鄉的小城。故鄉的小城裡有我童年的夢想、幼時的歡樂，更有我永難忘懷的親情……

如今，在異國的月光下，故鄉，是我熟悉的夢。夢裡，便是我深深眷戀的小城。

愛與生的喜悅

瑞士 趙淑俠

初到紐約時住在曼哈頓，離世貿中心不遠，九一一恐怖事件時親睹雙子星大廈倒塌。人類因仇恨所用的殘酷手段令我無言以對，一種難以形容的悲哀情緒縈迴不去。特別是在靜夜深宵，打開窗子想透透氣，總嗅到一股奇異的焦糊味，我差不多就認定那是屍體火化的味道。那一陣子過得真不快樂，心頭像有一堆堅冰堵塞著，好多問題令我思索：人與人之間的仇恨真有那麼深嗎？數千個生靈竟在頃刻之間化為灰燼。那些人，誰不是母親懷胎十月生下的寧馨兒？誰不是跟著歲月的腳步，一步步辛勤地走在世路上的人父、人子、人妻、人夫？為什麼他們要遭此浩劫？難道人心真的變成了鐵石，世間的愛真的得了萎縮症，已經退化了嗎？生命的意義怎麼這般蒼白！在鬱結沉悶的日子裡，我接受了家人和朋友的建議，決心搬離曼哈頓，到皇后區的法拉盛去居住。

靠著朋友的幫忙，在社區中心的一幢大廈裡找到一個住處。新居在樓的頂層，視野開闊，尤其在晴朗的黃昏前，那一天深深淺淺的落日餘暉，讓我依稀走進了天體，被迎頭覆蓋的千層、萬層紅色雲霞擁在中間，神馳遠逸，悠然物外。我不得不承認世界仍然美麗。

出乎意料的是，新居給我的喜悅在一夕之間變成了煩惱：一個雨夜後的清晨起來，發現客廳臨窗的地板上盡是水漬，窗臺上更不用說，溼漉漉地全被浸泡。原來新居漏雨。這情況令我十分苦惱，勢必得另找住處，但又不想離開這幢大廈。經過半年的等待，一位從事房屋仲介的鄰居，帶我去看了三樓的一間公寓。

時節是嚴冬二月，當我走進去的那一刻，立時感到這個屋子比別處更冷，似有寒風吹入。正納悶間，發現客廳窗臺下放冷氣機的位置，擋著一塊木板。我不經意地過去將木板拿開，頓時被眼前的景象震懾住了。

原來冷氣機已被原來的屋主帶走，此刻只是一個通向外面的空的洞穴。洞穴中有隻肥嘟嘟的大鴿子，蹲伏在牠用亂草自造的窩裡。那鴿子老神在在，篤定地一動也不動，絕沒有因為見到兩個人闖進來，而有想逃走或飛開的意思。我好奇地仔細觀察，發現牠的神情有些緊張，眼光中似有敵視和戒備。我自認看過的鴿子也不少，可就沒見過這樣傲慢懶惰，如此把人不放在眼裡的。那同來的仲介人說：「哎呀！這個討厭的鴿子怎麼賴在這裡不走，我來趕牠。」她說著就要動手，我連忙攔住她說：「牠說不定受了傷，不然怎麼會蹲著不動呢？」就在這時，牠已經因為受到驚嚇而挪動了一下身體。我清楚地看到，原來在牠的身體下面，有兩枚白中透青、如鵪鶉蛋大小的卵。天哪！原來牠正在坐床生產。牠那帶著兇光的戒備眼神，是母親保護孩子時所流露出的勇敢神情。

我為這情景感動至極，頓時憶起曾養過的一隻名叫奧力的臘腸狗。牠是我的瑞士好友絲艾娃，送給我兒子的十一歲生日禮物。我們初次去看奧力時，牠才剛出生四個星期，一身柔軟的棕褐色毛皮，圓圓的小腦袋，兩隻亮晶晶的、無邪的大眼睛，可愛得能讓人心融化。兒子和小他四歲的妹妹，把牠當作寶貝般地抱在懷裡。但這時，奧力的媽媽竟發狂似地對著眾人狂吠。牠一口氣生下五個兒女，終究避免不了主人將牠們全部出售的命運。最令我驚奇的是，那狗媽媽把牠的孩子們，一個個用嘴叼著後頸，藏在狗屋後的隱密處，牠自己則雄糾糾氣昂昂地守在狗屋前。瞧她那神情，好像誰要再往前進一步，她就會不客氣地撲上去，狠狠地咬上一口。就像那隻母鴿子一樣，我想若有誰敢去侵犯那兩枚鴿子蛋，她可能會用那又尖又硬的嘴，啄瞎那人的眼珠。

我們靜悄悄地退了出去。我驚奇於一個卑微如野鴿子的生命亦是如此莊嚴，需要母親的孕育和溫暖，幫助蛋殼裡的新生命成熟，引領牠們到世間來。在蛋殼裡的小生命還沒出來之前，做母親的已經用全部的生命來愛牠們了。世間萬物的愛與生，竟是如此地自然美好，這是上天用宇宙之心譜出的韻律。代代相傳，前仆後繼，且看古往今來經過多少爭戰殘殺，大地仍然生生不息，世界仍然在前行、進步。我想，沒有什麼事值得我沮喪，欣賞大自然給人間的愛與生的美，體會其中的喜悅，才是我的本份。是那隻鴿媽媽引得我天馬行空，想了這許多。

我訂下了那間公寓，帶裝修公司的人來商量更新的事，他們想立刻趕走母鴿子，然後來番大清掃，包括將兩枚鴿子蛋丟進垃圾箱裡。「六個星期內保證做完交屋」那領班的先生說。他的話嚇了我一跳，「不行，要等小鴿子出來才能開工」我說得斬鐵截釘。他們幾個面面相覷，好像在問：「這個人沒有病吧！」但我意已決，不受任何影響。想不到的是，就在當天晚上，再下樓去看時，只見一隻禿毛的小乳鴿，正伸著長長的頸子，搖搖晃晃地從蛋殼裡掙扎著往外爬，那做母親的在一旁靜靜地凝視著，表情極為溫柔。這幅愛與生的絕美至情的圖畫，給了我震撼性的感動，我把它當做是對生命的禮讚。沒有相機存影留念當然可惜，事實上，假如那時有相機在手，也不會拍照：可別驚動了那初見塵世之光的小生命。

第二天再去時，另一隻小鴿子也出來了，兩個小傢夥老實地伏在窩裡，看樣子腿爪還太軟，無力站起，只把頸子伸得挺直，仰起腦袋、張著尖嘴，朝空中東咬西咬，發出輕微的嘖嘖聲。他們的母親不在，想必是給初生的兒女尋覓食物去了。

看那兩隻小鴿子的表情，就知道一定是肚子餓或口渴。但牠們不會走動，我也不敢走近那個窩，怕牠們一驚慌就滾到樓外。最後我端來一碟清水，切了一些全麥的麵包丁，放在離牠們兩碼遠的地上。心想：你們若有能耐，就爬過來吃喝，若沒能耐，就等你們的媽媽來想辦法吧！她不會拋棄你們的。再去看時，果然那鴿媽媽回來了。正大喇喇地又吃又喝，隔一會兒，就銜著一粒麵包去餵那雙嗷嗷待哺的小兒女。有我的物資支援，顯然一家子的生活過得不錯，於是我又滿街去找寵物店，買到專餵鳥類的飼料，連同麵包和水，每日定時供應。

鴿子們生活安定，兩隻小傢夥雖不會飛，已能在地上搖搖擺擺地走來走去，自己吃喝。一家三口都不怕我，我在屋裡時牠們照樣過自己的日子，看這情形，好像打算永遠住下去了。另一方面，已和我訂下合同的裝修公司，每隔三、五天就來通電話催促：「下星期可以開工了吧？」「恐怕不行。兩隻小鴿子只會走，不會飛，怎能離開？再說外面還太冷，再等等吧！」「唉唉！為了幾隻鴿子……」那好脾氣的老闆也無可奈何。我自感壓力無比沉重，因為那老闆下了最後通牒，說如果一個月內還不能開工的話，他就要先到費城去給一家公司裝修寫字樓，三、四個月後才能回來為我工作。

漫長的冬季終於過去，軟綿綿的春光四月，窗前的大葉樹已抽新枝，湧出一片耀眼的綠，麻雀在枝頭吱吱喳喳，處處是春的消息。那天我又到三樓為鴿子一家送食物，一打開門，卻不見鴿媽媽和她兒女的蹤影。原來小乳鴿翅膀已經長硬，可以在天地間自由翱翔了。我連忙打電話告訴裝修公司此事，那老闆長嘆一聲，說次日上午八點開始動工。話剛說完，卻見那一家三口已遊倦歸來，母子三個正翹著尾巴飲水呢！

我第一次試著走近牠們。很想撫摸一下那小鴿子錦緞般的羽毛，但不待我觸碰，牠就拍著翅膀，隨著牠母親，一家子全飛走了。第二天早上，裝修公司的第一個動作，就是把那個洞穴裝上鐵欄，防止鴿子們再飛進來。

如今我住在這公寓裡已經兩年，陽臺上也偶爾有鴿子飛來，不知牠們是不是那鴿子一家？有時在市區的空地上，見到成群的鴿子嬉戲，忍不住就多看幾眼，想看看其中可有鴿媽媽和那兩個可愛的鴿寶寶。但牠們都是一身錦緞似的，灰中透粉、攙點銀光的羽毛，尖尖的嘴，跳跳搭搭的活潑姿態，看上去彷彿同一個長相。

牠們的世界，畢竟與人間世界有段距離。其實我亦無須認出牠們，只要送上我的祝福就好。我感謝牠們，給了我那麼大的愛與生的喜悅。我想，凡是給過人間喜悅的人和事物，都該受到感謝。

啜品人生一壺香

瑞士 朱文輝

什麼是人？什麼是生？什麼是人生？

無論古今與西東，這個問題總是不斷盤轉於許多人的腦際。答案形形色色千千百百，解說的角度與層面也各有不同。

依我個人的理解，人生似乎就是介於滿足生物存在的自然需求（例如食與色）、符合外在生存環境條件之要求（例如社會規範、名與利等）並追求真我（亦即自我還原）這三者之間不斷交相鬥爭與妥協的過程。這其中，自我還原的目的則在回歸到自然和純真的狀態，與天地合而為一，儘可能不受外物與外力的干擾，享受清寧無惱的喜悅。在追尋這種人生真義的過程中，道路與形式各有不同，例如有人禪修，有人習武，有人讀書練字，有人從事文學、藝術及音樂的創作，更有人從大自然的韻律中去追悟人生的道理，條條大路通羅馬，天下的事與理多半殊途而同歸。而品茶也算是其中的一條途徑，茶杯中的世界亦足以反映人生的某些共相。

品茗在中國與日本是一種儀式化的文化現象，更是生活哲學的體現。茶色、茶香、茶味、茶具、面對茶的態度、邀人共飲共享的那份心意等等，都能培養人的內在心靈氣質，領悟什麼叫作靜與思，什麼是休與閒，進而心胸寬闊，境界超遠，邁向祥和與寧靜，近道成佛。

我們這個紅塵俗世，紛紛攘攘，永無寧日。修禪習佛的人，意在去擾存靜，這與品茗異曲同工。佛理，是在引導世人修善德遠惡淵，節欲養性。佛有獨善其身的「小乘」教派（Hinayāna-Buddhismus），追求單獨個人的自我悟道，一已享受天人合一的純淨，筆者以現代的語言將之形容為「微觀派」。另有推己及人兼愛天下的入世大乘教派（Mahāyāna-Buddhismus），主張普渡眾生，發揚仁民愛物的共善，我稱之為「宏觀派」。

我們知道，大眾交通工具中，雙層的捷運火車或公共巴士，載客量都要比計程車或小迷你巴士來得大，服務乘客的人數也相對地多，有益於整個社會的運轉機能。前述佛教的「大乘」，指的便是這個；而「小乘」，相對就是小型運輸工具。中國哲學的流派裡也有楊朱的「獨善其身」與孟儒的「兼愛天下」之分，他們的目的都在倡仁與修身，只是層次各有不同。

以上的宗教觀及人生觀也可以延伸到品茗。

在臺灣，人與人之間的友誼寒喧，除了問聲「你吃飽了沒？」之外，還說「有空來家裡喝杯茶吧」。而用茶有如用心。心有心語，茶有茶話，茶香即是茶話。

用真心交朋友，用誠心對待他人，以熱心成全別人，這便是在完成人生的美好，造就生命的圓滿。若以同樣的方式來與茶相處，也就是：把茶擺在心上，用誠心對待茶，以熱心成全茶，如此，日常生活便充滿樂趣和活力。且讓我以下面這首詩來表達這種體驗——

悠悠雅居有書糧，
裊裊爐氤送清祥。
儒客對飲話詩文，
啜品人生一壺香。

認識品茶之道，就等於走入中國或日本文化的半途之中。而佛與靈的結合，是純靜，是沉潛，最後便是悟得。佛能入心，它的實踐近乎茶道，茶裡尋佛便見佛。這樣的體驗，足以促進日常生活的美好，完成自我，造就生命的圓滿。

孟子說：「獨樂樂不如眾樂樂」。很高興見到一位歐洲人——說真切些：一位瑞士女士——習佛愛茶之餘更藉著茶的文化來增進歐洲人對中華（亞洲）文化當中那份修心養性、沉潛內化的認識。面對這種促進文化傳播與心靈交流的熱情，我願獻以七絕一首來表達對這位喜愛茶道與佛理的瑞士女士之敬意——

自古詩韻因酒興，
而今茶香隨歐行。
文化交融天地寬，
人生圓盈方寸寧。

漢諾威的音樂會

德國 許家結

秋天的陽光仍然是那麼地柔和，週日午後的寧靜代替了往日喧鬧的街景，我從旅館漫步到市區，路邊的落葉在我腳底下發出一種西沙西沙的聲音，秋天彷彿正在演奏奇妙的樂曲……

「請問這路是往歌劇院去嗎？」我為了避免走錯路便問起路來。「您是音樂家嗎？」這位漢諾威居民不直接回答反而問我。「哦，很可惜我不是！我是一個過客而已，剛好從報上看到今晚有漢諾威交響樂團的演出，想去聽聽。」我感到很驚訝，連忙否認。

一提到對古典音樂，這位德國先生便顯出很感興趣的樣子，不但不指引去路，還繼續打聽音樂會的節目，我欣然對他說：「今晚有兩位中國人演出，一位是現任漢諾威交響樂團的首席指揮家呂紹嘉，他是來自臺灣，另一位是從上海來的大提琴家王建，今晚的演奏會一定很精彩！」

他聽後便說：「太可惜了，今晚有朋友要來拜訪，否則我一定要去歌劇院欣賞這場音樂會。這些年來，年輕亞裔人士的音樂成就已超越歐洲人了！今年在漢諾威舉辦的國際小提琴手之比賽中，最後入選的六名中就有五名是亞裔人士，他們精通歐洲傳統的古典音樂，音樂之經典在他們演奏之下，完全地扣人心弦，我實在很佩服他們的音樂修養。對了，忘了告訴您去歌劇院的路，您應該搭電車到市中心，在總火車站的前一站下車，最好到時再問他人，您就很容易找到歌劇院了。」

下車後，果然就看見有指點去歌劇院的路標，心情不禁輕鬆起來。

來到歌劇院前時，天色已暗黑，宏偉的建築物在燈光打照下顯得非常華麗。據說，在十九世紀末，拉法西（Laves）建築師用七年的時間造成這座歌劇院，當時可容納一千八百聽眾。這座歌劇院在第二次世界大戰中被嚴重炸壞，然而，在戰後十個月便迅速重建起來。

重建後，為了安全起見，每場音樂會只容納一千二百零七個聽眾，座位的安排及出入門口，都有系統化的編號。第一次來到這歌劇院的我不需要任何帶位指引就找到了座位，雖然如此，基於禮貌上，我還是要問一問鄰坐的一位太太，我的座位是否就在這裡，得到確認後才坐下。後來和她聊天時，才知道大都份的聽眾都有年票，他們每年可挑選十場音樂會來欣賞，座位也可以事先預訂。

當我問起今晚的詳細音樂節目時，她借給我看一份節目表，還告訴我：「在音樂會開始前半小時會有人在一小廳堂內介紹今晚的節目，但您現在已錯過機會，還有五分鐘，音樂會就要開始了。這份節目表送給您，回去閱讀後就會更瞭解這些音樂家。」

聽說德國人冷淡沒有人情味，原來才不是呢！他們只是比較冷靜，不太主動和陌生人說話，不太喜歡吵鬧而已，當然，在啤酒節飲酒作樂中的德國人，又是另當別論了。

只見舞臺上安放了鋼琴和大鑼鼓，稍後，姍姍走出一位又一位的音樂家，他們手中都拿著讓人愛不釋手的樂器。第一小提琴手坐在左邊前二排，後面兩排是第二小提琴手。右翼坐著中提琴手和大提琴手，有些是站立著的。中間的四排分坐著橫笛、直簫、單簧管、法國號、喇叭手等。最後兩排有木琴、鑼鼓和各式各樣的敲擊樂器。他們校好自己的琴聲後，正等待最後出場的獨奏家和指揮家。

不久，臺下傳來一陣掌聲，原來指揮家呂紹嘉和獨奏家王建出場了！

原來，早在十七世紀時漢諾威交響樂團已成立，當時首席指揮家是著名作曲家亨德爾（Haendel）。二〇〇一年來了一位臺灣音樂家——呂紹嘉先生，榮任首席指揮家及音樂總裁，在他旗下便有一百零六位音樂家。

呂紹嘉生長於臺灣，後來到美國印第安納大學及維也納音樂學院深造，曾經在法國、荷蘭多次贏得國際指揮比賽的冠軍，享譽世界樂壇。他先後擔任過英國、瑞典、挪威及德國的柏林、慕尼黑等好幾個大交響樂團的指揮。而另一位來自中國的王建先生也是非常優秀的音樂家。他四歲開始學大提琴，九歲進入上海音樂學院，十歲已受到媒體的注意，後來得到一名大提琴手巴黎碩德（Parisot）的邀請，到了耶魯音樂學院進修。這些年來，他在北美、日本、法國等許多大交響樂團裡常有演出，深受好評。

這時，只見王建提著十七世紀阿馬第（Amati）的古大提琴和指揮家呂紹嘉一前一後地走到舞臺中央，在聽眾們的熱烈鼓掌中向大家鞠躬，回應觀眾的千呼萬喚。

跟著全場寂靜，動人心魂的埃爾嘉（Elgar）的大提琴協奏曲e-moll，op.85展開了序曲。

值得一提的是，英國大作曲家埃爾嘉一生經歷過三個大英皇朝：維多利亞女王、愛德華七世和喬治五世。在當時被認為是音樂荒地的英國，自從埃爾嘉之作品能在南德音樂之都拜雷（Bayreuth，名作曲家華格納Wagner的主要演奏地區）演奏之後，英國之音樂才漸漸受到注意。這首大提琴協奏曲是他二十年創作顛峰時期的一大作品，一年之後，他因痛失愛妻而停止一切作曲的工作，直到十五年後離開人間。

大家都沉醉在優美的旋律中，悅耳的音符使人忘掉一切煩惱，我開始領會到美好的音樂可以洗滌心靈的重要效應。

接下來，交響樂團演奏俄羅斯的名作曲家Prokofjew的第一「古典」交響曲和Skrjabin的「詩」交響曲。處身於雍容氣派音樂廳裡，縈繞在我耳畔的盡是絃音仙樂，我凝神、專注、聆聽。驀然，見到樂團最後一排的那幾位音樂敲擊手快速地離開自己的崗位，走到掛鐘手旁，他們等候敲出最後一音符後，立刻伸出八隻手同時按住所有的掛鐘，阻止掛鐘樂器發出任何一點餘音，而使得整個音樂廳在那短暫時間內，變得無聲無息，好像這世界都已不存在，此時什麼都沒有，此時空無一物，而我正是在「無我」的狀態中。

這種感覺是我有生以來第一次，不是自己親身經歷，就難以想像得到。

這次的音樂會留下了令我難忘的印象！離開時，我不時回頭看著燈光通明、宏偉華麗的歌劇院，希望他日有機會，再來欣賞這高水準的漢諾威國家交響樂團的演奏。

鄰居

法國 楊翠屏

我在法國拉羅契（La Rochelle）婆婆家等著去加彭（Gabon）那一個月期間，外子來了幾封信，描述他在馬各谷（Makokou）的生活、我們的房子，以及馬各谷的法國人，尤其是我們的鄰居居德特夫婦。

那兒的法國人怕外子一個人感到寂寞，紛紛輪流邀請他吃飯或看閉路電視，外子難得有幾天自己開伙，居德特夫婦對他照顧得無微不至。

所以我未見到居德特醫生以前，可說已經認識他了。

我與幼兒抵達加彭馬各谷那天，居德特醫生來機場接我們。他穿著土色的衣服及短褲，皮膚和他的衣服一樣顏色。一根不離嘴的煙斗、深褐色的捲髮、鼻樑上架著一副金絲邊眼鏡，身材高大健壯、微胖，像英國鄉紳。我們坐上了他那輛可在非洲各種道路奔馳的豐田牌汽車。

從機場到我們家的路上，我有機會仔細觀察四周的景色，沿途可見茅草屋頂的土屋或白鐵屋頂房子，房子前面光禿禿的空地上，小孩和雞、羊、狗來回遊蕩著，一路上塵土飛揚，空氣中瀰漫著煙味和動物的氣味。

房子與房子之間距離很遠，而房子都是沿著馬路建築，屋後便是叢林。機場至市中心有一條柏油路，這是馬各谷市區外唯一的柏油路。加彭省都像鄉下一樣落後，真是讓我感到意外與驚訝，他們的居住環境和史懷哲行醫時代相差不多，可說沒多少改善。

約十五分鐘的車程，過了一座水泥大橋，車子駛入一條碎石小道後，停了下來。

居德特醫生幫我卸下行李，搬進客廳，輕輕對我說：「這是你們的家。」我覺得室內清涼舒爽，我們家的天花板很高，傢俱半舊不新，客廳沙發的坐墊有些破綻，房子內部太寬廣，沒有家的親密與溫馨感。

居德特醫生離去不久之後，他的太太瑪依‧方莎芝過來打招呼。雖然已是下午兩點多，她還請我過去吃午飯，我說我可吃些簡單的速食麵，晚上再過去晚餐。

五點多我和外子應邀去他們家。我們兩家距離約兩百步。居德特醫生的屋子外面放置兩個用來收雨水的白鐵皮桶子，這裡的雨水比自來水還乾淨，過濾後就可飲用。

屋子內部並不怎麼寬敞，但傢俱的擺設恰到好處，白色的天花板上裝有吊扇，牆上掛著圖案布飾，乳白色的沙發椅看起來清爽舒服。

廚房隔壁是儲藏室兼工作坊。他們屋子內部的裝飾與設計，令人意識到屋主是個懂得藝術生活的人。

我們坐在陽臺的籐椅上納涼。從陽臺上可看到加彭動脈歐格威河（Ogooué）支流伊岷斗河（Ivindo）緩緩流著。沿著屋頂下垂的樹葉、青蔥翠綠的菜園，鳥叫蟲鳴及非洲的落日、晚霞，構成了一幅色彩強烈的畫面，令我久久不能忘懷。

由於天色已晚，瑪依・方莎芝請我明天再參觀她的菜園。

瑪依・方莎芝的菜園內有土生土長的香蕉樹、木瓜樹，及她自己種的小番茄、青椒、茄子、青蔥、大蒜、薄荷、西洋香菜等。

磚塊或舊空瓶圍成的菜畦，整齊地排列著。以棕櫚葉蓋成的保護棚用來保護幼苗。非洲的烈日不適於種子出芽，一旦撒下種子，就要搭棚遮蔽，此外還要經常除雜草，因其蔓延速度極快。瑪依・方莎芝把落葉、樹枝、垃圾混在一起，任其腐爛，就成了黑色沃土，她有一位勤奮的園丁，每天傍晚必澆灑菜園。

瑪依・方莎芝菜園的木瓜熟了就送給我，她不喜歡吃熟的木瓜。她把青澀的木瓜削成細絲，拌沙拉醬吃。當她園裡的香蕉成熟時，她忙著分送給大家，在赤道非洲，水果成熟、腐爛的速度都非常快。

她還有一個雞棚，養著十幾隻雞和兩隻鴨子。馬各谷的雞蛋不是不新鮮，便是缺貨，她勸我也買幾隻雞來飼養。我後來買了四隻母雞和一隻公雞。我們的雞棚沒上鎖。有一天外子出差，我們的雞就被偷了，從此，我再也沒有養雞的勇氣。

居德特醫生的名字是冉・菲立普。他在巴黎及英國利物浦取得熱帶醫學文憑後，曾在尼日（Niger）及塞內加爾（Sénégal）行醫。我們到馬各谷那年，是他在加彭的第三年，他打算一生都在非洲行醫。他負責替民眾注射疫苗，找出肺結核、痲瘋病及昏睡病病患，因此常常需要下鄉巡視。

瑪依・方莎芝是他在巴黎護士學校授課時認識的，他們由師生關係變成夫婦。雖然在加彭的日子單調，瑪依・方莎芝對我表示，她再也難以重新過著以往在巴黎當護士時那種一成不變的緊張生活。

居德特夫婦與外子都在馬各谷的護士學校授課。此校成立於一九八二年十月，學生年齡為十七、八歲，入學程度是在中學唸過兩年書即可，此校修學期限是兩年。

居德特醫生的新醫院離馬各谷約五公里。醫院落成那天他邀請地方首長來觀禮，馬各谷地區的商人贈送日用品給痲瘋病患，他們前來領取贈品時，個個面露感激，人數是十五位。接著是來賓致詞。

最後一項節目是喝冷飲，我目睹一位加彭人一口氣灌下三瓶酒。對許多加彭人而言，喝酒的樂趣不是慢慢飲啜、品嚐酒味，而是在最短時間內灌下大量的酒，然後一整天呈現酒醉後的歡喜開心狀態。有幾位客人甚至把馬丁尼混著威士忌，或威士忌混著啤酒喝。瑪依・方莎芝和她的女傭則留意，是否有客人順手把空杯帶走。

醫院內有治療室、化驗室、院長室、收容痲瘋病患及肺癆病患的病房。病房外面有一座當做廚房的亭子，供病患家屬炒煮。加彭人的廚房通常與住處分開。

居德特夫婦非常好客，家裡經常高朋滿座。他們家成為馬各谷的法國人意見交換中心，有時後會有從自由市（Libreville）或窮鄉僻壤傳來的消息。

晚時分，我們喜歡到他們家聊天、喝飲料。他們也時常請我們吃飯，在燭光、漂亮潔白的餐巾、講究的餐具、佳餚美酒、羅曼蒂克的情調裡，幾乎使人忘卻置身在蚊蟲肆虐的叢林之中。

十月底，我收到巴黎的中國女友空運寄來的麻油、醬油及薑後，才開始請客。我煮了「東安雞」及「醋了蝦仁」，吃得賓主盡歡、唇齒留香。

以後幾個月我又請他們嚐「中國式火鍋」及「酸辣湯」。他們很高興有個中國鄰居，能在叢林中嚐到中國佳餚，換換口味，感覺真幸運。

居德特醫生喜愛做木工，擁有一間工具齊全的工作坊，在我家時常可聽到電鋸的聲音。他家的門窗、陽臺的擴音機、烤爐及油漆房子，皆由他一手設計或修理。

叢林生活裡沒有娛樂，看書及聊天成了主要消遣。瑪依・方莎芝常來我們家借書，她甚麼書都看。她過二十九歲生日時，我送她一個臺灣製的紅漆盒子，她珍貴得不得了，說在法國的商店不曾看到這種藝術品。每當她家中有客人時，她都拿出來展示一番。

他們養了一隻大黑狗，失蹤十多天後竟一跛一拐地帶傷回家，原來是到鄉下去找母狗，與其他的狗鬥毆。從此，他們晚上外出時，就把狗反鎖在屋內，每當聽到狗的哀叫聲，就知道他們不在家。

第二年，我們搬到慕依拉（Mouila）之後，曾在首都自由市與他們見過兩次面。最後那次是他們要回法國前夕，居德特醫生要到都爾大學（Tours）參加一項專科文憑考試。

我們回到法國後，彼此中斷音信將近一年。隔年過年時我們再度聯絡上，居德特醫生在剛果首都布拉札城（Brazzaville）服務，較少下鄉巡視。他們現有一個八個月大的兒子，並在蔚籃海岸購屋，做為回法渡假時的歇腳處。瑪依・方莎芝在一個醫療中心上半天班，他們住在一間舒適但喧鬧的公寓裡，對於馬各谷那棟有庭院的房子仍懷念不已。

油菜花開

德國 穆紫荊

那一年，當她在自家門前的田埂上拆開他所寄來的信時，田野上的油菜花開得正黃。他在信中說：「在黃山腳下的家鄉有了一家老字型大小的硯臺專賣店……」他從來不問「妳何時回來？」，他只是輕描談寫地，不經意間便用幾個小字把她的思緒往家鄉鉤去。

出國前，朱明瑛唱的〈回娘家〉曾讓她覺得那歌裡的媳婦可真夠土的。身穿大紅襖不說，還頭戴一枝花，左手一隻雞不夠還右手一隻鴨。可是當她自己定居德國以後，回國時，她發現自己是越來越有點像那個歌裡的媳婦了。就如同此時此刻，風吹著菜花香在身邊沙拉拉地響，思鄉的小河在心間刷啦啦地流。而和歌裡的媳婦所不同的只是胭脂和花粉已擦不掉刻在臉上的年輪，頭上的銀髮也自成了一朵永不凋謝的花兒了。

她喜歡家鄉這兩個字。身在海外的時間長了，家人的份量在心中便漸漸成了故鄉的份量。他說「妳回來了我們一起去看硯臺」。於是當她終於能夠踏上回家的路時，便特意選在了一個油菜花開的季節。

看慣了德國平整一片的油菜田，當車子進入了安徽省境內時，卻發現眼前的油菜從佈局上來看，和德國的相比是更多出了一份天然和隨意的美。和德國一公頃、兩公頃的種植面積不同，黃山腳下的油菜花，是一小灘，兩小籠式的。它們被種植在路邊、草坡、房前、院後。即便是成了方方的一塊，那也絕不會是以公里計的，而是如手帕、像小船，一小方、一小條地或正、或斜地攤在人眼前。其間還常間插了房屋雞舍和菜園等，看上去那些黃色的花反倒是做了風景裡的裝飾和花邊了。有的花在籠上，一條高、一條低的，有的花在溝邊，一灘傍水、一灘乾的。然而那耀眼的黃卻是和德國的毫無二致。只見有農夫和農婦或捲了褲管，或紮了圍裙地在花間行走，那一份與世無爭、悠然自得的神態，令人一眼望去便由不得地卸下了旅途的緊張和勞累。

所要去的地方是黃山市黟縣。又因為它原本是在黃山腳下，便順路先從黃山一過，發現不僅有過山隧道代替了盤山公路，而且車子可以直接開進山內，直開到纜車的入口。於是，時隔三十多年後的黃山遊，終於在記憶裡從複雜變成了簡單，從辛苦變成了奢侈。上山不必出身汗，下山好似一陣風。上上下下都令人覺得輕飄飄。同時還令她大感意外的是，在黃山的入山車道上，沿途都裝置了有著歐洲風味的古典型路燈。一時措意不及，竟讓她感覺猶如自己並沒有走出歐洲。

下得山來，她想快點往家趕。然而因天色還早，好心的司機便又建議再順路到宏村一看。不曾想，這一去便牽出了她兩段夢般的回憶。

宏村，在古時候原本是稱作「弘村」的，為何後來改名不祥。它位於黃山的西南麓。距她原本要去的黟縣縣城僅十一公里。車子停在一窪油菜田邊。進入宏村便來到了一個被人描述成是古黟桃花源的一座古村落。村子裡的人們，是還照常家歸家，戶歸戶地生活著的，所不同的只是，整個村子成了一個收門票的旅遊景點，在石板路和門縫邊，便多出了一些肩背照相器材和靜坐寫生的人們。這是一座頗為奇特的村落，它的格局不僅首先是表現在它那一派完整而統一的宋代徽式建築上，同時還表現在它的形狀是一個牛形。牛形也好，馬形也好，對於走在其中的人來說原本是毫無知覺的。置身於那古樸的黑白兩色的建築風格裡，如果沒有摩托車靠牆站著，便會渾然忘記了今夕是何年。

就在這樣的一個世外桃源的村落裡，她在村內南湖邊的窄路上和一個賣桂花餅的老婦人相遇了。老婦人手挽了一籃用白布蓋著的桂花餅，見了她便停下，從藍裡掰了一塊給她嚐。一瞬間，她便回到了那一幕——他第一次帶她去他的家。她的手被穿著軍褲的他一路牽著來到了一個很複雜的房子裡。在那裡，她看見了一個老婦人——他的母親，當時正和一個小女孩同坐在一張桌邊撿著菜……他到裡屋去和父親打招呼並愉快地說話時，她一低頭才為自己走得匆忙未穿著整齊而深感不安。那天他便把她的手一直握在手心裡……

後來，他第一次到德國來看她時，事先故意不告訴她。當風塵僕僕的他找到她時，她正在田野上的小木屋內。還記得她問他：「飛機票用了多少錢？」他一本正經地說了個數字，嚇得她直叫哪個航空公司啊?!

而現在，不，很快，她便又能夠見到他了。也因此當老婦人把桂花餅遞到她手裡時，她不由得一愣，想起了吳剛和嫦娥。於是拿著餅的手便十分地猶豫，生怕這一口吃下去，他和她便會繼續在地上對月相望。老婦人不知，以為她嫌棄，挽著籃走了。日色漸西中的宏村彌漫出飯菜的香氣，她感覺到了餓，於是便咬了下去。村內的石板一塊接一塊地或向左、或向右，她三步一停五步一轉地很快便迷了路。看見一家大門洞開，便踏了進去想問路，卻不想踏進了村內的老古玩店。

從小受父親的影響，一看見古玩她便邁不動步子，於是靜下心來看，竟然被她看到了一塊玉。說實話，應該是那玉竟然一躍而入地進了她的眼簾。那是一片橢圓形的玉鎖片，片上刻有一隻展翅的鳥，只聽得店主在說那叫喜上眉梢。而她決定買下卻只是因為它合了他的名字。於是還買了根褐色的絲線，串上後，先是試著把它像古人似的吊在腰間，見店主搖頭，她便取下項鍊，把它套在了脖子上，只覺得那玉貼著胸口先是猛地一涼，隨即又轉為溫和。

走出店來，只見宏村狹窄的石板街在眼前神秘地橫著，四下裡靜靜地聽不見一絲聲響。她懷揣著玉，憑著直覺地往左拐了，一路上只見高高的白色粉牆和牆頭上黑黑的瓦片連續不斷。在一扇老舊的木門邊，有一個老者出來向她望了一眼。那一瞥，讓她想起了一天早晨她在他家樓下和幾個女人等著買豆漿的情景。那天，賣豆漿的車子還沒來，她卻發現自己忘了錢包，便上樓去找他。他在桌前看書，見她爬了樓後有些氣喘，便拉了她先坐下。彼此兩手相握地坐了一會後，她才想起自己是上來拿錢買豆漿的。於是問：「看見我的錢包了嗎？」他把衣角掀開，只見一大一小兩個她的錢包都好好地被收著呢。她拿出了小的那個，正要下樓，他父親穿了黑色的燈心絨上裝從裡間出來，笑眯眯地對他們說了些話。那天她才發現他父親的右手臂不太靈活受過傷。老者一路咳嗽著走了，她停在那木門前良久。

相聚的時刻總是太少，而回憶的片段卻始終在那。站在宏村村口的大柳樹下，她知道下一站便是回家了。黟縣就在不遠的十一公里之外，那裡有那家老字型大小的硯臺店和在信中說過會在家鄉等著她的他。

車子一路揚塵而去，黃山腳下的油菜花在灰色的暮色中顯得別致地耀眼和輝煌。

鹽礦尋古縈秀湖

德國　邱秀玉

今年十月七日星期六適逢農曆八月十六日，大家齊集來慶祝中秋追月與預祝中華民國誕辰。

當日的天氣真有點洩氣，太陽和我們玩捉迷藏的遊戲，躲得深深遠遠不說，還放下雨簾讓人追捕不到。雖則如此，卻難不倒我們這四十位健行兒高昂的興致，照樣準時出發。

早上八時巴士向慕城的東南方出發，前往德國最美麗的城市Berchtesgaden，參觀該市的古鹽礦。主辦這次活動的是婦女會，其資料上寫著「Berchtesgaden市位於德國東南角，離奧國邊境的薩茲堡（著名音樂家莫劄特的出生地）僅十五公里。在公元一一〇〇年左右，Sulzbach伯爵家族在該領地建立了天主教奧古斯汀教團修士修道院。從地理環境來看，位居古時鹽路西運必經之地的Berchtesgaden Land。在食鹽貴如黃金的年代裡，很自然地成了當時歐洲皇族貴冑覬覦的肥地。尤其當一二〇〇年和一五一七年人們先後在附近以及在現今的Berchtesgaden市區發現鹽礦時，領管當地的修道院長登時身價百倍，成為皇帝和教宗爭相巴結的對象，其地位也節節上昇，享有許多特權和賞賜。該地在十四世紀成為德國的采邑，修道院長也在一五五九年昇為侯爵。由一五九四年至一七二三年甚至成立Wittelsbacher王朝，成為巴伐利亞王國的王族之一。一八〇三年Berchtesgaden市曾經歸納入奧國，再併屬法國，直到一八一〇年才又重回德國懷抱。翼屬於巴伐利亞王室，並且成為十九世紀王公貴族狩獵避暑的勝地。」

經過兩個多小時充滿笑聲的車程終於到達目的地，此次參觀的古鹽礦入口是於一六二八年發掘的Ferdinandsberg坑道。大家排隊持票入場，第一道關口是要套上厚實的礦工服，腰纏皮帶，皮帶後面垂掛一塊可以遮蓋臀部的皮革以備滑木滑梯之用，然後以跨馬的坐姿登上入坑小軌火車，狹窄的坑道牆壁散發出一種潮濕礦物質氣味，火車輪與鐵軌磨擦發出卡隆卡隆的聲響，一路顛簸向深邃蜿蜒的山洞前進，總算體驗了礦工的況味。下車後，講解員引領我們，並講解礦工們如何運用鑽鑿機械採鹽礦；然後乘坐木滑梯深入地下三十四米的鹽窟。緊張刺激的時刻到了！四人一組跨坐在非常陡峭的木滑梯上，把兩腿向前伸展，身體微微向後傾斜，橫杆一啟開，剎那間風馳電掣往下衝，耳際風聲颯颯，髮絲飛揚，幾秒鐘衝刺的呼叫聲引起坑壁迴響呼應，大家都覺得年輕了幾十年，恍若時光倒流，童年的嘻笑回到了眼前。拍拍那發熱的後臀，幸好有塊皮革墊著，不然可就……

在鹽窟裡我們參觀了鹽層的變化，真是嘆為觀止，要不道破還以為是色彩絢麗的水晶石。由於鹽層裡礦物質含量的多寡而使其顏色也因而互異，走道上的窟壁也呈現如大理石般的彩色光澤，線條層次分明美觀，這大自然的造化令人不得不嘆服。

忽然一陣歡呼聲，原來還有一道木滑梯要滑下深入位於地底一百五十米處的鹽水湖，又是一陣歡樂呼叫的震盪。之後我們乘坐方木船遊鹽湖過對岸，在漆黑幽靜的鹽窟，打著微藍的燈光，幽幽地照著湖水，水的波動反映在不很高的鹽窟頂，湖光水影圍繞著我們輕輕地搖晃，配合窟壁傳來幽雅的輕音樂，大家都靜靜地享受這醉心的氛圍，恍似身處蓬萊仙境，只可惜湖心不遠，大家帶著戀棧不捨的心情上岸。讓記憶捕捉這兩小時的瀏覽，欣賞大自然神奇的時光。

細雨紛飛迎接我們從古鹽礦出來，大家持傘結隊前往民間博物館，參觀當地的手工藝品和木雕。下一個目標是離小城四公里的國王湖（Königssee）。大家結伴足登Malerwinkel第一圈山路。雨水淅淅瀝瀝並沒有降低健行兒的興致，落葉片片將石子路妝點秋色；瘦黃的、濕漉漉的殘體包裹著百折不撓的毅力，不躲不避不吭不響任由路人踩踏，淒美的堅忍，我見猶憐。

在叢林沿途不時會看到形態拔擢的獨體大石矗立在眼前，平坦的石頂長著一些小樹，遠望有如一個體態俊逸的大盆栽，悅目極致。行行復行行，前面山路驟然開闊，兩邊山崖迎面而來，那心儀已久的國王湖就在山麓下，群山懷抱狹長的峽湖，秀麗清雅是它的著稱，湖水呈土耳其翠綠色，恍若一顆翠玉鑲嵌在峰巒之間。今天細雨纏綿，湖面煙霧朦朧別有一番姿色，這一顆翠玉又像是蒙上面紗的新娘，嬌憨掩羞地深情脈脈向人行注目禮。盛情惓惓意難卻，大家就在雨中與紫煙迷濛詩意縈迴的湖色結緣，留下倩影。

回道途經「巫婆山」，美麗的巫婆仰臥在山巔吸引眾多的追蹤眼光，灰暗的頭巾垂直在山涯邊，微凸的額頭順著窪陷的眼眶配上高尖彎鉤鼻，再加上那長而瘦癟往上微翹的下巴。在童話中，巫婆是世上最醜陋的女人，然而，這個世界最大體的巫婆卻擁有宇宙間最美麗的胸部，結實堅挺的乳房頂著青春少女的乳頭，呈現了最漂亮的一面；順著平坦的腹部那黑紗長裙剛好遮蓋了足部，一個活龍活現仰臥的美麗巫婆就展現在眼前，讓眾人驚嘆不已。

歸途中由於路障而將時間拖延了兩小時，也因此我們得以與月亮幸會，實現了「中秋追月」的喜悅。嫦娥露著笑臉親切地與我們打招呼，忽左忽右在夜幕當空為我們導引，快到慕城時又在後面情意綿綿揮手相送，祝福大家帶著一天的愉快進入夢鄉。

一隻披水晶翅翼的鳥

法國　呂大明

生命美如水晶

時間如金庫中的一銖。擎起象徵生命的聖酒，撥開沒有發酵的麵包，如同在聖餐桌上。

生命美如水晶，但它是易碎的。我看到窗外一隻披水晶翅翼的鳥，牠在鏡中照出「我」的面孔。

突然自青春年少的夢中驚醒，鏡子裡出現的那隻羽毛豐潤的鳥只是時光消逝的幻影。

我住在一座沒落家族老舊的房子裡，如跨進一艘巨大的破船，它就在我眼前斷裂，傷口像動物折斷的肋骨，鐵釘釘過，油彩塗過，風沙在縫隙間撞進撞出。我似乎處於the empty room，空蕩蕩地感覺不是有形的，而是煙火熄滅，光暗色減的淒涼。

刹那間那隻披著水晶翅翼的鳥在鏡中跌得粉碎。

心靈也是一片荒蕪，舊日創痛像苔痕般在陰暗心的角落鋪展，滿地碎了的花瓣都寫著broken hearted。

我走出老屋，在海邊漫步，聆聽有節有拍的浪花沖打岩石的聲音，不就像古代雕繪的木板或金屬片製成的敲擊樂器成為「雲板」所發出的樂音。

聽到海神秘的聲音。海蟹以鉗和爪撥動沙穴。我沒見過Rainbow shell，但在彩緞般的夕陽下，所有的海螺都是斑斕的，都塗上彩虹。

眼前出現另一幅畫面，僧院的大門開了，一位裸足的修道僧靜悄悄地走了出來，在聖徒心裡，沉默是金，無聲勝有聲。最美的藝術文學是深刻而含蓄的，具有只可品味不可言傳的寓意，那種朦朧漂浮的神秘感，就如漂浮水上莫內（Monet）名畫《睡蓮》。

我看見半空中飛過一隻披水晶翅翼的鳥，牠在水中照出「我」的面孔，一定是大自然和文學的美讓我依然活著，讓我眷戀這個世界。

飛逝的夜晚

時間都在倏乎間飛逝，那個夜晚我稱它——Filing Night。

我看到最後一隻鳥兒已消逝在雲端，然後一陣晚鐘像夜間的帆船飄翔滑進煙霧迷濛的海上。

雖然走過人生的荒山與乾涸的溪流，我仍然選擇有夢的人生，夢也許會像水晶般易碎，是英國人布里吉斯（Robert Bridges）所說：A throe of the heart（心靈的劇痛）。

我依舊是理想主義、浪漫主義的信徒，生命是美的、生命是易碎的，我是那隻披著水晶翅翼的鳥。

佛火裊繞中，「短衲僧頭白」。雖然青山綠蘿依舊，世事都飄渺如雲煙。

每個季節都有歸期，當春天走的時候，牡丹花還在含苞、還在綻放，甚至五月的紫丁香已經凋零，在杜鵑聲聲催歸的啼鳴中，牡丹依舊沒有歸意……

如果時間都在倏乎間飛逝，每個夜晚都是filing night，我依舊不賦歸辭，依舊逗留在人生的舞臺上。我自小就是A littel girl lost（迷失的小女孩），先是迷失在《紅樓夢》大觀園：蘅蕪苑、錦緞樓、枕爽齋、蓼風軒、稻香村、怡紅院……尤其是林黛玉住的瀟湘館，曲欄與修竹，連寶玉都覺得比別處幽靜。我在大觀園消磨低吟悄唱，桂魄流光，梅魂竹夢的歲月……我也迷失在姹紫嫣紅百花盛開的《牡丹亭》裡，這類文學都有沉香木的嗅覺，都像寫在菱花鏡前的情感，空靈如夢……

後來我進英國「牛津學院高等教育中心」唸書，就另闢蹊徑，迷上了西洋文學。倒不是悟禪機，悲讖語，當我讀到莎士比亞：All the world's a stage. And all the men women merely players（世界是座舞臺，眾生男女只不過是舞臺上的角色）我突然進入另一個領域，存在於消失交替，世間萬事萬物不是一場空，在空境中悟出永恆，也要智慧。

銀鴿

月亮化身Silver dove（銀鴿），牠的銀色羽翼塗抹了暗黑的山林與溪谷，駐留花間的彩光，我在窗前消磨，月光化成錦囊妙句。

頃時間，夜鶯唱出絕妙好音。那隻夜鶯正如英國湖上詩人柯爾雷治（Samuel Taylor Coleridge）所說：To the sleeping woods, all night singeth a quiet tune（為終夜酣眠的林子，唱一首輕歌。）

當月光掠過窗前的梧桐樹，投下銀灰色的痕影，朦朧了屋裡的燈光，或冷雨敲碎午夜的夢痕，瀟瀟夜雨令人柔腸千轉。就以喃喃低語似的長歌短調，伴隨著推衾夢醒的失眠者，一剎時我似乎迷失在蒼茫無垠之中，天地都荒蕪老邁……

點燃了蠟燭，蠟淚一顆顆滾落水晶燭臺上，冰雪般凝聚，正是周壽昌的詞，「凝寒不待涼秋」。一株海棠在燭光下散發珊瑚豔的色澤，轉念一想，世間萬物都有靈性、有情感，心中突然流瀉暖流。

波特萊爾（Charles Baudelaire）認為「沒有一種美的形式不含有痛苦」。這位酷愛巴黎憂鬱的美學大師，以嗅覺神遊Perfume（馨香）之中，將愛倫・坡一系列作品翻譯介紹給法國讀者。我迷上文學美的形式，那種形式含著劇痛。

我依舊是那隻披水晶翅翼的鳥，當五月蝶以蠟炬與蜉蝣殉美的麗姿態飛向我，我聽到火焰燃燒與碎裂的微響。一剎那，時間的重量不存在了……

飛過不朽生的拱門

鴉鳥飛過，在黃昏留下殘餘的墨蹟，天色暗了，入秋了，疏枝冷蕊在煙雨溟濛中自開自謝……

走過一座荒涼的廢園，屋主人或遠走他鄉，或永埋在荒土之下，只留下烏鴉低低飛翔在高及牆垣的莽草間……

別說墓碑上儘說些諛媚的話。人一生的功業，一生的奮鬥，一生為理想而燃燒，所有生命旅程的業績，只留下那幾句美言，像輓歌的餘韻，是多麼蒼涼。

但那隻披水晶翅翼的鳥，牠懷著莊生化蝶的夢，懷著與春辰共生死的蝶夢，夢想翩翩與西風共飛翔。飛過不朽生的拱門。

我優游莊子的大千世界，楚國南方那隻靈龜逍遙了五百年只是人間的一個春季，又逍遙了五百年才是一個秋季。上古時候那株椿樹以八百年當成一個春季。

克羅齊（Benedetto Croce）的「美學」（Aesthetic）認為藝術的天才來自動人的知覺，是情感與心靈的表現。

唯美也是由藝術家心靈凝結的形式。濟慈（John Keats）讀斯賓塞（Edmund Spenser）的《仙后》（《Faerie Queene》）就觸動靈感，將詩國之門當成Realms of Gold（金玉王國）。雖然體弱患肺疾，卻擁有effeminacy of spirit（優柔的靈魂），這正是藝術家不可缺少的氣質。我讀他的絕句：Where the dead leaf fell, there dit it rest.（當一片枝葉隕落，就永遠留在那裡）。

他短暫的一生二十五歲病逝羅馬，葬在新教徒墓園，為自己寫下墓誌銘。我黯然神傷，為了逃避凝重的傷痕，我躲進一八一七年至一八二〇年的Hampstead Lawn Bank，濟慈在漢普斯特住的那座大宅子裡。這裡濟慈吟出「夜鶯之歌」，這裡只留下詩之花，只留下唯美，悄悄地越過不朽生的拱門。

讀寫編

德國 王馥秀

讀

天光一燦，陽光加了一層亮度，穿越白紗窗幔，有風拂過，帷幔浮動，似是帶來遠方的問候，屋裡就這麼乍然明朗起來。

與先生出門去吃了個簡單早餐，順手拿著的是朱天文的「巫言」，今年回臺買的。朱天文意識流書寫是我最愛之一。讀著這樣散文式小說（其實它是小說不小說，散文又不散文的，是我寫故我在！），思緒常常落回到書寫標竿的疑問上，不喜用這種大敘述中採用的堅硬語言——標竿，取來說「巫事」也太不搭調了，一下裡卻又抓不到合意的字詞。

回到「巫言」。裡面文字思緒的流動還真無喱頭，前不接後，上不接下，才一抬眉就又是一個風景另一個話題另一起人生故事。她就這麼閒閒地說著，如果體驗過她的文字，其實讀起來不難。天文她也不一定寄盼讀者讀懂了甚麼吧？可能在意的就是讀著時在文字中的拉拉扯扯牽牽絆絆地不斷驚異發現怎麼竟是如此這般的享受吧！趨字動詞在文字天地海洋銀河等等地方的修復鍛接，能產生的意象在讀者思緒中起了甚麼變化，這可能是最超前衛古奇魔幻的寫者地標了！

哲人凱西爾的說法，西方哲學最核心的問題就是語言的轉向。我看天文她是最能隨時代攪動文字的寫者之一。

凱西爾的觀察（以下取自他的《語言與神話》一書）：

> 在語言的轉向中，西方哲學實際上轉到兩種完全不同的方向上去，以羅素為代表的理想語言學派要求概念的確定，表達的明晰，意義的可證實。
>
> 人文哲學以及後期維根斯坦等思想恰恰相反。要全力淡化弱化拆解消除語言的邏輯功能，他們要做的就是把語詞從邏輯定義的規定性中解放出來。
>
> 海德格更清楚地說把語言從語法中放出來使之進入一個更原出初的本質架構，這就是思和詩的事了。

如果以海德格對語言的思維法則為尊，《語言與神話》一書中的限定是，每一種形式都是人類精神邁向其對象化（目標）的道路。唐諾在給朱天文「巫言」寫的長序中啟示記錄了她在紀末與紀初的文字開鑿，唐諾長序的更大意圖，是要替天文去掉張愛玲標籤。

而有讀者如我者可也會是朱天文語言鑿開的對象？

寫

似乎總負著很沉重的心擔，想更好，想更亮，想讓更多人分享。一程程走過，有成功，有更多失敗的腳步。過去不喜寫逆境，是到近日才領悟，檢視那些，才有機會消融成長。但是有些逆境陰霾的產生，似乎不易掌控，人能控制自己，卻不能相對地對其他人施加影響。世界就是有這樣的不透明不平靜，不然那許多佛門讓人對事情凝視走過的修定法門不是就都其來無自了。記得好久之前讀到一篇詩，大意是人待在家裡，都會有禍落在頭上。真的，正是如此，這世界有時候奇怪，也只能說身邊的天使很辛苦地展開祂的羽翼，讓我們平安走來，祂也很累。

手邊讀著一小本關於文學書寫的探討，提出人為何要走上書寫之途，目標是甚麼？有說得清楚的，乾脆說，是一個療癒的途程，過去悶著頭寫，從未回觀反問，為何要書寫，從來也沒認為有甚麼需要透過書寫來療癒。在讀到日本百萬編輯見城徹的書「編輯這種病」之後，才豁然，甚麼是置死地而後生。該說是穿越了陰霾，才能撞見前方的光線。過去總覺得要揚善，但是現在知道人間病毒多，挖掘背面的陰霾才是療癒的王道，不是？

這些聽起來瑣碎，要認真面對時，才知道瑣碎背後生命之大，所有的生命都是大的，如果正視，如今天想起某個時刻，相遇瞭解認真看待認真體會不負當下。有一天，如許多許多讀到過聽到過或體驗到的故事，如文壇女將林海音等，病痛來磨之日，一切的一切在多大的無奈中逐漸淡去，才真能當下體會甚麼是遠方盡處的鏡花水月，甚麼是世路到此也悠然。然而，我們還是要認真接納，認真過當下。

編輯

讀日本百萬暢銷書編輯見城徹的書《編輯這種病》，在日本能有百萬暢銷書作家、編輯，在臺灣與中國呢？見城徹在大出版社或者雜誌社工作時，工作是新銳作家的挖掘，公司似乎都有很充盈的經費去支援他工作的進行。比方他總是與誰誰誰夜夜都在酒館裡消耗，不到酩酊大醉不歸。如此模式不知在華文出版界是否有例可循呢（在挖掘有潛力的作者之際）？編輯與作者之間是何種對應呢（無法猜想）？華文出版界是否也有如此的故事呢？

買這本書，也是因為想知道這位百萬編輯到底如何成功的，就能編輯出行銷百萬的書冊，關鍵因素何在？很希望讀到的是他編書的態度，在翻讀中，書前頁的摘錄與書後頁的摘錄讓我驚異震撼。

文末見城徹的結語：我只朝痛苦的黑暗之處邁進。前後書裡白頁部分，選用的兩段短文。

書前：摘自海明威《勝者一無所獲》（未見到原文，感覺譯文有些奇怪）。

> 與其他的任何爭執和戰鬥都不同，勝利者就是一無所獲，不僅不給予勝利者寬適和喜悅，也不賦予榮耀，甚至再贏得勝利的同時，也不要讓他得到任何回報。

書後：摘自吉本龍明的詩集《因為那年秋天》。

> ……
>
> 我要走向陰暗秩序的最底層
>
> 在處刑之處安眠
>
> 因為災難的預兆一定會將我喚醒

由書寫到編輯

德國 麥勝梅

三十多年前負笈德國，那是一個沒有網絡的時代，除了閱讀和塗鴉外，好像沒有甚麼更讓我浮躁的心沉澱下來，說中文書報是心靈糧食一點也不過分。後來，我開始投稿學習發表文章。大致上寫了一些散文和報導，純粹是一種盲人摸象的方式，摸到那塊就寫那塊，一路跌跌撞撞地走。

一九九一年，在總會秘書長符兆祥、著名女作家趙淑俠、呂大明之不遺餘力推動下，歐洲華文作家協會於巴黎成立了，一群愛好文學者在「以文會友」的號召力下聚集一起談文論藝，我感到十分榮幸能躬逢其盛，因為能夠成為歐協一分子是一種難得的機緣，也是我人生一個重要的轉折點。在以後的日子裡，書寫已變成我生活中的課題，這裡我感謝趙大姐、大明姐的多年來不斷鼓勵關照，尤其在歐華作協成立二十年紀念，與文友們互相砥礪的斑駁的記憶更不時在腦海中浮現，深感這個「相互提攜」實現文學夢的大家庭是值得我們珍惜的。

寫作在我來說是一種個人透過生活體驗、閱讀認知和不斷地追尋人生意義的感情表現。在書寫世界裡，儘管關在斗室中，很多時候卻有海闊天空的感覺，因為周遭有用不盡的題材，每位執筆人似乎都有自己的落筆處和私房的架構。年輕的時候，我喜愛借用簡潔俐落的散文筆墨道出異鄉生活的見聞感受，也曾執迷於尋幽訪勝遊記報導文體中，雖說對於精心設計、曲折離奇的小說情節、旁徵博引的大氣文風非常仰敬，卻因馳心旁騖而沒有致志於論述創作和小說的書寫，這不能不說是一個遺憾。

這些年來寫作的經驗告訴我，和個人的思維空間相比之下，發表的園地並不是那麼寬敞闊綽了。然而，我也堅信一篇好文章總不怕沒有刊登的機會的，只有好好寫下去，把根紮好，其它就隨緣吧！憑著這個信念我一路走過來。

在歐協大家庭的培養下，我又懵懵懂懂地做起編務來，二〇〇二年和前歐協作協秘書長王雙秀合編《文學遊》、二〇〇四年主編《歐洲華文作家文選》、二〇〇八年與前聯合文學雜誌總編輯丘彥明合編《在歐洲天空下》、二〇一〇年再次和王雙秀合編《歐洲不再是傳說》，前後一共編輯了四本刊物，雖然如此，我仍然感到站在剛起步點，充滿夢想和挑戰。

我常問自已，要怎樣編好一本書？除了要犧牲自己很多很多休閒時間外，首先恐怕要學會有耐心去貫徹編書的原則，不可粗枝大葉地草草了事。記得初學烹飪時，我總怕切洋蔥，因為老是被刺得要淚流滿臉，可是要燒一道好菜，也得堅持地把它切成一片片的。久而久之，剝大量的洋蔥皮也難不到我。我想要編好一本書，就要承受其中苦樂。

大連理工大學教授王續琨說過：「主編者，既要動腦筋出思路，出觀點，又要親自動手撰寫前言和書中某些章節，統編全書或主持研討，篩選篇目，整理校勘，有時甚至需要親自『動腳』延攬相關名家，組織編寫班子。」

其實，編輯工作好像拼圖一樣，必須從煩瑣的碎片中理出一幅靠近主題的版圖來。為了編書，為了提昇敏感度，我變得更專注起來。然而，有時面對一大堆文章，常常為了取捨問題而左右為難。

我慶幸沒有需要親自「動腳」延攬相關名家，組織編寫班子，因為歐華作協人才濟濟不必外求，但有時需要苦哈哈地「動手」替不會用電腦的文友們打文稿。主編這個工作的確是很瑣碎、煩雜和磨人的！拿改錯字來說吧，每一位編輯都知道校對的工作特辛苦的，人人說書有它自己的生命，但只有高質素的文章才富有生命力，千萬別被幾個錯字就糟蹋掉一篇好文章，所以改錯字也是編輯工作重要的一環，我通常充當第一和最後校對。有時，為了幾個標點符號、譯名和兩岸用詞的不同而反覆閱讀考證，一本書校對了三、四次還有錯處，困擾不已。

作為現代的文字工作者，不管是從事寫作或編輯，到了關鍵時候，總會領會到不能忽視了外在現實條件，尤其當旅遊文集《歐洲不再是傳說》要出書之際，我才切實瞭解。原先預定的《邂逅歐洲》書名不被出版社看好，提議換別的，經大家一番腦力激盪，提出十多個不同的書名給出版社甄選，折騰了好幾個星期皆沒一個書名被選中，這時，趙大姐要為此書而作的推薦文章要刊登了，但是，我拿不出一個被出版社認同的書名來！

一等再等。出版社的編輯一再強調書名不可文縐縐的，不能只顧文藝氣息或浪漫風格，說必須站在如何會引起讀者翻閱動機的角度出發，響亮的書名加上好看的封面，才能引起讀者興趣和好奇。

這概念大家都懂！並認為我們提供的書名都很貼切內文和涵蓋面廣呀！然而，從現實的市場角度去看，第一關的考驗就是當書籍出版前，出版社首先把一些書籍資訊發到經銷商手上，關鍵在引不起經銷商興趣的書名，訂單的量就銳減，這一來，自然會影響書在書店流通的廣泛度。說到這點，我能不屈服嗎？到底寫書和行銷書是兩碼事。

好不容易要印書了，臺北忽來函告之，出版社總經理希望《歐洲不再是傳說》改版製作全書彩色，說他們願意承擔較多的風險。打從編撰旅遊文稿時，我就懷揣全書彩色的夢想。老想著，只有全彩才能發揮本書的最佳效應和吸引到讀者從書的第一頁閱讀到最後一頁！現在聽說要印全彩，我自然大喜出望。然而，隨之而至的便是成本上的考量，雙方便展開一連串的談判。這段時間裡我能做的除了等待就是忍耐，終於，圖文並茂的旅遊文集要出版了，可是在印書前又傳來新消息說要把書的封面改變，因為經銷商以「市場反應不夠強烈為理由」要變換原設計的封面。為了提高書的銷路，出版社再次投入美編業務，努力給書一個清晰的樣貌！

編書是一件很累人的事，出版商為了生存也費神勞心。不過，這是一件有意義的工作，一本書的問世，將是下一本的投資。這本由我和王雙秀主編的《歐洲不再是傳說》一書記錄了三十七位歐華作家的六十二篇難忘的實地旅行心得，將於十一月初問世。這本旅遊文集出版後，歐華作協接著又忙著推出下一本《歐洲的家庭教育文集》和歐華作協二十華誕紀念文集《迤邐千山的弱冠》，以及前此已出版的散文文集構成廣泛流傳的歐華作協叢書，期望在不久的將來，讀者能看到一群歐華作家的成長，進而對歐洲更多的一份嚮往。

貓船

德國 謝盛友

輕輕的我，悄悄地走了；重重的我，輕輕地回來。

祖屋有些老舊，一絲微風，一剎間，我的心變得柔軟，翻動起溫暖的潮汐。

「大伯，你找誰？」

他為何這麼面熟？我們在哪裡見過？想起來了，小時候，我們一起找貓船，捉迷藏。我一頭栽進旁邊的一個大草堆，把它做為藏身之處。因為我藏得比較隱蔽，他很難找到，我可以安靜地躺在草堆裡，直到他投降，使勁地呼喊我的名字，我才得意地從草堆裡跳出，向他炫耀我的厲害。胡思亂想中，我回答：「我找貓船！」

走進老祖屋，「公殿」的上方仍然是祖宗的名牌，右邊房子，我睡過的床，一張硬硬的木架子，稻草床單，草席已不見。我再入睡夢。

貓船居高，美聲自遠，借夏風醉人，空腹歌詠，卻獨抱清高。屋子後面一大片高大粗壯的龍眼樹，枝葉茂盛，貓船在那裡搭建舞臺。貓船第一聲鳴，猶如交響樂前奏，幽遠而清晰，緊接著大批大批貓船一齊鳴叫，「知了——知了——」，氣勢磅礴，霎時間佔據了整個村莊。我捉到的貓船，放置在火柴盒子裡，有幾個空隙，貓船可以呼吸，屋內貓船也唱歌，裡應外合。三五分鐘後，全村的貓船樂曲由強到弱，直到終止，像樂隊指揮落下指揮棒，一下子沉寂了下來。

中午，驕陽似火，酷熱難當，我醒來，沒看到貓船。站立村頭，孩提趣事忘不了，南望鄉路燙心頭，不見龍眼樹林，跟前康莊大道，一望無邊。

「大伯，你在想什麼？」阿上打斷了我的思索。

「我在想貓船。」

「貓船是什麼？」

阿上這麼一問，我才意識到，他一直跟我講普通話，不會說海南話，也沒見過蟬，當然不懂貓船是什麼。

注：「貓船」，海南話：Mao Duen。不知道應該使用哪兩個字注音，覺得按讀音應該可以寫成「貓船」。

詩歌

詩歌
詩歌

搖籃曲

法國 楊允達

天使倦了
臥於雲端

白雲疲了
停在山巔

鳥兒累了
棲止枝頭

我要睡了
躺在你的肚皮上

紅磨坊

法國 楊允達

紅磨坊的風車失靈了
再也不磨麥子
磨出的是舞娘翹起大腿的康康
全世界的遊客
都來這裡看紅磨坊
看的不是磨出的麵粉
從紅磨坊走出來的男子漢
臉上一片紅彤彤
兩眼發直，腿已軟
走上山坡直奔聖心堂
跪在聖母像前
念了三遍玫瑰經
下得山坡又是紅磨坊
臉上一陣紅來一陣青
天堂地獄一念間

落英

西班牙 張琴

你把喜悅和燦爛，
灑滿庭院，
彩蝶飛來。
一瞬間，
你卻閉上了眼。
落英滿地，我哭了！
盼望著春天，
我們相約明年。

漲潮

德國　黃雨欣

漲潮了
漁舟在家人的眺望中歸航
只有一個黑黑的後生
肩挎著魚簍
迎著高高掀起的浪潮
海浪一波一波
拍打著
他厚實的胸膛

回轉時
後生的魚簍不見了
背上多了一條
色彩斑斕的美人魚

後生不知道
魚兒在水裡
注視他足有一個世紀

漲潮時終於被他
沉甸甸地
駝到了心上

藍色星球

芬蘭 楊潔、伍石

藍色的星球、生生不息，
宇宙的寵兒、如此美麗。
一呼一吸深遠悠長，
一笑一啼風和四季。
我看不見以往的爭戰，
那最初的愛來自天地；
我本屬於森林和大海，
感恩的生命春風洗滌。
完美的開始、未知結局，
永恆的家園、遙遠記憶。
一年一歲冰山消融，
一朝一夕藍天遮蔽。
我看見人類自導的夢，
在黑色的崩塌中滅熄；
我聽見孩子們的笑聲，
在黃色的沙塵中遠去。
啊……

誰為我恢復天賜的靈犀，
誰為我講述綠色的意義？
我的星球我的唯一，
我願意做一切為你！

誰知曉

英國 林奇梅

春神來了
誰知曉？
微風吹拂搖曳了樹梢
知更鳥鳴劃破了黎明

天上有七彩
誰點染？
風吹著樹枝芽在雲端塗鴉
雨滴調皮在虹橋跳躍

一簇秋菊

德國 麥勝梅

秋風薄情
吹落了丹楓
光陰荏苒
送走了黛綠年華

只有那嫵媚的秋菊
殷勤地
彌漫著友誼的郁馥
　告訴我
及時鑑賞
　珍惜涓滴

呢喃南飛燕

德國 麥勝梅

一群候鳥飛往南方
展開一幅人字畫面
牽引我輕盈翱翔
在寂寞的心底
發出一道熱氣

一群候鳥飛往南方
盤旋在南方旖旎風光中
那裡花兒不曾入睡
河水不斷流淌
魚兒翩然穿梭於青青水藻間

一群候鳥飛往南方
越過山川越過大洋
找尋那道暖心的氣流
那裡的陽光燦爛得
不知什麼是秋的幽怨

無夢之眠

瑞士 朱文輝

呼嘯而至
冰雪暴
暖綠驚竄
天堂趨冷
我入眠
無夢
墳地的幽謐
伴著安息之床
死亡
是我的無夢之眠

雪話

瑞士　顏敏如

愛雪　是因為他的沒有歷史
手指急著尋找冷
要戳破他
雪的註定透明不能燃燒

於是縮頭跨越
進入了冷
並把時間永恆地留在外面

夢銀髮

瑞士　顏敏如

把夢　狠狠丟進玻璃杯裡
哪裡來的一根魔棒將杯中睡眠的餘溫攪得粉碎
當水快靜止　夢境將沉澱
離杯頂三公分
驀然閃過一段無憂的童年
以及　一點五公分之外的哀樂中年

不許照面　迅速沉沒杯底
是又醜又病的老年
而後
緩緩旋起兩根銀髮絲
漂

你是一顆星

捷克　老木

夜晚
靜靜地
你眨著眼睛
一如情感滿懷的精靈

白天
無聲地
你也在閃光
只是我沒有遙視的眼睛

沒有終結

捷克　老木

如同時間沒有階段
終結只是一種錯覺
那流星的一閃
定格在記憶裡邊

終結的只是感覺的某個片段
雖然可以撕心裂肺
而那不過是整圈拷貝中
一個轉瞬即過的畫面

生命的DNA的多像鑽頭
有那樣一對旋轉的夥伴
有高有低有快樂也有苦難
如日月山水節氣流年不停變幻

孤星的心事

德國 邱秀玉

一顆孤獨小星
佇足於瘦瘦天空
一絲熒光穿過黑紗緊裹的身軀
透視一雙芒鞋的倦容

遠方歸來的風塵啊
你歌著那首鄉愁　彈著
風沙的呻吟　霜雪的嗚咽

放飛的夢在秋聲之外浮白
鴻雁留下淚痕　烙在
坑坑窪窪土地

今夜　拭去疲憊的鞋印
泡一杯不加糖的黑咖啡
放幾片玫瑰花瓣
與我　對飲

在孤獨之後

在暖意開始上升的時候

鄉思

德國　邱秀玉

疲憊的腳步
　　千曲
　　　　百折
深陷　海的一隅

夢之舟　經常
泊憩
一壺　沸騰著
鐵觀音韻味的
茶
　香——

鴿子

德國 穆紫荊

箱子
　佇立在腳邊
目光
　遊弋在窗前
你放飛的鴿子
在心房裡徘徊
沒人看得見
牠餓得團團打轉

我把希望撚成一條細線
懸掛的是來自你的思念
兩只眼睛是彼此相鄰的隔岸
一對翅膀是心有靈犀的顧盼
悠揚的哨聲從遠方傳來
你張開雙臂把鴿子等待
我趕在太陽升起前把心房打開

卻發現鴿子
　已倒斃悄然

箱子
　開了又合
目光
　遊弋無終
鴿哨在空中悠揚
沉默在心裡飛翔

讓我說什麼好

德國 穆紫荊

讓我說什麼好
alei
在雨中的玻璃內
你的嘴角向我微微的笑

從他鄉的此地
到此地的他鄉
我們是孤兒只活在心鄉
滿懷的山花爛漫無極

你的嘆息
幽幽地穿過我的回憶
從此我的目光
留在你黑黑的瞳仁裡

何時你跑到雲中午睡
嘴角微微的向著我笑

何時你成了雲中的雨
望你時盈出我眼中淚

如果再有一次相會
我想最好不要有雨
雨中的玻璃內
alei
讓我說什麼好

旅遊

旅遊
旅遊

塞萬提斯的故鄉

法國 呂大明

這是一片褐紅色的山與大地，穹窿般的巨石豁然間出現了，就綴飾在重岡疊嶂間，沒有「流者噴雪，停者毓黛」那樣的急流一路排山倒谷而來，也沒有迸珠戛玉似的潺潺流響，迴奔倒湧是這一片荒蕪、悲愴而又磅礴像月球表面的山與大地，連古堡、古牆也是光禿、駁落的，但卻輪廓清晰……

我終於來到塞萬提斯的故鄉——西班牙，在馬德里有條街稱為西街，那兒曾有一家名為「商戈爾」的酒店，塞萬提斯潦倒時住過，但經過歷史的浪潮，千秋的洗禮，誰也不再想到當年衣衫襤褸的遠方浪人，這位令西班牙人驕傲的一代文豪喝過的曼莎尼酒、托萊多葡萄酒反而都讓後代的人小心地考證，那沾過塞萬提斯口唇的酒名，都突然芳醇無比，那陳年老酒都染上牧神體膚的色澤，如果也有一首酒歌，吟唱起來必能震撼葉梢，牽動善歌的黃鶯，塞萬提斯原來住的不是「商戈爾」酒店，他是住在宇宙星座裡的一家客棧。

走街串巷，旅人就這麼四處遊逛，在有著棕櫚、寬葉木、橡樹、百里香和荊棘的國土上，巴洛克華麗的建築，光豔奪目的圓頂與琉璃瓦在陽光下閃爍，「萊雅斯」這樣的場景也許就安排在十七世紀西班牙《莎爾蘇耶拉》這一類戲劇中的一幕，不只是萊雅斯這麼古雅的欄杆，一座座的屋宇，潔白的像經過天使的手以月光流液清洗過，而且綴飾著薇靈仙、天竹葵……

在暮色籠罩的黃昏，當人們擊打古老的響板、鈴鼓這類民間樂器，唱起安塔盧西亞熱情的民歌，念起那位盲風琴手沙羅那斯，當民眾的庭院突然傳來樂聲，伴著塞爾維亞的舞步，就處處洋溢著節慶的氣氛……

一九一一年達文西〈蒙娜麗莎的微笑〉自羅浮宮失蹤，消息一傳出來舉世震驚，後來名畫重歸羅浮，又是令人歡騰的新聞，蒙娜麗莎據說就是喬康達夫人，達文西之所以畫她，是由於她美貌動人，當初達文西在作畫時安排樂師奏出優美的樂聲，引出她唇邊浮現高貴典雅的笑容，看了〈蒙娜麗莎的微笑〉不只令人讚賞人間絕色，更為達文西藝術造境讚嘆，畫壇巨擘捕捉那抹謎一般的笑，創造出永恆的藝術。而西班牙戈雅大師的〈瑪哈〉已列入千秋，戈雅和畫中女主人阿爾巴公爵夫人那段情也一再為世人傳頌。

戈雅的才華不只限於畫出〈瑪哈〉的激情，他更將大千世界縮進他精緻的畫幅中，農村市集、窮人、病傷的瓦工、挑水的姑娘、醉漢、鬥牛士、民俗婚儀、風雪的原野，舉凡生活中歡樂憂傷都可以入畫；他既有洛可可畫派華麗的風尚，同時也是那麼平民化，當他畫出拿破崙的元帥繆瑞特佔領馬德里，西班牙人民為正義赴死的哀歌，內心沸騰也是熱血般的愛國情操。

早年，西班牙曾經長期在摩爾人的征服統治下，但不忘復國不計，當一〇八三年阿方索三世自摩爾人手中奪回首都馬德里，摩爾人已佔領馬德里長達三百餘年。在異族統治下，西班牙對戰爭的感受是深入肺腑的，戈雅的〈起義〉與〈處決〉兩幅油畫畫出捍衛家國志士的英勇，也揭露了侵略者的殘酷和血腥，而被稱為世紀天才的畢卡索〈加尼卡〉一畫，西班牙人喻為「最後流亡者」，因〈加尼卡〉流落他鄉四十四年，到一九八一年九月才回到西班牙國土。畢卡索祖籍西班牙，因長居法國，一般人以為他是法國人，但他始終沒放棄西班牙國籍，他畫〈加尼卡〉已是超越新古典主義立體派而進入超自然主義。〈加尼卡〉是歐洲巴斯克最老的城市，毀於戰爭中，畢卡索以〈加尼卡〉表達他內心對西班牙人飽受戰火之痛的同情。

夜宿「磨房」小客棧，客棧主人是一對西班牙老夫婦，因是生意清淡的季節，這對老夫婦特別厚待我們，除了自己的臥房，還擁有一間面對一片水簾的沙龍，三面全是落地玻璃窗，山痕、溪澗，與人工瀑布形成的水簾是一絕景。這對老夫婦種菜、磨麥粉、養蜂、養家禽……對食物特別愛惜，當我們邀請他們共進晚餐，對一桌乾糧，也視同珍饈。古印度〈泰蒂利耶歐義書〉將食物列入神聖，因生物賴食為生、為養，當尊食物如「梵天」，在這對老夫婦身上見到了我們祖父母輩那種仁人愛物的美德。

西班牙的精華也不盡在馬德里的卡斯蒂亞大街，夏宮、玻爾都皇宮、托萊多橋畔、哥倫布紀念碑、東方廣場，或本塔斯鬥牛場……自庇里牛斯山法國邊界到西班牙，有些小山城只有幾戶人家，佳木美樹，樹上生長一種特別為耶誕節宴席上的珍果，鄉間屋宇或聳立崖壁間，或面臨迴瀾曲水，終日面對嶙峋山景、澄碧清流，看盡了大自然的奇瑰幽冥。

馬德里塞萬提斯的紀念碑，塞萬提斯穿戴十六世紀的服飾，長長的披風掩蓋他的斷臂，手持《唐吉訶德》一書，在他身旁的是《唐吉訶德》一書中的人物：騎駑馬的唐吉訶德、騎毛驢的桑科、杜西尼亞、阿冬薩……為什麼全世界都為《唐吉訶德》著迷，塞萬提斯描寫了那麼一位醉心中世紀高貴、優雅、忠誠的傳統騎士人物，以現代心理學來分析，他精神狀況必然是分裂的，將風車當巨人，客棧當城堡，羊群當大軍，丑角型的桑科當忠僕，走在那麼狹隘古板的人生窄徑上，卻認為走出無限寬廣的世界……塞萬提斯塑造的不是典型的西班牙人物，而是世界性的，是人性中的癡狂，也是人性中的忠誠，他以喜劇的筆調創造出悲劇人物。

時光倒流一百年，唐吉訶德先生披上祖先的破盔甲，佩上生銹的長矛，騎上駑馬，與忠僕桑科開始一段狂想的騎士之旅……塞萬提斯這位在一五七一年參加西班牙戰役而斷臂的文學天才畢竟走出不朽之路，寫出「永恆」。

拾貝記

荷蘭 丘彥明

海堤下迤邐著沙灘，海水一浪接一浪幾乎是帶著溫柔與微笑似地逐漸往後退去。下午的陽光很溫暖，和風翻捲來海水的氣味。

每一年初春至秋末，當預知週末是清朗微風的好日，星期五晚餐後效與我會一起查看潮夕預告。倘若次日潮水最低時刻介於午後至傍晚五、六點之間，則開車去離家約一百五十公里——荷蘭西邊臨北海的澤蘭省（Zeeland）「飛利浦大壩」附近沙灘，挖掘沙灘裡躲藏的肥大扇貝，兼賞深遠遼闊的北海。對我們而言，這成了最習慣性、最放鬆逍遙的一日短程旅遊。

駛過飛利浦大壩，很快望見海灘與遠去的海水，瞇著眼往礁石路盡頭望去，已有幾簇蹲踞挖貝殼的人影。與寬廣的灘地與水面相比，人真是微小；我輕輕一哂，呆會兒自己也是如此一個黑點般的影子。

戴上防風吹日曬的帽子、換上短褲、穿上長統雨靴，拎著長、短鐵鏟，空水桶與漏杓，歡快地迎著海水的方向走去。

踩著水未退盡的低淺灘地前行。沙上薄薄一層清亮的海水，水中有些扇貝正張殼自在地曬太陽。彎下腰來，揀選顆粒大的丟入桶中，完全忘了因為我的拾揀，扇貝恣意享受日光浴的舒坦頓時消逝。事後想來十分懊惱，但紅塵之人豈肯放棄拾貝的樂趣與口慾，從此婦人之仁地不取曬日者，也算求個慚愧地心安吧！

十年前豫才、曉紅領我們到這片海域，拿著鐵耙子在沙灘上隨便梳犁，立即翻現出一粒粒扇貝，十多二十分鐘就撿上十幾公斤，大為驚喜。吐沙後的扇貝不論以薑絲煮湯、加九層塔炒食，或做蛤利義大利麵，實屬美味佳餚。礁石上還可敲下帶殼的生蠔，立時挖出蠔肉入嘴，天成的鮮美口感無需添加檸檬或白胡椒粉，絕非任何餐廳標榜多新鮮肥厚的生蠔所能媲美。敲帶回家的生蠔，效這個四川人做出的「蚵仔煎」，手藝較之士林夜市師傅毫不遜色，硬是把我比下去。礁岩上還可撿獲小螺絲，以辣椒絲、蒜片炒之，拿牙簽挑食乃下酒好菜，雖嫌麻煩，但在飲酒閒談之時也就無所謂了；有時，費時將一大鍋煮熟的螺絲肉挑出，從菜圃剪一大把韭菜洗淨切細粒同炒，別有風味。

三年前，有一回揀扇貝，看見一車比利時人提著裝滿每個約十公分長五公分寬大貝殼的大桶，貝肉晶瑩剔透迸出雙殼還伸出一條長如象鼻的呼吸器。咦？是「象拔蚌」嗎？曾在紐約中國城見過象拔蚌，不過體積較之大了五、六倍以上。象拔蚌不是只產於美國西雅圖附近海岸與加拿大？居然能在荷蘭海域挖出「小象拔蚌」？比利時人說，每年特意開車來此一回，就為了挖這種貝殼，貝肉鮮美至極。告以在最低潮時接近海水的沙灘處可尋找到此貝，牠們藏身於較深的沙層下面。

接連兩年去飛利浦大壩拾扇貝，不曾挖得「象拔蚌」，憾憾然。把「比利時人遠征挖象拔蚌」當故事說給中國朋友聽，國橋、玉萍居然聽了進去，電告荷蘭北邊另一家海鮮老饕，那戶人家喜孜孜的積極行動，竟然成功地挖回十多枚，特意開兩個多小時車當寶貝般地送半打到國橋、玉萍家致謝；我們分得轉贈的兩枚，十分感激。煮食品嚐，蚌肉鮮甜無比，只是連牙縫都塞不了。

不久，國橋、玉萍領著兩個女兒也挖「象拔蚌」去了。一日奮鬥下來得十多枚，慷慨地分贈五粒。

兩家中國人挖到「象拔蚌」，效重燃熱情，宣佈不尋到「象拔蚌」誓不休，當即擇日奔赴海邊。

走到離河堤大約一公里的最低潮海水邊。口說挖「象拔蚌」心底卻毫無要領章法，效像挖戰壕似的揮鏟挖開幾處約一尺深五尺長的濕沙，忙乎了兩小時總算挖出三、四枚「象拔蚌」，但沒能找出挖掘的規律。回家後與國橋、玉萍交流經驗，也沒得出正確結論，僅歸納出一個可能性：若見沙上有小氣洞，輕撥開一層沙，假如氣洞變大應該就有「象拔蚌」躲藏在下方。

一個月後，我們再度長途跋涉尋覓「象拔蚌」的蹤跡。凡見到沙上有釘子孔狀的氣洞，我便試以手鏟撥開一層沙面，見洞口似乎有變大的跡象，立即往下挖掘，兩小時下來周圓五十平方公尺坑坑洞洞一無斬獲。效呢，挖得兩粒，仍說不出挖掘的竅門，十分掃興。

於是我改變戰略：不求急功近利，先只進行見小氣孔撥沙的動作，鑒定撥出洞形的差異，或許這種實驗對尋找「象拔蚌」蹤跡的定律有所助益。

幾回試驗下來果真撥出了如黃豆般大小的氣洞來，心領神會喊效過來。見到洞形他激動地摟住我說：「這下對了，終於找到象拔蚌藏身之處了。」蹲下，以洞口為圓心，畫出六公分直徑的圓形，沿圓周深挖成約三十公分高的圓柱，然後小心地把整個長沙柱捧開，嚇！十公分長五公分寬的象拔蚌平臥眼前。

掌握挖象拔蚌的要領了，分工合作，我專門尋洞，效負責挖掘，半小時下來竟挖出了十七個大象拔蚌；回家秤重，最大的一粒達一百二十公克。

去殼取出蚌肉，片開洗淨，以炒扇貝得到的熱湯汁涮一下撈起，嚐其滋味：長鼻甘脆、斧足綿甜，贊嘆：「果然人間美味。」效講人類近二十年才懂得吃象拔蚌，稱其為最貴重的貝殼；朋友說：「換句話，是中國皇帝都不曾享受過的珍品囉？」吃得盡興，效盛贊我是大功臣，我笑瞇瞇地謙虛著，其實得意極了。

不久前，去探望八十五歲的史迪朗（Steeland）老教授，說到拾貝挖得「象拔蚌」的經過。老教授小時候在荷蘭海邊長大，收集許多貝殼，詳細垂詢之後，取出幾本貝類專書及一些貝殼標本，証實我們挖到的「象拔蚌」其實是荷蘭的「Otterschap」，一種體積較大，斧足帶有較肥大粗壯肉質水管的貝類。

「並非『鼻長』就是象拔蚌啊！」老教授溫煦地笑道。受教之餘難免有些許失落。

周莊，再回首

西班牙 張琴

第一次認識周莊的綺麗面貌，是我們的朋友，西班牙著名建築師卡洛斯從周莊帶回的寫生簿上所見到的。那時，周莊剛剛對外開放不久，許多人尚不熟悉這個僅有千戶人家、兩三千人口的古鎮。近年來它名聲鵲起，古老神秘招徠了不少世界各地前來獵奇的遊客。

做了三天周莊人

七月的驕陽如火如荼，慕名周莊的旅客仍像潮水般湧來，我們原已煩躁不安的心，直到走進一座名叫「貞豐人家」古色古香的民居客棧才舒暢起來。服務員滿臉笑容引我們穿過天井來到廳堂，然後打開那歷經百年滄桑的房間，雕花木床、粗拙的夏布蚊帳、藍印花被褥，就在這樸實的境遇中，不知多少情人度過了他們的溫馨浪漫之夜。今天，我們尋找著先民的足跡，盡情圓了一個千年長夢，如同回到了那段歲月。下榻的當晚，我似乎見到周圍的男士都拖著長辮，我自己也穿著寬邊的斜襟大褂……沉睡在這記不清年代的老屋，真正觸摸到古人曾在這裡留下的生活痕跡和餘下的風塵。

第二天早晨，我們從古鎮的夢裡醒來，周莊也開始了新的一天。

這裡的居民，每天要做的第一件事，就是打掃庭院，生起爐灶，一家人圍著古老的餐桌就餐。之後，老人提著菜籃去集市，年輕人各自忙著各自的事務。這種恬靜的市井生活，好多年沒有看到過了，身在其中，彷彿又回到國內那段家庭主婦的日子。

我們來到一家小食店，各自要了一碗粥，一個鹽鴨蛋，再加上一個芝麻球和菜包子，就這樣我們開始了在周莊的第一天生活。

閒步在屋簷幾乎相吻的小街窄巷，置身於「小橋、流水、人家」的水鄉風情畫中，我們微笑頷首，算是認識了周莊的人和物。

如果願意的話，我好想留下來，這不就是多年來我夢寐以求的天地嗎！可外子認為，不少地方已被商業炒作所破壞，如今哪還存有陶淵明的「桃花源」？果真有，我們馬上就去，直到生命化為塵埃，融入一片淨土，生時無染，死也乾淨。夢想的境界和天堂，似乎已走進自己所設置的田園風光，不然，我們怎麼會在周莊停頓得那麼久？

東方的威尼斯

周莊被夕陽披上了一層薄薄的金色輕紗，河畔垂柳像害羞的少女垂首沉思。此刻，我們登上了末班畫舫，穿著藍印花布斜襟短衫的船娘，站在船尾一扭一扭地搖著櫓，我們穿過一個個橋孔，碧波依船舷暢流。小鎮的粉墻黛瓦老街深巷，民風古樸的商店招牌，一個個接踵在眼前劃過，閑情逸致的人，或憑欄或依橋而立，似乎忘卻了時光的流逝。這幅水鄉美景，使人陶醉，留連忘返！

周莊的小橋流水人家，斜陽垂柳茶肆，洋溢著靜謐的含蓄美，充分顯示著淳樸鄉民的生命韻律和情操，正與威尼斯富麗的湖光水色、雄偉的教堂府第對立媲美！扁舟上船娘的委婉小調，撩人心懷，貢多拉上船夫的Santa Lucia或Oh，sole mio！剛柔兼並，各有千秋。

啊！周莊，周莊！你真是東方的威尼斯！同時，我也想說：啊！威尼斯，威尼斯！你真是西方的周莊！

周莊之夜

周莊倦了，悄悄地合上了眼簾。長廊下掛起的紅燈籠，在夜幕中悄悄點起。小橋流水城上城，是那麼恬靜宜人，與白晝的喧囂形成反差。

我們坐在河畔露天酒家，叫來鹽水毛豆，椒鹽爆蝦，還有當地著名的「萬三蹄燴面」慢慢品味起來，外子喝著當地土產啤酒，身心已被濃鬱的鄉情所醉。不知何時走來一介書生氣的藝人，拉著南胡，替身旁風韻猶存的半老徐娘伴奏著「天涯歌女」。沒等我們開口，她早已唱起：「老漁翁，一釣竿，傍山涯，靠水灣，沙鷗點點蒼茫遠，荻港蕭蕭白露寒……」，鄉音勾起了外子離家大半世紀和追思亡母之情，當歌娘悠悠敲著拍板，唱到道情尾聲：「……一霎時，波搖金影，驀抬頭，月上東山。」他已老淚縱橫，泣不成聲。原來外子母親就是姑蘇人氏，他說小時候母親就特別喜愛這首道情，並時常唱起這揚州八怪之一鄭板橋的傑作。他去國留學年僅17歲，哪想與母親一別竟成永訣。當歌聲與南胡落下時，外子端起酒盅，雙手敬給這一對賣唱藝人，這份情不僅僅是奉給這對素昧平生的江湖藝人，而是一個天涯遊子歸來、對母親所表現的一顆赤子之心！坐在對面的我，沒去打擾那感人的一幕，只是悄悄拿起紙巾抹去頰上的熱淚。

夜已深沉，天空上閃爍著幾顆疏星，月牙淡淡地掛在茶樓上空，遠處時爾又傳來一曲評彈，是那樣委婉動聽。我們今生有緣來到古鎮，白晝徜徉于幽深曲巷，夜晚沉浸在這民間絲竹悠揚、委婉動聽的吳歌中，心靈無法走出那醉人的境界！

離別的清晨，周莊被昨晚的夜雨洗過，空氣中散發著一股濕潤的清香，青灰的石板路光潔明亮，我們行走在貞豐裡弄堂，腳步卻是那樣躑躅緩慢，是周莊留給我們太多的夢幻，還是我們遺留在周莊的情結一時割捨不斷？

周莊，再回首！

細說昆明

德國　麥勝梅

從不知道，世上到底有多少美景，只怕窮一生之力，也不能將寰宇的好山好水全收在眼底。從不知道，人可以有多少尋夢的歲月，只不想與名山奇景就這樣擦身而過，失之交臂。

朋友說雲南是塊寶地，美景如畫，美食遍地，去過一次後的人還會再想去。

二〇〇九年四月，繞過半個地球我帶著滿滿的憧憬到昆明來，人在海拔一千八百五十公尺之高原上，慶幸自己好沒有患上高山症；氣溫是攝氏十八度，溫度比歐洲的春天暖多了，非常怡人，讓我這過客看起來精神抖擻。

下榻的酒店門前高高掛著「楚雄大廈」的牌子，我帶興奮的心情踏入酒店。這時，在櫃檯前，四、五位穿著彝族傳統服飾的女孩們正忙著為大家辨理登記手續，大廳內已經聚集了好些人，喧喧嚷嚷，好不熱鬧。出於好奇我不由窺視她們起來：端正的五官，個子不算高挑身材，說著一口「普通話」，白晰的臉龐三不五時露出靦腆的樣子來。她們的「盛裝」和大廳的喧鬧讓我想起鄰家在辦喜事的新娘子，只為有一個美好的記憶而忙得團團轉。我忽然想知道：如果不穿著彝族傳統服飾，不濃妝艷抹，她們會長什麼樣？如果天生有一雙深邃眼睛的我，穿上她們的服飾，又可否充當彝族呢？

想著想著，已經輪到我做報到手續。拿到房間卡後我就快步走入自己房間，一雙眼睛連忙往房間裡巡看，一見到一張舒適的大床和齊全的浴室設備時，說也奇怪，我旅途的疲憊與焦躁頓時消失無蹤。坐下來，才發現床上還鋪了一張彩色鮮麗的刺綉床蓋，沒想到這般新穎的圖案就在這張「家常」的床蓋上，良久，我耽溺於彝族的刺綉手藝中。

走出酒店，迎接我的是午後的艷陽，這個三面環山一邊臨湖，以四季如春聞名的城市，乍看之下和江南城鎮差不多，不同的是美食《過橋米綫》小店林立街頭巷尾。我開始在街上無目的漫步，一些賣鮮花水果的小販向我熱情招攬生意，啊！眼前樸實的街坊，讓我真正意識到我又來到這紅土高原了。

最早的昆明是一個部落狀態的社會，經常有民族遷移的現象，現在的雲南竟聚集了二十六個不同的民族。傳說中正統的漢族的人，他手肘那兒有三道橫紋，凡是聽過這個傳說的遊人都忍不住把衣袖捲上，看看自己是否龍的傳人。

近十多年來，昆明這個文化老城，正在迅速發展工商業，市容不斷翻新，力求現代化。然而昆明的魅力不僅如此而已，這兒有深藏歷史典故的西南聯大、滇緬公路，還有耳熟能詳的風景名勝區：滇池、金馬碧雞坊、翠湖公園和西山龍門，美不勝收。東西有金馬、碧雞二峰夾峙，南北有長蟲、白鶴兩山遙望，煙波水漾美如仙境。沿湖有西山森林公園、觀音山、白魚口、大觀樓、海埂公園、雲南民族村、鄭和公園等景點，可惜此行匆匆，無緣一一觀賞。

在行程結束的前一天，出乎我意料之外，大會竟然給大家安排到金殿公園和大觀樓一遊，這讓我大喜出望。金殿公園是我偏愛的旅遊景點，艷陽之下，置身於那環境幽雅的太和宮、金光燦爛的金殿其間，可真賞心悅目呢！尤其在碧水春塘一隅，草木鬱鬱蔥蔥，空氣中洋溢著醉人的芬芳。一樽陳圓圓石像，溫柔典雅地端立萬綠叢中，宛如一位芙蓉仙子，她的清麗彷彿有一道磁力把訪客緊緊吸引住，讓人踟躕不前。

我一步一步沿著塘邊走，忽然發現有一道石牆，上面刻著吳偉業所寫的《圓圓曲》，原來「慟哭六軍俱縞素，沖冠一怒為紅顏」名句就出於此文，記得中學時代曾讀過吳三桂引清兵入關的一段史記，然而，留下的僅有依稀印象，沒想到此刻就在碧水春塘能捕捉到那對史記悸動的瞬間。

書上記載：圓圓原名陳沅，能歌善舞，精通琴棋詩畫，為「秦淮八艷」之一。她年輕時曾經填〈轉運曲・送人南還〉一詞抒發別離的心情，同時也散發出她獨特的文學氣質來：「堤柳堤柳，不系東行馬首，空餘千縷秋霜，凝淚思君斷腸，腸斷腸斷，又聽催歸聲喚。」

陳圓圓雖有才華，可她畢竟是出於煙柳紅塵，命運終歸多舛。在兵荒馬亂年代裡，朝廷的威信日益漸下，崇禎憂心忡忡。田妃為了討好崇禎，竟然聽信外戚周奎的進言，召募美女獻給皇帝。陳圓圓、楊宛、顧秦等便是當時被田戚畹選中給皇帝解憂的歌妓。後來，陳圓圓因為沒有被崇禎皇帝接納而回到田戚畹府中。這個時候的圓圓可說是終日鬱鬱不樂，就填了〈荷葉懷，有所思〉一詞：「荷葉懷，有所思，自笑愁多歡少；癡了。底事倩傳，杯酒一巡時，腸九回。推不開，推不開。」

沒多久之後，吳三桂在田府邂逅了圓圓，他一見傾心並娶她為妾。然而，前方軍事緊急，吳三桂只好與圓圓分開；其間，李自成軍攻入了北京，崇禎帝吊死煤山。而更令吳三桂痛心疾首的是，李自成手下大將劉宗敏拷打吳三桂的父親、抄斬吳家，並強佔圓圓。這種種原因激起吳三桂的憤怒，於是引清兵入關滅李自成，也把大漢江山送給了滿清，圓圓因而背上禍水紅顏之罪，這原本並非她的意願，可是沒有選擇或辯白的機會，她是何等無奈呀！

自吳三桂當上平西王後，為了表示自己對清朝的忠誠，先是將李自成殘餘軍隊徹底消滅，坐守昆明，後又殺永曆帝於五華山側的金蟬寺，這都是昆明人所不能原諒的事。康熙十二年，吳三桂寫了撤藩奏摺，結果他玩火自焚，康熙下了聖旨命他移鎮關東，關東是極荒涼之地，這等於下充軍之令，吳三桂為了鞏固自己權力，從此只得打著反清復明的旗子，走上不歸之路，最後兵敗病死在湖廣道衡州城。據說當清軍攻入雲南時，陳圓圓便在商山寺投蓮花池自盡。

儘管吳三桂一生是褒少貶多。然而他繁華歲月卻留下許多的痕跡，他修建五華山大宮殿，填菜海子大動土木造新府，在大觀樓附近海中造亭，又特為圓圓在北郊修建別墅和花園，稱作「安阜園」，花木扶疏處處，美侖美奐，最後還重建了金殿。

我不是騷人墨客，只想尋找前人留下的足跡，拼湊古時模糊的記憶。遊罷金殿，我深感盡興而歸。除了記憶，甚麼也帶不走。每當遊客摩肩接踵地來到金殿，也徘徊於碧水春塘旁踟躕不前時，我知道，圓圓已經成為金殿的靈魂人物。

啊，那個城市！

瑞士 顏敏如

通常人們是這麼說的：

……那是個湖光山色相互映襯的美麗城市，瑞士最大的夏季避暑勝地之一。早在羅馬時期，它還只是一個沒有幾戶人家的漁村，後來，為了給過往的船隻導航而修建了一個燈塔，因此得名琉森（Luzern），其拉丁文便是「燈」的意思。歲月的悠長給這座城市留下了歷史的文明；在這個靠旅遊業變得越來越富有的國度裡，琉森的地位也顯得日臻重要。……琉森也是座文化底蘊深厚、靈氣十足的城市。歷史上，很多著名作家在此居住、寫作，留下了眾多奇聞軼事。俄羅斯大文豪托爾斯泰根據在琉森的生活，寫出了名篇「琉森」。托爾斯泰之後，尼采、瓦格納、司湯達、馬克·吐溫等人也經不住誘惑，相繼漫遊琉森。

人們也這麼寫著：

……寧靜純美的琉森湖不僅有風景如畫的自然景觀，又有深厚的文化積澱，自古以來一直是人們鍾愛的觀光療養地。……為水環繞的琉森，一面山色蒽蘢、峰巒起伏，另一邊卻是湖光粼粼、碧波萬傾。……琉森具有二十一世紀的現代化，更具有中世紀所特有的美、和諧及生命力。這裡街頭隨處可見各種各樣的特色面具，市內古老狹窄的街道和廣場，到處是令人駐足的商店。市內不乏文藝復興時期及巴羅克式的建築物及噴水池。廣場均以鵝卵石鋪砌，人字形的小屋，牆上是五顏六色的花草彩繪，清新而美麗。琉森的老城是一定要悠悠地轉一轉的，那窄窄的街道，適合步行。……廊橋臨老城一側的岸邊大都設著露天的咖啡屋或餐廳，人們可以隨意坐在桌旁，一邊用餐一邊欣賞湖光山色。水面上悠然遊弋著幾隻雪白的天鵝。……琉森特有的情調還在於它的建築。斜形的屋頂一律都是留著歲月印痕的紅色，湖邊的古宅和鏡面一樣的湖水倒映相連。現實帶著夢幻，夢幻照進現實……

那個觀光客眼中的琉森百年不變，是因為山色不退，湖水不改。然而，我的琉森並不屬於夜幕降下，所有商店關門之後，中世紀死亡老城那般的孤寂。

從首都出發，在伯恩與蘇黎世，中歐最繁忙的A1公路中間部份，另有一線叉出通往瑞士中部，是喜愛高速行駛的人所夢寐以求的路段。絲綢般光順的路面兩旁，密集直矗著蒽鬱的擎天大樹。一個美麗如女人胴體曲線的拉長弧形彎道向下滑行，不遠處的阿爾卑斯山脈頂端總有閒雲飄漫。冬季時分，山上白雪和雲堆互映，厚實地包裹正掙扎著要泛溢出來的幽幽藍光；而車子將要進入琉森城，右側必定突然有白茫茫的湖水在樹叢後無聲息地出現。

通往火車站的彼拉圖斯街兩旁，無處不商家。在這不寬的路段遇上塞車，總讓人有恨不得把座車捲起，扛在肩上走出重圍的衝動。火車站出口正對面就是渡船處，從這每天數次以白色輪船載運觀光客在湖上搖曳的小渡口左轉，過橋後的左側，便是琉森舊城區。進入舊城前免不了要到Bucherer鐘錶店巡禮一番；而位於二樓，以原木色系裝潢的勞力士專區，通常是亞洲人的群聚點。

然而，我偏愛在不過橋的彼拉圖斯街這頭徘徊，是因為Urs Karli的關係。

純白牆上有著銀色泛金光的Coffee Shop兩字。那是什麼金屬把同一材質做成的吧臺映照得光晃晃？吧臺上有份新蘇黎世日報以及國際論壇先鋒報，讀報的同時，一杯純正的Cappuccino和熱騰騰的酥軟Croissant必不可少。黑白方形瓷磚相間鋪成的地板上站立著無數紅絲絨座椅。挽起長髮，穿著紅底白點、削肩露胸洋裝的女子們，讓留有鬢角、著灰西裝男人圍繞的畫作，佔據大片牆，這是Pacifico，道地的墨西哥餐廳。大如柱子的黑豎牌匾，上書金色的「心清聞妙香」，名為Mekong的餐廳吧臺有著半透明的下壁，散發出來的白光幽冥。La Cucina義大利餐廳的黑牆上掛著十來個尺寸不一的金銅炒鍋，水晶吊燈忠實地照耀著，平實的木桌上舖有雪白的桌布。那個Bar Lounge單名就叫Blue，所以藍光、藍椅便成了主角。黑色窗框與框內細細的黑線正在和椅子的黑細腳對話。金碧輝煌是Thai Garden，兩道彎曲的木質白樓梯綴飾小黃燈，訴說不盡東南亞殖民主渡過的風華。鵝黃牆上六十個三角凹陷裡各坐著一尊金色小佛。Bam Bou有個漢語名字叫竹沁園。深紅牆配上黑皮沙發，更有獨腳站立著可存放冰塊的銀色置酒糟。

這些是Karli所擁有，三家飯店裡的一部份餐廳與酒吧。Karli的企業改變琉森人安靜平實的生活方式，娛樂成了琉森城裡的新興產業。每當週末，彼此相距只有數百公尺的三家飯店便聚滿尋找歡愉的人們，不但帶動周邊商家獲利，停車位也跟著難求。同業競爭者是流失顧客之後才進行改變，Urs Karli是在理念不再生效時，便要推翻自己。他認為飯店、餐廳不是背動等顧客上門的休閒產業，而是主動招來人群的娛樂事業。雖然每次改變會損失三分之一老顧客，改變後卻又能帶來其他三分之二新顧客。

Karli是個服膺「再也不能更好」的完美主義者，讓東、西文化在他的企業王國裡交會。他瞭解蘇黎世人不是倫敦人，紐約人也不會是伯林人的差異，卻有能耐讓全球大都市裡逐品味而居的挑剔顧客願意來到小小的琉森駐留或小住。Karli成功的秘訣在於「混合」，他大膽在一個特定範疇裡放入不同元素，讓相異，甚至相反共生。而混合卻不相衝突的基礎便是對超高品質的追求與執著。

除了Astoria和Schiller之外，名為The的飯店，二十五間套房裡全是名家設計，以頂級材質製造裝修的傢俱和衛浴設備。在地小人稠的琉森新城區，房間卻能有合適的規模與宜人的視野。

這飯店由法國建築大師Jean Nouvel 設計，每踏入一個房間，就像是進到一個令人驚奇的世界。每間房的天花板是不同電影的彩色劇照。像Casanova和Les Liaisons Dangereuses這樣的電影能夠入選，足以讓人清楚察覺設計人的用意。然而放大的劇照「情」而不「色」，這飯店有自己的格調。

Karli 的顧客是懂得生活，願意花錢買情調，二十五歲至四十五歲的高收入者。除了琉森當地人，更有來自伯林、紐約、倫敦的常客。他們摩登、美麗、奢華，喜愛冒險、刺激，有點浪漫，有些頹廢，更是調情、歡樂的能手。Karli 的餐廳提供「難得的一次經驗」，飯店經營是以大格局思考，察覺趨勢，並在正確的時機把早已有的概念付諸實行，不但符合，更是引領顧客的要求與期待。而和設計知名琉森「文化與會議中心」的Jean Nouvel，以及共同設計北京奧會「鳥巢」的Herzog＋De Meuron合作，更是吸引許多慕名遠到的顧客，他們不僅來經驗「不尋常」，也來近距離參觀飯店與餐廳將自己以藝術品及美術創作看待的豐富呈現。

琉森無法想像沒有觀光客的日子。琉森城的文化活動令人目眩，全年幾乎沒有空閒的一天。專題演講、實驗電影、畫廊與藝術家的邀約、舞蹈節、世界知名交通博物館的展覽、排約不斷的音樂活動。像那粼粼湖水，琉森永遠有流動的人潮來去，即便腳步不是那麼匆匆。而臥在城北那頭垂死的獅子，可就像琉森城旁彼拉圖斯山地永恆了。

獅子皺著眉，頭枕在右前腿，斷了的戟深深插入側背，左爪無力地下垂。被馬克吐溫認為是最悲傷、最感人的數公尺長雄獅石雕，是為了紀念一七九二年為保衛法國路易十六而犧牲的七百多位瑞士傴傭軍。對王朝政事不感興趣，卻能以極好工藝技巧製造鎖、錶等用品的路易十六世，靠打獵、繪畫逃避日漸嚴重的經濟危機。一七八九年法國大革命後，路易十六被迫遷居巴黎城內的杜樂麗宮。一七九二年法國民眾第二次起義，國王和家人暗地出逃，而如同他隨身保鑣的瑞士傴傭軍，在不知究理的情況下，為了死守空蕩的王宮而冤死。傴傭軍的屍骨早已不存，後來才雕造，在琉森躺了一百多年的垂死雄獅卻執著地為他們做見證。

華格納在琉森作曲、奧黛莉赫本選擇在琉森結婚、畢卡索曾在琉森長住、維多莉亞女王從琉森騎馬上山……琉森和名人並列的單子仍舊會長長地記錄下去。這城因著它的湖光山色註定要不斷地受到打擾，卻也因著它的白雪秋波才能支持多元異彩於不墜。

啊，琉森城！人們瘋愛它的純潔、靜謐，是否有著太多的狎暱？人文科學鼎盛的琉森大學神學院裡，「猶太基督研究中心」厚實完整的經書收藏，以及那高雅商店精品林立新城的前衛與穩重，不也值得戀戀追求？

久違了，美麗的一〇一公路

丹麥 池之蓮

那年，我們從哥本哈根飛到美國的波士頓去探望我的母親和姐姐。家庭團聚完了，奧維和我兩人便直飛舊金山市，在那裡租了一部開篷的小跑車，沿著以風景美麗出名的一〇一公路（Highway 101）南下，作加利福尼亞州的太平洋海岸之遊。

久違了，美麗的路！當年，我在加州柏克萊大學唸書的時候，與這條美麗之路很有緣，幾乎每個週末都打從它那裡經過。每次路過，我總被它那千嬌百媚的美景深深迷醉，胸懷湧蕩著喜悅的波濤。一次如此，再次如此，一百、一千次也如此。

沒想到，三十年後的重逢，卻叫我有點失望。美麗的路失去了扣我心弦的魅力。從車子的左邊往下看，見到澎湃有力的太平洋向著海岸的岩崖撲擁過去，在海浪與陸地的熱情擁抱中，浪花激情地高躍飛舞。此情此景與往昔一樣。

變了的是右邊的陸地。過去的印象如雲翻霧滾般地浮現腦際。那裡曾是七彩燦爛的山坡，連綿而立：一個山坡被鵝黃色的金英花（加州州花）覆蓋著，旁邊的哪個漫坡長著嫣紅的花朵，再過去的山坡是紫色的、藍色的、粉紅色的……。它們像一群披掛著彩袍的的仙女，在藍空下迤邐而舞。奇怪！昔日的花兒都到那兒去了？留神細看，今日的山坡上站滿了洋房別墅，還靠得緊緊密密的。恍然大悟，昔日的豔麗花兒都被加州的房地產發展一掃而光！

我們在一〇一公路上走走停停，不覺間太陽已西斜。我們準備到了聖塔巴巴拉（Santa Barbara）便結束當天的旅程，找間汽車遊客旅館（motel）休息過夜。就在此時，我們發覺公路的光線突然晦暗起來，路燈都熄了。於是，提醒精神來注意，發現所經過的加油站也沒有燈光，再經過一間汽車遊客旅館，旅館門前那塊通常必亮的「有空房」（Vacancy）和「無空房」（No vacancy）的牌子也沒有打亮。

我們愕然相看：「加州停電！」連美國最富有的一個州也會發生這種事情！

又往前走了一回。當我們看到另一間旅館在路邊出現之時，便決定在此把過夜的事情解決。旅館採取臨時對策，在大門前貼上一張手寫告示。可是，我在遠處看不到紙上寫的是什麼，於是跳下車來，跑前看個究竟。這時才發現，我們的後面排了一長列的汽車，都是來此投宿的。

跑到門前一看，沒有空房。緊跟著我們車子後面的車主也同時到達了，我們兩人搭訕幾句。原來他是法國人，帶著一家大小到加州來遊覽。當我們到了下一個旅館，後面的法國人學乖了，他根本不下車，在車上等我的反應。我向他搖搖頭。我們又往前出發，後面的一長列車子也跟著我們走。這情境不禁讓我想起那部古典滑稽電影「這是個瘋狂世界」，電影中一大夥人，分頭開著車子，爭先到達寶藏的埋藏地。而我們這一大群人，要找的寶藏僅不過是一間過夜的房間！也夠滑稽的！

我們在路上從六點走到十一點，找旅館過夜的事情還沒有著落。公路上一片黑黝黝，我們心裡實在著急，難道今天晚上果真就要縮在車子裡睡覺嗎！此時，肚子也咕嚕起來！

忽然眼前亮光一閃，黑暗頓時消失。電回來了！高興得歡呼起來。更好的是，「麥當勞」的光輝大字牌就在前面。那麼，我們先飽了肚子才解決睡覺的問題。麥當勞店裡已恢復正常營業，食客滿座。終於，我們在子夜前到了一個小鎮的一間小旅館。女主人爭取物以稀為貴的機會賺錢，把房價從平日的五十美元提高至一百二十美元。雖然如此，我們還是覺得很幸運，如獲至寶。

我向來不喜歡洛杉磯。在我的眼中，該城過度龐大，又缺乏獨特的性格。所以我們在洛杉磯之前便掉頭返北去。歐維要去加州的首府薩克拉門托（Sacramento）去看火車博物館。薩城位於加州中部的一個谷裡。於是，我們離開海岸，轉入內陸，沿著一條又直又長的典型美國公路北上。沿途的景色類似沙漠，單調枯燥、少見人煙，與太平洋海岸宛如天壤之別。

在薩城的火車博物館裡，歐維徘徊在大蒸汽火車頭間，陶醉其中。我則有意外的好收穫。博物館裡有詳盡的歷史記載，當年的中國工人和愛爾蘭工人怎樣建築這條橫貫美國大陸東西部、攀越高山峻嶺、通到太平洋去的鐵路。當年，有人反對僱用體小身弱的中國工人。另一當事人則說：「中國人建立了長城，他們的子孫當然可以建築這條鐵路。」歷史因此改變。而且，博物館中還設置了許多工人建築鐵路的蠟像場景。最令我感動的場景是描繪一個拉著長辮的中國工人，在山緣被凍死前的一刻，他還高舉鋤頭，正要向山岩砍過去。

回到舊金山市，我們就在這個迷人的城市逗留幾天，盡量享受口福，尤其是此城的意大利餐館，我百吃不厭。舊金山市與柏克萊僅有一橋之隔，我們只須開車過了那棟灣橋（Bay Bridge），二十分鐘便可回到我的母校校園。可是，我早有決定，不回舊地去找我的過去。我人生中最快樂的四年是在柏克萊校園度過的。但今昔人物全非，當年與我共度美好時光的人物均已飛散天涯海角；而我自己也不再是當年的我。

讓那美如彩虹般的過去活在記憶裡，永遠清新；若要回到現實中去找它，徒得一場空虛惆悵。

英國倫敦的維多利亞與阿爾伯特博物館

英國 林奇梅

倫敦的維多利亞與阿爾伯特博物館於2001年取消入場券的收費，民眾可以自由的參觀，從此參觀人數逐年增加，該館面積之龐大，豐富的收藏品與價值，非常著名，備受重視和歡迎。

維多利亞與阿爾伯特博物館（Victoria & Albert Museum）是位於倫敦南肯辛頓的文教中心區，該館以收集世界一流的美術作品和雕刻藝術品而聞名，與大英博物館並稱雙雄，這一座博物館的設立起於西元一八五一年，當時是一個由英國維多利亞女皇夫婿阿爾伯特親王掌管的一座名為皇家收藏品的製造業博物館，收藏品曾局部對外開放。

由於皇家的收藏品種類多又豐富，使得館內的面積已不夠使用，於是博物館自一八九九年開始擴大建築，歷經十年於一九〇九年才完成，面積約五點二公頃，建築宏偉高聳寬敞，外觀美麗高雅而吸引人，從此，維多利亞女皇將所有皇家的收藏品全部開放，供民眾參觀，為了紀念阿爾伯特親王，於是改名為維多利亞與阿爾伯特博物館。

本館的外觀是一棟文藝復興式的古典建築，非常壯觀而宏偉，牆上貼飾了很多紫色和赤褐色的陶器瓷磚片，正面中央有座透名塔，塔上並豎立著阿爾伯特公爵的塑像，館內所收藏的作品，從古基督時代到十九世紀時代都有，包括中世紀美術、回教美術，東洋美術、哥德式美術、錦繡美術、義大利文藝復興美術、英國十六至十七世紀美術、小型肖像畫及樂器部門等共有十六個大小美術館，例如世界名畫家米開朗基羅的雕刻作品和畫作，拉斐爾的手稿，甚至於還有一個英國最大的居家家具床舖。

這一個床舖的有名除了巨大外，還記載著莎士比亞時代，在他著名的《莎士比亞劇集的第十二夜》表演時，就曾經以此床作為劇情內的床舖。館內聚集世界不少的居家珍貴的收藏品，世界最好最大的波斯地毯就在此展示，其他著名的大大小小的收藏品不勝枚舉。

近年來，博物館除了展示收藏品外，在每一個館內也增加了實務教學課程，每年有舉辦東方與西方藝術文化教學，分短期與長期課程，並另設寬敞的坐椅，提供免費的閱讀室和使用電腦查詢資料。學生、小孩、成人們想要參觀哪一樓或是想查詢哪一時代的作品，只要按下電腦操作就可以知曉。進入這個博物館就好像進入意領神會的大花園和大古董中心，會讓你目不暇給而欲罷不能，同時，對於喜歡研究藝術的民眾也可以依自己的喜好在不同的時間裡選擇課程與專家研讀。

東洋美術館內有印度美術館、日本美術館、韓國館以及中國館（又稱徐展堂館）其中以中國館最為著名，所辦的活動也最多，而又吸引人參觀。為何將中國館又稱為徐展堂館，這是一則很感動的故事，在西元一九〇〇年的一個風雨交加，細雨霏霏的日子，有一位中年的華人，進入館內請求該館讓他捐獻，他的捐獻目的有二：一是為了能夠永遠保存中國館館內的文物以及增加收藏中國的古物，二是另外撥一筆文教基金作為教育和教學的經費，這些基金是作為中國文物的宣傳與中國固有文化的傳衍，賦予世界各地的華人子弟以及世界各地有興趣學習中華文化的人們，好讓他們能就地學習和瞭解中國固有文化的精深，為了紀念他的愛心與奉獻精神，所以博物館就以他的名字命名為徐展堂館，好一個令人肅然起敬的前輩，其奉獻的精神真是偉大而受人尊敬。

徐展堂館每年舉辦收藏品的展現，都非常地古老又多，例如曾經展現三千年以前中國人朝拜神的儀式和佛像雕刻，這些儀式裡面還包含飲食器皿和祭拜時的禮節用具，清朝和明朝皇家使用的餐具，皇家婚禮的典藏品，道士用過的佛衣，乾隆皇帝穿過的龍袍，該館曾展示世界收藏最為豐富的玉石、鼻煙壺，中國的陶器和瓷器的精品收藏。

中國館的教育部門配合著華人的新年和中秋節的節日裡，舉辦各種活動，活動的項目很多，曾邀請中國及海內外華人藝術家來演講，他們講解中國國畫和書法藝術的精深，同時也展覽他們富裕而嶄新的創作品和為參觀民眾作當場的揮毫。

博物館裡有幾座大小不同的演講廳，其中萊惠爾廳可以容納六百多人，是本館可以容納人數最多的大廳，一向作為演講和表演特別節目的好場地。有如木偶和布袋劇的演出，中國功夫表演，倫敦各個中文學校學生的彩帶與扇子飄香舞蹈表演和競賽都在此廳舉行。又如風箏的工作坊，中國象棋棋藝教學，中國京劇臉龐的圖畫比賽，踢毽子的教學，備受眾多小孩子們的喜愛與參與。

曾經有一年的中秋節夜晚，還由倫敦各個中文學校老師和學生們，提著燈籠在維多利亞博物院的後花園舉行賞月和中秋月餅的品嘗與欣賞精采的舞龍舞獅表演，和吟詩歌唱，以及中秋節感人的故事，故事裡說了后羿王如何射日與皇后嫦娥奔月的故事，這些故事都深具教學意義。

徐展堂大廳也舉辦過中國茶壺及茶藝的介紹和中國旗袍百年展示活動，都曾經造成轟動而吸引人觀賞，並且備受歡迎和讚美。

傾聽·德國賦格

瑞士 黃世宜

1. 呈示

賦格，請問你聽過賦格嗎？

你笑笑地看著我，手裡拿著一臺哀鳳，人稱智慧型手機的，在我眼前晃晃。帶著一副時下全球青少年流行的淡漠表情，你說，賦格嘛，上網查查就知道。好像是一種古典音樂，跟德國的巴哈有點關聯。然後你問我，怎麼？來德國這幾天，就為這個？我說對，我想知道，這該是一個怎樣的國家，才能譜寫出這麼多動人的音樂；我想試著在旅程中，追尋所有美麗樂章背後那一個最原始最心折的基本音。你眼神悠晃著一抹嘲弄，笑道，好傢伙，德國這樣的國家，環境優美，歷史悠久，到處都是名勝古蹟，不上傳幾張到臉書上，太可惜了。我也笑了，不好意思，還真沒拍任何照片，我的耳朵就是我的相機，在德國無名的巷道上，攝取唯有心靈才能解析的鏡頭。

你的哀鳳橫躺在我們中間，既像是一道牆又像是一道橋。在午後流逝的氛圍中，它靜靜閃著冷冷的銀光。你沉默了一會，不敢置信地問道，所以……你來德國都做了些什麼？

我把目光飄向窗外，幾個德國男孩正打路邊走過，他們專注地各自聽著各自的MP3，眼睛直視前方，互不搭話，像是一列走向未來的軍伍。就在此刻，我彷彿聽見了德國歷史向現代急速撞擊並迸射而出的聲音。所以一時間我惘然了，喃喃回答你道：

一路上，我都在傾聽，全心全意地傾聽，所謂的德國賦格。

2. 發展

我聽見，德國賦格的起音非常簡單，安靜，絕對的安靜。你很意外，直驚呼不可能吧？德國是多少華美樂章的搖籃，在這個熱愛音樂的國度，大街小巷應該充斥著不同排組變化的音符，並且時時洋溢著炫麗多姿的節奏，讓所有來德國朝聖的遊客熱血噴張！我說剛好相反，正是德國教我領會了一件很黑格爾的哲學。

很黑格爾？你皺皺眉好奇地繼續問，這是引用黑格爾的名言：建築是凝固的音符，音樂是流動的建築——這句話來描述你眼中的德國？

去了一趟德國，發現黑格爾很德國，而德國很黑格爾，我調皮中帶著認真回答道。你記不記得黑格爾的正反合辯證法？偏偏是守律冷靜的國家創造了舉世知名的樂曲，恰恰是德國傳統古典曲式中特有的純一和自制讓代代世人情感得以宣洩奔放！德國人要告訴我們，美的形式不在於眼睛耳朵這些五官的過度饜足，而在於追求正反極端之間的均衡與和諧，從對稱中讓審美情感得到最適當的提高與昇華。比如說，日爾曼民族的活力，正來自他們的深潛居靜。

越說越玄了！怎麼，你打趣道，去了趟德國，說話都帶點哲學味了！請挑生活化的東西說說。

好吧！我們的車子駛上了前往德國巴登符騰堡州的高速公路，把瑞士巴塞爾城的工業煙囪甩在背後，接著映入眼簾的竟是一叢叢連綿不盡的夾道森林。就森林，純淨單一的森林！不要說沒有法國或瑞士高速公路上常見的大型超級市場或工業區，連樹的高度和色度也保持驚人的一致，好像有人在後面默默打理，教那些樹不准長錯地方排錯隊。但人又在哪呢？好不容易，越過好幾個山頭才甩開森林望見遠方零星錯落的鄉舍。在正午熾烈的陽光下，那幾間房頂靜靜地閃著銀光，原來竟全是太陽能發電板。我忍不住驚嘆，大概就只有德國，才能把科技和自然，人為和隨意，像一首講求正反均衡的樂章，譜寫得這麼和諧無痕！照常理，科技和自然不能相容；自然只能是未開發的處女地，科技只存在於市囂……

嘿等一等，你打斷我，高速公路上關著車窗，什麼都聽不見，別太早對德國下斷語。

偏偏就是在高速公路上，讓我見識到德國人的冷靜！不巧遇到施工路段，大塞車，十幾公里哪！可是沒有人沉不住氣頻頻變換車道，沒有人因為不耐煩狂按喇叭，一輛輛平心靜氣地慢慢往前挪。只有幾輛車子受不住，違規行駛在最外側車道上。

你輕笑，看吧，還是有幾個不守法的老德！

我說，妙就妙在這裡，那幾輛違規行駛的車輛，我一看，是法國車牌。

這下你忍不住大笑了，哈哈，法國人跟德國人不愧是世仇啊！

世仇……世仇……？

這一個字眼我不知道在哀鳳咕狗這些新鮮玩意的強力搜尋下，會列出幾千幾萬條不同的解釋。我只知道這個字眼頓時像一個不協調的樂音，劃破了我所傾聽的德國賦格。我的目光於是越過了你譏諷的眼神，望向窗外的街頭。沒有人。剛剛聽MP3的德國男孩大概走遠了吧。只有遠方的教堂鐘聲噹、噹、噹響起，這鐘聲像是遊走在德國街巷的行路人，有著孤獨的跫音，一聲聲都像一步步踩在屬於回憶的街石上，沉重、傷痛。

然後我輕聲說道，朋友，你知否？曾經有一個午後，我在一個德國小鎮上尋尋覓覓，試圖捕捉一曲讓我心碎的音符。結果……

你收住了笑容。然後呢？是貝多芬？還是華格納的音樂讓你落淚？

我所聽見的樂章不屬於任何一名德國大音樂家所創造。真正譜曲讓我心碎的作者，只是一大群走在時光飛塵中的靈魂，他們用巨大的沉默埋葬了那個世代的悲哀。靜謐是他們所能奏出的音樂！……我悄步經過教堂的墓地，大戰期間犧牲的德國戰士紀念碑寂然而立……當時多麼安靜，靜得似乎聽得見遠方有人在炮火轟鳴中廝殺，婦女暗夜啜泣，孩子們睜著大眼咽下最後一口氣……我閉上眼睛傾聽著——然而教堂鐘聲響起了：噹……噹……噹……像這篇樂曲最後的結束，一切嘎然而止，我又回到了現實。

你盯著我，彷彿剛聽說了一段夢囈，看上去很緊張。然後，大大鬆了一口氣。呼，別嚇我。現在這世代，管他德國法國哪個國，小孩通通都跟爸媽要歐元，通通都愛玩臉書聽MP3，誰也不比誰厲害，任何人都無權興起戰爭。不過……

什麼不過？

覺得你所傾聽到的德國樂章太單調。好像只有一群不出聲的鬼魂在歷史上飄來飄去，活著的德國人呢？去哪啦？該不會都躲在家裡啃黑麵包配香腸吧？

3. 再現

你以為德國是該怎樣？滿街道都是音樂家跑來跑去演奏賺錢？這回是我笑了，德國其實比想像中簡單。偏偏是這個簡單，創造了不凡。你知道嗎，我眨眨眼，故作神秘。有個樂曲在德國，簡單普及，但或許就是太平凡了，人們天天聽得到，反而忽略了它！

誰那麼厲害？豈不是比樂聖還樂聖了？

全自動馬桶。

就馬桶？

對！演奏廳位於德國的高速公路休息站。我靜靜地聽著這機器從沖水到清潔，很有節奏地又是這個管子伸出來又是那個號誌響起，嗶嗶嗶嚓嚓嚓一切全自動，就像是和諧的交響樂大合奏。

所以，你想要表達的是，不要只看表面的音樂成就，要傾聽深層德國進步的奧秘？

不只如此。我想要傾聽，如果一個傲人的民族憑藉著自律和優秀傳統，是不是只能製造出戰爭和侵略？如果說一切的光榮冠冕只能建築在萬人無名塚的血淚犧牲之上，那麼，我更想瞭解，現代德國是否能夠在歷史教訓之後，浴火重生？

所以，你沉思道，又回到黑格爾吧，是否要說，如果優秀的日爾曼人能在過去讓全歐洲哭泣，是否也能讓今天的全歐洲歡笑？

賓果。聽過歐洲樂園Europa Park沒有？我問。

等我咕狗一下——Europa Park，位於德國黑巴登符騰堡州，正居歐洲中心位置，鄰近法國瑞士交境處，交通方便，設施週全，是歐洲人全家出遊歡樂的好所在。嗯……還有，有意思的是，樂園裡面的主題以呈現歐洲各國風情為主；然而這不是武力和紀律建立的帝國，而是用無窮創意和細微服務打造出來的樂園！據網友分享，這裡展示了德國人一流的技術水平，雖然不像美國迪士尼樂園遍佈全球好大喜功，但是精緻程度猶有過之……

對，就是在這個高度科技化的人工樂園裡，我聽見了最美麗動人的德國賦格。

怎麼，難道樂園裡全天候到處放送德國大音樂家的名曲？

不是……我閉上眼睛，整個耳朵充盈著孩子們的笑聲。你能想像嗎？這些不同歐洲國籍的孩子們擠在同一個雲霄飛車上，從高處竄下來又衝上雲端，不管你是德國人也好還是我是法國人也好，大夥兒一齊在藍天下爆出尖叫歡笑，一起共享一個優秀民族為全人類的貢獻。儘管很感傷地，半個世紀前，同樣的天空下，這些孩子們的父祖曾經在德國侵略旗幟下血刃廝殺，讓多少歐洲家庭破碎哀號……但現在，德國已經走出悲情罪贖，把手上的寒劍化作一柄神奇的指揮棒，有滋有味地表演著一場未落幕的歡喜樂章。

4. 結束

你知道嗎？許多舉世聞名的德國音樂家，往往選擇賦格這種樂曲形式，為他們璀燦一生劃下一個莊嚴沉靜的句點。因為賦格的形式在於，首先呈示一組基本旋律，再有次序地加入其他音程來詮釋，以發展再現純粹的中心主題，百變不離其宗。因此，你可以說賦格變化複雜，其實它最是謹嚴純淨，你可以說它短小篇幅隨即逼近終點，但也可以說它是永無結尾的曲式。這些音樂家啊！這些德國人！在生命告終前夕，用他們回歸純真的虔誠心情，向永恆致敬。所有的怨恨情仇，傷痕淚水，都在對生命永遠的熱情與希望中湮沒遠去了；時間的沙灘上，只會留下貝殼，傾聽吧，只有愛與笑聲會留下來。

聽完我滔滔不絕地說完這一大篇，你笑了，什麼也不多說，只把一大杯啤酒推到我面前。

「Prost！」乾杯！

外面的德國街道一如往常靜謐，小酒館內的日爾曼人輕鬆舉杯，聊天談笑。看著大杯滿溢的金黃泡沫，無聲地湧動；我突然覺得，也唯有德國這樣的民族，才能在平凡的阡陌麥田上耕耘收割，並釀造出這舉世無雙令人歡樂的香醇汁液吧！

我閉上眼睛，慢慢啜飲回味，這一路上所聽見的德國賦格。

微型小說

微型小說
微型小說

父與子

德國 謝盛友

父親

午後，陽光灑落在古老的牆壁上和土色的屋頂上，形成一片溫暖、明亮、清新的色彩。天空碧藍、碧藍，白雲鮮明而純淨。

一段寧靜至極的時光，喧囂聲漸漸隱匿，午後的寧靜像海洋一般寬廣、深邃，他一個人在客廳裡坐著，泡上一杯濃濃的綠茶，暖暖的顏色讓他氣定神閒。

光線很好，他對著鏡子，欣賞自己，培養自己的觀察力。他用自己的眼睛，觀察鏡子裡的自己，具體而細微地繪畫出來。他正在努力。描寫他的「存在」與「父親」，需要這種努力。他把他身上存在的形、色、線條、明暗、質感、量感，用不同的筆觸，營造出相同的線條和相同的橫切關係，構成一個心中完美的「父親」。

描繪父親，發現「父親」不同時代不同的色彩，他突然發覺自己內心的一種安全感。

畫著畫著，他想起，大作家說過，幸福的人都一樣，不幸的人是各樣。他認為恰恰相反，幸福的人不一樣的幸福，不幸的人都一樣的不幸，至少不幸的人臉上有一樣的傷痕。

想著想著，靈機一動，他把臉上的傷痕畫成酒窩，化為一個笑容。

「媽媽，我畫的爸爸像不像？」

面對自己兒子的作品，他媽媽有一種自然律動的感覺，欣賞中：「你沒見過你爸爸，你生出不到一年，你爸爸在北伐中殉難沙場。像！不過，你爸爸沒有酒窩。」

「含笑九泉的每個人，都有酒窩！」他向他媽媽這樣解釋他的畫，解釋他的「父親」。

黑夜中，他突然看到一道光，他聽到他父親說：「兒子，你肩膀背後有一個黑痣，一定要想辦法去除掉！」

「為什麼？」

「我爸爸聽他父親說，肩背痣，苦一世。」

他並不迷信，不過聽醫學院的大夫說，黑痣就是癌，所以，他請人用剃刀清除黑痣，但是，不知道為什麼，如何清除都不徹底，不久後黑痣又長了出來。

兒子

他從餐館去黑格爾音樂廳，他妻子和兒子從家裡出發，本來跟他們母子說好的，相約在音樂廳門口，可是，他在那裡等了很久卻沒有看見他們的人影。

他妻子終於出現了，他迫不及待：「兒子呢？」

「兒子早就從後門進去了，因為還要表演，今天一大早就開始練習了。」他妻子回答道。

進場過道上，中學生分發節目單。他順手接過來，找到位置後他看一下節目單：班主任致詞；校長致詞；家長代表講話；畢業生代表講話；頒獎；頒發畢業證書。每次講話的前後都伴隨著中學交響樂團的音樂表演，第一小提琴手是他兒子的名字。

九年來每年的這個時候，他兒子都為中學的畢業典禮表演。今天他兒子自己為自己演奏樂曲，他聽不懂，腦子昏昏，進入另一個狀況。

兒子剛出生的時候，他給他父親寫信，內有相片。他在信上說：「爸爸，現在你的兒子也當爸爸了，也就是說，你成爺爺了。為人之父，才真正體會你過去的艱難。」

他隨信寄了一張兒子的滿月照，他父親看了，覆信說：「孫兒看上去很可愛，但有些老成，根本不像是剛滿月的嬰兒，像已經三歲的小孩。」

「中年得子，雖弄璋之喜，但人老了，生的小孩則嫌老。」他再覆信跟兒子的爺爺這麼說。

那天他上樓問兒子：「在學什麼呢？」

兒子回答：「在學物理，也許你看不懂。」

兒子學習的那些物理符號，他看起來像豆芽，那是物理豆芽，不是他炒麵時使用的豆芽。

胡思亂想中，突然聽到校長念兒子的名字，不知何故，他的雙眼頓時噙滿淚水，就像兒子的爺爺第一次端詳孫子的照片時那樣。

市長上臺接見，他兒子物理出類拔萃，立刻被德國物理學家協會接納為會員，獲得至少一年的獎勵。

接下來的事情，都被那淚水弄得朦朦朧朧的，直到鋼琴悠揚鏗鏘的音樂再次響起。

水族箱人生

瑞士 顏敏如

每天中午時分，那些卡車司機老喜歡聚集在這家比薩店。雖然他們拼命抽煙喝酒，大聲談笑，卻也嚇不走其他的客人。這兒雖沒有超短黑色迷你裙、白色緊身上衣、挺著大胸脯的女侍穿梭著招攬老顧客，卻有茂絡這樣和氣熱心的老闆，這在漢堡就難得一見了。比方說吧，即使馬可上週四不像平常一樣準時出現，茂絡仍為他保留了在角落的那個位子。

一天，正當茂絡在收拾桌子時，他聽到了熟悉的，像灰熊行走一般，沉重厚實的腳步聲。

「回來了？你去了一個多禮拜嘛。」老闆親切地迎向馬可。

今早當馬可梳洗完畢，準備去大學教課時，突然找不到那個用慣了的紅髮圈，只好隨便抓個黃色的，胡亂綁住及肩的捲髮。馬可友愛地拍了拍矮他一個頭，餐廳老闆的肩，開心地笑了笑。馬可喜歡這家餐廳的吵雜與熱鬧，剛好可以平衡一下他寂聊的生活。

「看，這是你平常喜歡的Krombacher，在那裡也喝得到這麼好的啤酒嗎？」老闆邊倒酒邊問馬可。

「好得很呢，中國來的青島啤酒。可是我這把鬍子在那種熱帶地方，著實讓我吃足了苦頭。」馬可原先興致勃勃地去了趟新加坡，參加一個楔形文字研討會，後來他卻覺得了無新意，徒然浪費時間而已。馬可一直避免長途旅行，家裡還有大大小小的魚每天等著他餵食哩。

「不過你還是多停留了幾天。」

「我無意間發現到了稀有的海龍，剛好可以豐富我的水族箱。這種魚類只生長在澳洲的南部海岸。我訂了一條雌的。為了把這東西運回來，我還東跑西跑地去接洽，現在總算上了路。下個禮拜這魚就會有個新家。」

「你不會太忙嗎？要教物理，有個大水族箱要照料，又是古物專家的。說說看，難道你不想討個老婆？」茂絡向馬可眨眨眼。

「你看，」馬可抓住機會，示意老闆往窗外望去，剛好有個女人，像條無聲的魚游過。

「又怎麼樣？」茂絡看了看外邊，猜不透馬可的意思。「想想我們漢堡市有多少這種馬鈴薯身材的女人！」馬可意有所指地笑著，而真正的心思，卻已經遊走飄遠了。

那是個月朦星稀的夜晚，羅曼蒂克的法國香頌曲，名牌紅酒，金色的艷燭，上好的魚子醬及香檳。這家法國餐廳所能提供最好的東西，全上了雪白的方桌。馬可緊張得微微冒汗，握著英格莉冷漠的手，結結巴巴地說：「我發誓，我向妳鄭重發誓，上週的事情不會再發生。我求妳再給我一次機會。我知道，我知道，我已經說了好幾次。這次絕對是真的，絕不會再犯了。」英格莉一臉的僵硬，看在馬可的眼裡，心是愈來愈沉了。

整件事情說來並不複雜。原來只要馬可喜歡，他隨時會去找英格莉。有時在夜半，有時是英格莉正犯著偏頭痛，更有時是她在加班，忙得不可開交的時候。他完全不考慮她的情況。他也時時利用機會翻檢英格莉的皮包。有次，他發現了她皮包中一張旅館收據，上頭的房價比一般單人房高出許多，他於是怒火中燒，掐住英格莉正在上妝的手臂，劈頭便問：「說，妳跟誰過夜去了，快說。」他眼裡露出如同被困在籠裡受傷獅子一般的凶光，頓時判若兩人。接下來當然是一場無可避免的激烈爭吵。馬可再度出手痛毆英格莉。其實是東京的物價奇高，房租當真便宜不了。這事之後，只要英格莉要到國外出差，馬可一定偷偷跟到機場，看看英格莉是否跟另一個男人有約。即使馬可沒看到任何可疑的人，他也一定認為，有某個人正在某處等著英格莉。

燭光、音樂、名酒終究挽回不了英格莉失望的心，儘管馬可苦苦哀求，英格莉硬是抽回被馬可緊握的雙手，毫無眷戀地起身離去。

「妳還是跟我在一起，麗沙，這裡是最美的世界。妳也是坤妮，我可以提供妳所需要的一切。還有妳，法蘭西絲，妳知道我是絕不變心，絕不變卦的……」每天一早給他的魚兒餵食時，馬可都是這麼向著他的魚們說話。水草飄動，魚尾搖曳。他總是因而想起，曾經，床上那一個個扭動的腰肢以及四散的長髮。

在寬敞的單身公寓裡，馬可放置了一個巨大的水族箱。這水箱有兩米長，一米寬。一來是裝飾，二來也做隔間用。清澈的水底世界是馬可最好的鎮定劑。只要他失去一個女人，他便立即買來幾條雌魚充作補償。

克隆

西班牙 張琴

一座龐大的別墅非常醒目，由遠看去樹蔭濃密，傳統的英國式建築灰色尖頂時隱時現在綠色叢中。

佔地百畝蔥翠的草坪花園，鳥語花香。這是一個晴朗的下午，一年輕黑人男子手裡推著修草機，正在那裡聚精會神修剪草地，一黑人婦女挺著一個大肚子，手上提著一個花籃，在不遠處摘玫瑰花，女主人告訴她這玫瑰花瓣用酒精浸泡之後，可以用來噴灑蚊蟲叮咬發癢的皮膚。

眼前，一中年白種男子，提著一個厚重的牛皮公文包，來到年輕漂亮的妻子身邊，彎腰在妻子肚子上摸摸，這個年輕女子正躺在花園的搖擺椅上翻閱著「紅與黑」的小說。「親愛的，一定為我生個兒子，長大也和他祖父父親一樣做法官。」

「親愛的，這不好說。如果不是，我為你克隆一個兒子好了。快去上班吧，早點回家。」年輕女子沒有忘記自己是學生物的，夫妻含情脈脈告辭。

就在公車站附近的地下室，與眼前別墅形成一個極大的反差，那裡居住不少黑人，還有南亞人，其中有幾個來自非洲貧窮國家的留學生，他們是接受大英帝國憐憫來到這個國家求學的。儘管他們得到贊助，但是生活上還是入不敷出。

這裡幾乎所有地下室的窗口都是對天開著的，地下室空氣多少在流通，只是雨天或是街道上跑來跑去的汽車喇叭聲令人受不了。

這是三室一廳的居住房，每個房間住著一個留學生，廚房和衛生間是公用。

海瑞和傑利邁費三人從公車跳下，行走在每天必須經過的別墅莊園門口，邁費吹著口哨，眼睛卻始終沒有離開花園內躺著的美麗少婦，他突然冷不防狡黠笑了起來。

「嗨，我說你在笑什麼？」海瑞一拳頭打在邁費胳膊上。傑利看看身邊兩個同胞，肩膀機械式地往上抽了抽。

邁費眼前晃動著半年前，他因為幫助一個南亞人，小偷把牛牽走了，牛樁卻留給他來拔，警察從警車下來，不問青紅皂白，上前拽著邁費對著他的黑臉就是幾圈。當他們站在法庭上，對他們執行公務的法官就是這棟別墅的男主人翁。最後，法官判邁費清掃學校衛生一整月，把邁費氣得直罵娘。

「咱也給他媽的克隆一個。」邁費甩了一個指響。

他們鑽入地下室，開門進去，把書本全扔進自己的房間，跑到廚房打開冰箱取出飲料，一屁股坐在沙發上喝了起來。

「哎，我說哥們，剛才你在路上說克什麼隆？」海瑞和傑利好奇打聽。

「是應該改變一下物種了，哥們，你們還學什麼人文？」學生物學的邁費，氣勢壓人站起，進到廚房把飲料瓶子重重扔在垃圾桶裡。

「冬天到了，春天還會遠嗎？」學文學的傑利，也不示弱把喝過的飲料瓶子丟給邁費。

「我操，要是他媽的接不住，不就白挨了嗎？」好在邁費手接得穩，不過他還是想給對方一個警告，如同餓狼猛然撲了過去。

「別他娘的再折騰了，沒事一邊想小妞去。」學社會學的海瑞沒有那麼多幻想。

當然，沒有海瑞這兩人不知又會打成什麼樣了。長期的留學生活，應該是長期的生活拮据，他們最好的發洩就是在自己小天地裡窩裡鬥。

外面客廳播放著世界足球杯比賽，這是兩個不怎麼出名的球隊，因為只有這臺十六英寸的電視機，邁費不想湊熱鬧，獨自進到自己房間把門關起來，不再理睬自己的同胞。

外面人似乎故意氣邁費，把那電視劇音量開得震耳欲聾，他剛拿起一本生物課本，又把它摔在了床上，最後乾脆用被子把頭嚴嚴實實蒙了起來。

「你是留學生？強盜的兒子永遠是強盜。」法官凜然威嚴但藐視法庭下面的邁費，邁費腫脹的臉好像發麵團。

「我不是小偷，小偷跑了，我在幫助他。」邁費指著身邊男人。

「你錯了，法官先生，這位先生的確是幫我的。」

「那你是做什麼的？」檢察官問。

「檢察官先生，我是無業遊民。」法庭上下所有人把目光集中在這個衣著整潔的南亞人身上，大家看上去他似乎不像混混，整個法庭頓時無語。

「這就怪了，懶貓碰上死老鼠。休庭。」

邁費悻悻走出法院，突然甩出一句：「老子讓你法官的兒子永遠不是法官，強盜的兒子憑什麼永遠是強盜。」

邁費坐在研究所，從瓶子裡取出一些生物細胞，然後放在顯微鏡下面的玻璃片上，最後又把這些生物細胞放進保溫瓶裡。眼前，竟然浮現出兩個生命來，一個是小黑人嬰兒，一個是小白人嬰兒……

邁費突然從夢中喊道：我終於成功了！成功了！

外面看足球比賽看得暈頭轉向的傑利和海瑞，推門進來，看見邁費頓時傻了。原來邁費房間裡遊動著一黑一白兩個小天使來。

突然，附近別墅裡傳來幾聲嬰兒啼哭，那位白人少婦生了一個小黑人嬰兒，那個在花園裡摘玫瑰花的黑女子竟然生了一個白種孩子。

這兩家人驚愕得幾乎快要發瘋了，白人少婦的丈夫氣得把一隻手槍重重擱在桌子上：「老子說過，法官的兒子永遠是法官，強盜的兒子永遠是強盜。他奶奶的，這是誰幹的？老子查出來一定要他的小命。」

那對修整花園的黑人夫婦，偷偷抱起孩子離開了這座工作了十年的莊園。

此刻，天大亮。等他們全部醒來，天還是那片天，地還是那片地……

「弄幾年」與「弄一回」

捷克 老木

老穆回國辦事，幾天下來跑得有些累。想想離下一個約會還有一周，就拐到外甥女家串門，也好休息一下。

外甥女嫁到這個城市快有十年了，老穆常來。這天，剛好外甥女夫婦二人正在猶豫，商量參不參加單位集體組織的大理七日遊。

進得門來，外甥女問他能否住一周，幫她帶兒子上小學。老穆與小外孫自來就對眼，再說，為了讓常年「窩」在家裡的小兩口「單獨」輕鬆一回，就爽快地應承下來。

沒有想到，現在國內的小學生除了正常上課之外還要上早自習、晚自習，課外作業、家教……每天從早晨六點半忙到晚上十點。老穆心疼孩子，又要督著他抓緊時間，免得只顧了玩，完不成作業。

轉眼到了週五，老穆跟外孫去開家長會。

女「先生」講了中央領導的一些什麼「代表」、「和諧」精神；又講了市裡、區裡的領導如何重視、以及關係百年大計的指示；然後說了學校領導對學生的希望。最後話鋒一轉：根據上級教學平等、尊重學生意見的指示精神，今天同學們每人寫一寫對老師的最大願望或者要求。然後呢？由選出來的「學生代表」在大家寫的紙條中抽籤，當場宣讀。

教室裡，孩子們刷刷寫字的聲音讓老穆很享受。不禁回憶起年少時自己上學的時候。想起那時放了學瘋玩的往事，還有那份少不經事的頑皮和暢然真情的自由自在。覺得自己的童年比起這些孩子來簡直太幸福了。

扭頭看看其他家長，大概也差不多，個個出神似地半眯著眼睛，享受著久違了的學堂氣息。

在收紙條的過程中有一陣小小地騷動，隨後學生「代表」開始抽籤朗讀：第一篇是希望老師好好保護自己的身體，更好地督促我們好好學習的；第二篇是感覺老師像媽媽，像奶奶，關心愛護同學，可親可愛的。老穆奇怪，這些五年級的孩子，哪兒來的這些冠冕堂皇、阿諛奉承、毫無用處的套話。第三篇一開始，大家就安靜了下來：「假如我可以要求老師做什麼，我就讓老師寫一篇千字文，並且抄（大概寫了八以後，隨意劃了若干個零，誦讀者一下數不清，便念成）八——後面——九個零——遍！」

教室裡一陣哄笑，隨著老師的笑臉吧嗒一聲掉下來，整個教室立刻變得鴉雀無聲。

老穆看看毛躁的外孫，覺出他不大對勁。正想對策的時候，老師恢復了理智：「同學們，老師已經講過很多遍了。現在對你們要求嚴，是對你們的愛護。假如老師不嚴格要求你們，那才是對你們最大的不負責任。」大概是因為後面有很多家長，老師擠出來一絲勉強微笑：「老師知道同學們學習很辛苦，但是我們應該胸懷大志，克服厭學情緒，現在打好基礎才能更好地掌握科學知識，成為國家的棟樑之才！」

回來的路上，老穆朝外孫調皮地擠了下眼說：「小子，剛才我真替你捏把汗。要是老師知道是你寫的怎麼辦？」「不會的。哎？你怎麼知道是我寫的？」「因為我是你舅姥爺，活得長了就會看了。你為什麼要那樣寫呢？」外孫說：「我用的是左手！她『弄』了我好幾年，我這才『弄』她一回！」

老穆驚出一身涼汗：即便老人家說過「有壓迫就有反抗」，學生也不該對老師有這樣的仇啊！比照這種情形，如果讓百姓「弄」一回「父母官」，還不知道會「弄」成啥樣兒呢！

月光

德國 穆紫荊

他，去她家的時候，以為自己只是去接在她家玩耍的女兒。他摁響她大門時，她剛剛穿好準備參加舞會的晚禮服。她把他讓進門，就去樓上招呼孩子。他看到琴架上有開著的琴譜。於是便彎下腰去看，看到的是貝多芬的月光曲。

她匆匆下來，說孩子們剛好去院子裡了，她去叫。然而，他卻問，是誰在彈這曲子？她說，是我啊。他告訴她他也在學琴，她便打開琴蓋。於是他坐下來，開始摸譜。摸得不準，便換了位置由她彈給他聽。頭三個音下去，她就聽見他如釋重負般地吐出一口長長而舒緩的氣，訥訥的說：就是它！

斑駁的月光灑滿心頭的小路，腳下是鬆軟而沾了露水的草。籬笆，小樹，以及遠處黛色的山巒，都在夜幕的籠罩下顯得沉默而隱蔽。晴朗的夜空下，佈滿了閃爍的星，那樹梢頭的月，多情地在向你俯視。她的手指在月色中遊弋，猶如回憶遊弋於他的心。他站立在琴側，感受著貝多芬對月光的詠歎，感受著記憶中月光之下的浪漫，更感受著她此刻把月光中的寧靜輕輕地在他心中鋪墊。

他們並不是在栗子樹下，也沒有浩瀚的星空當頭，他們是兩個站在不同軌道的生命。然而，此時此刻她那在琴鍵上徘徊出的情感，變成了他心裡所感受到的安慰。月光結束，震顫卻依然不住。他用右手摟住還未起身的她，她也微斜了身體用左手反上去輕輕地拍著他的肩。他們沒有說話。稍後，她起身，他說你彈得很好，同時用手指的背撫了幾下她的臉。她幾乎忘記丈夫已在走廊裡打領帶準備出發，而他也幾乎忘記還有個女兒要接回家。大門打開，他們不約而同地用擁抱來彼此告別。

他，是一個老年得子，很放鬆，很隨遇而安的男人，今晚，他將和著月光滿意地在睡夢中穿越他銀色的一生。而她，是一個剛及中年，很細膩，很安心順命的女人，今晚，她卻看見那月光中多了一個不可抹去的投影。那投影讓她的心在月光下多出一層顫動。她原以為他來只是來接走他的女兒，卻不料他同時還帶走了她在月光裡的獨自徘徊。

一束玫瑰

英國 林奇梅

她的名子叫芬妮，非州鄉下長大的女孩，曾在約翰尼斯堡的一家著名餐館當女侍。在一個偶然的機會裡，認識了當地一位英國醫生，於是就在這一個富有的白人家庭裡做家庭助理，芬妮年紀輕，身材姣好，頗有姿色，不久即與醫生同居，然而，談到嫁娶，以一個女傭的身分難以獲得醫生家庭的接受，於是取得了大筆的遣散費，旋即回去故鄉，找了另外的工作。

有了經驗，芬妮頗具野心，於是在非洲的一所職業護理學校裡學習，經過三年的護士學習再加上一年的訓練，幾經多方的幫忙，她終於如願以償，千里迢迢地來到了英國的私人醫院裡當護士。

從此，她的身分有了改變，她不再是一位女傭，而是一所私人醫院的護士，經過多年的歷練，她知道如何保護自己。

在倫敦，與朋友分租一間公寓，有工作，加上有遣散金的剩餘積蓄，閒暇時間裡，她把自己打扮得很美麗，逛街買東西，偶爾在星期假日上教堂，然而，這一些都是虛有其表的掩飾，卻不能滿足她的虛榮心。於是，她時常與朋友來酒店喝酒聊天，她精於交際應酬，在此她認識了威廉。

威廉中年年紀，單身，擁有一間大房子，在一家電腦公司服務，收入中庸，為了解悶，偶而與朋友相約來到酒吧裡喝酒聊天。

威廉個性雖內向靦腆，然，看見漂亮的女人卻精神煥發，經朋友介紹芬妮，甚為愉快，於是主動向前問候：「你好，我叫威廉，住在倫敦北部，請問你叫什麼名字？住在哪兒？在哪兒工作？」

芬妮很大方地自我介紹：「我叫芬妮，來自非洲，我在倫敦一家私人醫院當護士，與朋友來這一間酒吧喝喝酒，解解悶。」

威廉與芬妮經過幾個月的交往，芬妮看中了威廉的熱心仁慈與財富，她終於找到了落腳的地方，從此，她是一位與英國有錢男士同居的女人，她不需要付房租，她不用擔心擠公車去上班，她就住在一棟兩層別墅型的大屋子裡，非常得意驕傲，猶如一位女主人自居。

聰明的芬妮懂得保持女人自有的矜持和妝扮自己，她姣好的身材，千嬌百媚而妖艷，走起路來搖擺生姿，窈窕淑女君子好逑，威廉頗受她的魅力而迷惑，對於芬妮是多麼地讚美和關愛，威廉像中了邪似地喜歡她，於是他正式向親朋好友宣佈他們結婚喜日。

春天是美好的季節，晨曦露出了笑臉，庭院的花兒姹紫嫣紅，柳樹吐芽新綠，柔軟的枝條隨著微風，徐徐緩緩地搖曳，這是芬妮永遠難以忘懷的結婚喜日，一輛佈置豪華的賓士車來迎娶，那是她渴望的一天，她的野心就要實踐，她自言自語地說：「我，真正是這一棟大屋子的女主人，將躋身擁有幾百萬英鎊的女富豪的行列。」

她捧著一束紅玫瑰，由長輩扶持，走進一座一百多年悠久歷史的教堂與威廉舉行令人稱羨的結婚典禮，晚宴豐盛，美味可口的菜餚與嬉鬧的華爾滋舞，多麼富麗與繁華，曲終人散，芬妮和威廉雙雙飛往東南亞度蜜月。

芬妮和威廉高興地在印尼度假，天有不測風雲，人有旦夕禍福，兩星期蜜月假期的最後一天，他們卻遇到世界最大的一場印尼海嘯大災難，可憐芬妮與威廉雙雙列入天然災害遇難的死亡名列中。

芬妮夢寐以求而價值幾百萬英鎊的大房子，更換了主人，新主人踏進了大屋宇，只見躲在屋角，有一隻雙眼奇異而喵喵叫的怪黑貓，寬闊的大廳充滿著瘟煙惱氣，新主人重新裝潢大屋，裝潢工人在芬妮與威廉雙人的床底木板上，意外發現黏貼著一張令人看不懂的圖畫，經專家鑑定那是一張由非洲巫師所畫的非洲迷幻咒語。

鴨子你好

瑞士 黃世宜

老法皮耶沒工作，成天在巴黎街頭人流中悠呀悠。一遇到淡眉細目的黃皮膚女孩，他總是上前搭訕，你好！黃皮膚要是笑笑，他就知道後面有戲了。又再秀幾口，你好，鴨子！鴨子，你好！這些年輕的中國女孩就笑得更歡。為什麼就說鴨子？國菜嘛！中國烤鴨最好吃！Mademoiselle您願意天天為我下廚嗎？於是黃皮膚們都願意跟他去喝咖啡，然後她們都讚，法國男人果然名不虛傳，浪漫啊！

皮耶的現任女朋友余娉卻不一樣。皮耶挨上去，一連聲你好你好，她淡眉細目一揚一瞪，把手上的香奈兒拎得更緊，直嚷要搶包啊你，別以為我識不破痞子一點把戲！這中國妞法文說得倒不賴，後來交往才知道，余娉雖然家住北京，但她很小就被爹媽送去瑞士日內瓦讀寄宿中學，什麼跑車，家裡是連飛機都有的。

所以皮耶當時連鴨子國菜都不敢瞎掰了，他很快地繞個圈和余娉磨。他啥都不怕，就怕哪天不小心，徐婷和余娉兩個在他公寓裡撞個正著！好在徐婷一年難得上門一次，只有官方需要配偶簽名文件才按門鈴。

有一天，徐婷來了，照慣例，帶上一份她工作中餐館的烤鴨。皮耶很滿意，爽爽利利簽了名。還文件給她的時候，手順勢往上一摸，有幾百歐元沒有，借老公用用。

徐婷猛然抽回了手，快快收好文件，用法文說道，我在中餐館賣鴨子，能有幾歐元你說？皮耶臉就冷下來了，怎麼，看我不順眼？等你拿到法國籍，我們就離！徐婷笑笑，一手拉開門準備要走，嘴上卻操著不算流利的法文，一句又一句地回道，離就離唄！一起頭我錢就繳清了，不欠你和老貓！這幾年和你做紙上的正頭夫妻，倒也還看清了你們這些法國人的真面目！真後悔來這裡，也不怎樣唄，給你們那些錢，在中國都夠做個小生意，也不用我天天看著老公女兒相片哭！勸你還不算太老，早點找個定下來的主吧！

門一甩，人走了。皮耶愣在那裡，媽的！這個中國女人，敢看不起我？當年那個在戴高樂機場出口入境處，拖著一個帆布袋，一付可憐兮兮啥話都不會說的中國女人，現在竟敢訓我?!

皮耶把臉前的烤鴨一推，抹抹嘴油，他得趕緊淋個浴，萬一余娉來，他還是俊爽的法國男士一枚。水氣騰騰中，彷彿看見他那老家，那個位於法國外省的小村莊，有條小河彎彎而過。那時候日子多好，他高中沒畢業無所事事卻不懂得憂傷，成天在河邊發呆，看一群群鴨子悠遊而過，底下的蹼卻划得可起勁。直到他遇見鄰村跑巴黎的老貓。

沖完澡，皮耶拿著手機到陽臺上。下半身就條大浴巾，性感的胸肌沐浴在花都巴黎的晚霞中，發出浪漫迷人的光澤，皮耶滿意地抓抓褐色捲髮。他知道自己有魅力。余娉都說，在北京，他可以當男模或教教法文，有的是工作機會。於是，他迅速打了一封短信給婚介所的老貓：

「老貓，已經匯錢到你指定的帳號。幫我弄個文件，要證明我單身。急用！」

一年後徐婷又來按門鈴找皮耶，結婚年數已滿入籍規定，兩人得商量一下怎麼套招，準備申請法國護照了。可是公寓出來個法國老太，滿嘴烏拉拉亂罵。徐婷一驚，快撥老貓的手機，竟是空號。大白天的，徐婷突然感到巴黎街頭一點一點陰了下來，怎麼也不浪漫了。這兩人呢？

她哪曉得，她的法國老公，正稱心如意地在北京吃道地烤鴨。老貓呢？聽說中國妞有錢了，又好把，現在也成天上街製造艷遇，表演幾句：你好鴨子，鴨子你好。

古剎命案

瑞士 朱文輝

他，楊詩涵，五旬有餘了，來自臺灣的初老漢子，是個自幼讀過幾年中國古書的現代知識分子，此時此刻正沉耽在無限的悸動之中。他問自己，這種悸動，該用什麼樣的字句來形容較為適恰呢？他的人腦試著想和電腦的古狗搜尋機器比賽。「念天地之悠悠，獨滄然而涕下」？不，不對，這比喻在字面上和乍現的感覺固然與眼前的景象似乎頗為接近，但細想之下卻不貼切。一千三百五十多年前陳子昂之所以興起這抹傷感，那是自比天地之大卻無他英才容身馳騁之歎。他楊詩涵不敢自比為英才，只是一個初臨中國的普通臺灣觀光客，而今，他眼前的情景，似乎應該改為「面對歷史景觀之悠悠」讓他這個「臺大人」——臺灣出生長大的大陸人——發思古之幽情然後獨愴然而涕下才符合實情吧……

千年參天古樹營造出來的肅穆，一磚一瓦一牆，巧雕精鑿的佛像，亭臺樓榭鐘塔，穿越幽長時光的屏障，把寺院典雅與質樸的原汁原味精準地散逸在祥寧的空氣中。偌大的古剎寺區，把他在臺灣青少年時代課文中背誦張繼的詩句「姑蘇城外寒山寺，夜半鐘聲到客船」給帶到眼簾之前。啊，這才是中國！是他讀了無數古文和歷史，記載中一脈相傳下來的古典中國，他情感依寄的中國。記憶了一輩子的中國史地，第一次踏上這片龍族群集的黃土大地，來到古意盎然的情境之中，他可沒有明朝文徵明的「依然落月啼霜烏，張繼詩篇今有無？」，也沒有清朝陸鼎的「一自鐘聲響清夜，幾人同夢不同塵」那種陌生的追問。波波襲向心頭的，只是千層浪般的感動。

佛寺的氛圍，似乎也不斷感動著一團接一團來朝聖的遊客。曲徑通幽的庭園一個接一個，回廊一道轉接一道，他看見歷盡幾十年滄海桑田的老僧，沉默無語地入定在暖烘烘的陽光底下，似乎還在思索人生的玄機。遊客一波接一波晃過，手中的照相機忙著捕捉歷史長河的縮影。導遊純熟地向客人背誦相關的解說，他也亦步亦趨地隨著聆聽。當然，不免相當自信地暗忖，若是換了他來當導遊講員，大概不會比這職業講解員差到哪兒去，雖然他的知識都是隔了個臺灣海峽從學校課本上得來的。

「喂喂」，突然在一陣刺耳的手機響起後，遊團當中有個人毛燥燥地大聲吆喝了起來：「你們人在哪裡？我們現在正參觀寒山寺吶，大概再過半個鐘頭就結束了，今晚節目就照你們的安排吧。喂喂……不過，小姐可要安排正點兒的！」

楊詩涵眉頭一皺，三步並作兩步趕緊逃離這團人馬的陣營。來到一處比較幽靜的角落，那兒有個小和尚道貌岸然地坐在石欄上休息。

突然，又是一陣手機響起。「喂喂，師兄啊」，他「不小心」看見那個小和尚自寬大的出家袍子袖口中伸出手來，掌中握著一隻輕巧的手機，楊詩涵很不情願地把講話的內容給偷偷聽進耳裡：「馬上會有一團人打從你那兒經過，有個漂亮的妞兒，牛啊，眼睛放亮點兒，兄弟！」

於是這下子，一宗謀殺慘案就在他眼前活生生發生了。美麗的受害者正是這片園林幽逸的景致。「獨愴然而涕下」的詩句立時湧現他心頭。

本性難移

德國 黃雨欣

俗話說：江山易改，秉性難移，更何況現如今江山依舊了，人的秉性自然更加頑固不化。

瀟瀟平時除了在中文學校教書還喜歡舞文弄墨，經年的筆耕也陸續出了幾本文集了。瀟瀟那位學者老公做學問之餘雖然不擅交際又煙酒不沾，卻有個既偏執又費銀子的愛好——房屋裝修。算起來小兩口雙雙來德國的年頭也不短了，房子越裝越大，銀行的戶頭也越來越空，平時瀟瀟的老公工作忙起來還好說，一有閒暇就會心生折騰房子的新想法，家裡的裝修工具一應俱全，節假日裡，他最愛做的事情不是拎個電鑽製造噪音，就是拿個錘子東敲西打，室內的牆紙揭了換，換了揭，不到一年看膩了又要換新的，巴掌大個廚房今天添個牆櫃，明天撤了再換個角櫥，新房子搬進來沒兩年，室內折騰還嫌不過癮，光花園裡草坪下面的土都被他不知換過幾輪了，每折騰一次，瀟瀟就心疼一回：那可都是錢呀，是從我的首飾和漂亮衣服裡節省出來的錢呀！這不，聖誕將至，家家彩燈高掛的，瀟瀟老公卻在放假的這幾天裡又打起了給暖房鋪地板的主意。

瀟瀟對老公折騰房子的愛好一直頭疼不已，這回為了堵住瀟瀟的嘴，老公可是做足了鋪墊，不但咬牙給瀟瀟買了她念叨了幾回的名牌包，還配了同款的羊絨圍巾。女人可真是好哄，週末一大早，瀟瀟就興致勃勃地翻出聖誕血拼來的大皮靴子套在腳上，再披一件毛領羊絨大衣，一照鏡子，難怪人都說人飾衣裳馬飾鞍呢，鏡子裡形象一改往日的隨意，果然映出一個貴氣十足的美婦人。接下來，美婦人挺直胸背，慢移嬌軀，款款地走向寶馬香車，老公說他今天甘願作為祥子任她驅使，還要做她的銀行，真是機不可失呀，於是，瀟瀟便得寸進尺地提出：「我要去KaDeWe（柏林最大豪華商城）買高檔首飾！」老公爽快地應允，二話不說就發動了汽車。

瀟瀟正沉浸在貴婦人的美夢裡，卻見車子一轉彎，直奔Bauhaus（建材商店）的停車場，瀟瀟驚問：「建材店改賣首飾了？他敢賣誰又敢買呢？」老公對瀟瀟的質疑充耳不聞，拉開車門對她說：「我們還是先把暖房的地板買上，節前就能鋪好，買完地板我陪你去哪裡都行！」瀟瀟最煩和他去的地方就是建材商店，裡面一股裝修用的油漆味道不說，那些木板子磚瓦塊也實在是提不起她的興致。見瀟瀟猶豫著不肯下車，老公又說：「既然來了還是一塊選吧，別到時候我費力鋪好了你再來挑毛病，一會顏色不對啦，一會又材料不可心了。」瀟瀟聽他說的也不無道理，一想暖房反正也沒多大，買幾塊板子應該不會很長時間的，就隨他下車走進了建材店。

一進門，瀟瀟就開始後悔了，大清早店裡剛上班，工作人員都在忙忙碌碌地做著準備工作，人家都穿著清一色的工裝，個個手裡拎著錘子鑿子鋸子等工具，還有開小型升降機的在裝卸貨物，瀟瀟拎著扎眼的挎包，腳蹬大皮靴款款地穿梭在各種木料和瓷磚壁紙中間，時不時還得接受忙碌的工裝人員們善意地提醒：「對不起，夫人，請讓一下！」、「當心呀夫人！」那感覺，真是要多尷尬有多尷尬，要多彆扭有多彆扭，心裡只盼著老公快些買好地板儘快離開這裡。哪承想，人家進門後就把許諾拋到了九霄雲外，看到那些建築工具就像孩子見到了心愛的玩具一樣挪不動腳步，這個摸摸那個試試，還拉著工作人員給他講解，瀟瀟一走神，老公就不知又被什麼勾住了魂，人也不知跑到哪去了，偌大個建材店裡瀟瀟只好套在這身不合時宜的服裝裡不停地兜圈子現大眼，又不敢開口喊他，生怕這副打扮在公共場所大聲喧嘩更加引人側目，真後悔今天換新包時沒把手機也塞進去。若不是天寒地凍離家又遠，瀟瀟真想扔下他一個人在這裡玩個夠自己跑回家算了。

謝天謝地，老公終於選好了地板塞進車裡，這時已經過了中午，他似乎才想起他們一大早出門本來是要幹什麼去了，然而此時，面對身前身後圍繞瀟瀟的地板塊，她哪裡還有什麼逛豪華商城的興致，老公說，要不我們去哪裡吃午飯吧！瀟瀟賭氣地說：「去別的地方對得起你搬來的這些地板嗎？回家，還是老規矩，你修房子我燒飯！」

一個醜怪盯上我

德國 譚綠屏

秋後的一個傍晚。滿天烏雲，壓得心情無來由地沉悶。

下班回家去地鐵候車。心裡一件件事尋思著：畫廊的畫展要不要接？週末的課程要不要開？積壓的文稿片斷要續成文章，多少信件要寫？多少照片要加印分送？還有會議邀，朋友約、家務事……頓時頭昏腦漲，滿眼金星，感到心力交疲、壓力難擋。

車來了。悶頭踏上嶄新的車廂，心不在焉地在車門旁的空位子就近坐下。背包中準備好乘車閱讀的書報，也懶得取出。發著呆，不自覺地抬頭之間，一眼看見正對面一個惡形惡狀帶反光的面孔，隔著玻璃緊簇著眉毛，眯著三角眼，對我凶巴巴地怒目而視。心中一個寒顫，忙避開視線。低頭自問，何方冤家對頭？真是豈有此理！越想越於心不甘，又暗暗地偷眼望去。

欲見我動他也動，好生奇怪。大起膽來細細觀察，這才分辨出，原來夾在車門兩側的雙重透明玻璃屏風，襯著前方坐位一個青年男子棕色厚髮的背影暗部，恰恰映現出一個受光的臉面。這個臉面不是別人，而是我自己！前方那人被車燈映照輝煌的髮頂，又巧合地套在鏡像中我的頭頂上，融成一個被燈光照射的醜臉加閃亮髮頂的怪異成像。

對著玻璃片中的自己我鄙視地撇撇嘴。他也向我撇撇嘴。情不自禁地好笑起來。早已超越了西施的妙齡，怎堪得強學東施效顰？前後望望，鄰近座位皆空坐無人，頭等車廂，燈火通明、整潔舒適。心境終於輕鬆下來。正襟危坐，並且細心放端正自己的面部表情。再看玻璃片，那個影像雖然仍是素淡無妝，頂著它人的亮髮，但眉目開朗，已換了一人。壓力呢？隨著哪個醜怪的消失，也一同敗退而去。

酒家佬

德國 譚綠屏

酒家佬其實並不老。

酒家佬是酒家老店的掌櫃。因為他的一手好酒而遠近馳名。加之人又厚道，講情義，所以人們這樣親昵地稱呼他。酒家佬的手藝是得自他的爹、他爹的爹一代一代傳下來的。

想當年，酒家佬的爹過世前彌留之際，呻吟之聲久久不止，令人恐慌。對老爹向來關愛備至的酒家佬深知老爹之意在於掛牽不下。即令老爹最疼愛的孫子——自己那才長到二尺高的精靈兒子，捧上一海碗家中最好的陳年老酒，端放在老爹床頭。

酒家佬拉著兒子滿面是淚，向老爹大跪長拜，嘶啞了的嗓門叨念道：「兒孝心再大，抵不過命數呀！爹您放心去吧，兒為您餞行。等您孫兒長大成材，兒自會前來隨侍左右，再續父子之情。屆時您老人家可不要忘記為兒備酒接塵啊！」

言罷起身端起酒碗一飲而盡。老爹吟聲嘎然而止，安然仙逝。

數十年後，酒家老店的土酒窖發展成一家規模宏大的名酒廠。酒家佬的精靈兒子早已成為名酒廠的廠長。酒家佬好學的孫子從海外學成歸來，正在策劃與外資合作創立跨國酒業公司。作為年輕有為的總裁，任重而道遠。

酒家佬幾經世事滄桑人生顛簸，似乎總有老爹在天之靈頻頻護衛，闖過了一道又一道艱難險阻。酒家佬廣得人緣、家人敬重，得享全福高壽。然而老邁身軀日漸衰退，自知將不久人世。

酒家佬臨終前偶然睜開眼，看到兒孫們垂淚肅立床前，不禁抿嘴一笑。湊著伸過頭來的兒子的耳朵喃喃細語：「大業根基已定，我要去向你們老爺子呈報了。你當高興才是，老爺子坐席等我已久矣。將來到了你要尋我團聚之時，老父我也一定把酒相迎。」

一屋子人鴉雀無聲。話畢，滿堂頓時破涕為笑。

文化評論

文化評論
文化評論

狠踩國人雞眼的《色、戒》

奧地利 俞力工

張愛玲的「色」

張愛玲的《色、戒》原著，對「色」的描述僅僅一筆帶過。例如，女主角王佳芝聽從「組織安排」、為國捐「軀」時，讓同學梁潤生「折磨了兩個星期」。至於與汪精衛政府特務頭子易先生的性關係，也不過是「非常緊張情況下的兩次接觸，一點感覺都沒有」（大意）。儘管如此，小說卻以「色」為題，用意應當是指，以「放白鴿」為抗敵手段不足為訓，其結局不外是賠了夫人又折兵。

張愛玲的「戒」

張原著的精華在於首飾店裡的四頁內心描述。女主角王佳芝設計誘使易先生深入首飾店，以使預先埋伏其中的槍手將其一舉斃之。然而為了緩和「火藥桶」上忐忑不安的情緒，王女暗自推敲易先生該死的合理性。首先，王佳芝接觸易先生，不是為了貪圖他的錢財，即便易先生現下慷慨贈送鑽戒，也要等到第二天才能付款、提貨，因此鑽戒不過是個毫無意義的「舞臺上的小道具」。其次，她之與易先生接觸，也不是為了巴結權勢，而是奉命行事；再者，她認為「到女人心理的路通過陰道」的說法下作不堪。自己曾經與兩個男人有過性關係，然而對前者梁同學極為厭惡，對後者則是提心吊膽，毫無快感，更談不上任何感情牽連。此外，她認為權貴人士如易先生者，歡場女人必多，送個禮物不過是老男人博取妙齡女郎嫣然一笑、自我陶醉的俗套。

然而，就在這「精神武裝」完畢的一霎那，這個從來沒有受過愛情滋潤的女郎，側目發現易先生面露「溫柔憐惜的神氣」，心扉竟為了「被愛」而轟然一動、出現決口。於是，驀地決定給易先生留條生路。

張愛玲顯然不是借此情節傳達「母馬不能上戰場」，刻意貶低婦女的能力與愛國情操。而是，揭示年輕人未經世事的善良本性，尤其是強調殺人行為非同小可、非常人所能勝任。易先生脫離險境後，之毫不猶豫地將這批熱血青年悉數槍決，正是因為特工首腦的存在需要就是充當國家機器的殺手。

熱血青年儘管像鑽石戒指一樣光彩奪目，卻難以避免成為時代悲劇中的小道具。這種非常時期的集體歇斯底里，就像絕望中的巴勒斯坦民族一樣，肆意驅使孩童獻身於殉道活動。張愛玲深沉的筆觸，表露了對熱血青年的深切同情，也提示這種無謂犧牲必須引以為戒。至於那些草菅人命的幕後主使人，更是應當予以懲戒。

李安的「色」

李安的片子，把「色」發揮得淋漓盡致，原因可能有兩個：一是要求演員準確向觀眾傳達「被愛而轟然一動」的心緒，是件不可能完成的任務。於是乎，李安將計就計，硬是把女主角「手下留情」的原因，由「被愛」生「憐憫」，改編為由「色慾」生「愛情」。另一可能性是，李先生原就有介紹自己的「性愛觀」的衝動，而拍攝《色、戒》，是個展露身手的大好機會。

李安編排了三場床戲。然而對白卻吐露兩位主角之間應當有過三次以上的親密接觸。李導演透過三次做愛場面，展示了一個概括「野獸」、「常人」與「神仙」的「三色光譜」。

頭一回，王女見易先生粗魯猴急，示意他靜坐著觀賞她優雅的褪衣秀。一貫仗勢欺人的易先生卻一躍而起，硬是粗暴地姦辱了她。待易先生獸慾發洩完畢，又是一躍而起，把大衣往王女身上一扔，揚長而去。這時，儘管王女飽受驚駭、苦楚和羞辱，但她卻為了引君入甕、美人計奏效而露出一絲微笑。

第二回，二主角處於相對平等的地位，各自選擇有利的「制高點」，從對方身上盡情榨取最大的性滿足。李導演有意無意突現了男方側擁女方一條腿交媾的姿勢。這種印度《性經》（Kamasutra）高度讚揚的「下體接觸面最大」的方位，容易在靜態中取得身心交融的效果。但是，易先生卻沉醉於機械運動，體現出凡夫俗子還夾著條沒有完全退化的尾巴。

第三回王、易以拋棄一切技巧考究，以忘我的激情擁吻，來結束一場驚天動地的性愛。這當頭，雙方已由下體的接觸，昇華到神仙般的心靈交融。王佳芝似乎出於過度興奮，也可能為了心防的徹底崩潰而懊惱，禁不住地哭了。

易先生自首飾店僥倖脫離險境後，出於「工作需要」，狠著心將王女處以槍決，但心裡明白不過，失去了這神仙的愛，往後日子只會比禽獸不如。

李安似乎有意在三級片氾濫、世風日下當頭，借此「三色光譜」來端正社會道德。只是，人、獸之間可以互相揣摩，而跨越神仙門檻，卻少有慧根。同時從許多觀眾把該片定性為「色情片」、甚至把「獸行」當作「香豔刺激」的反應看來，李安的理想主義大概不會有實現的一天。

李安的改編，反映出一個有趣問題，即藝術各有其特殊表現形式，相互間難有通融性。冒然互相轉換，結果必定有得有失。為了彌補缺失，李安把張女士突出「善良人性」的主旨，轉化為突出兩性間可能發生的「超越階級、血統、意識形態、甚至敵我關係的愛情」。儘管，這符合當前學術界對激素作用的研究成果，但卻破壞了張女士原著的含蓄與嚴謹。不論如何，他給電影藝術分析，提供了一個極佳的研究範本。

李安的「戒」

張愛玲對「鑽戒不過是道具」的描述，也很難用電影藝術表現出來。於是，李安獨具匠心地安插了王女試戴戒指之後，又想即刻還給易先生的動作。無論是張愛玲或李安，都不想給讀者、觀眾留下「王女被收買」的印象。然而，粗心、刻薄的論者卻仍舊一口咬定王女「見戒眼開」。

就書生救國方面，李安的編劇做了大量藝術渲染。其中最具代表性的鏡頭，便是六位青年在香港聯手對付易先生的副官老曹的打鬥場面。這批青年儘管有犧牲小我、深入虎穴之心，但實際面對一個敵人時，卻是有槍不敢使，揮刀反傷己，亂刀殺不死，而顯得狼狽不堪（此段大陸版有刪節）。這說明，李先生也極力贊同，盲動行為必須引以為戒。

張愛玲的「政治」

張愛玲不止是對「拿陰道作為拒敵手段」、拿「青年熱血充當炮灰」不敢苟同。同時，也對中國淞滬一戰軍事敗北後，以「血肉築長城」的悲情來取得「精神勝利」提出質疑。這篇構思了三十年之久，於一九八〇年左右在臺灣發表的小說，曾引來諸多「漢奸」辱罵。此後又過了將近三十年，按此腳本拍製的電影依舊引發一片譴責之聲。

歷史上，漢奸不外是指不求抵抗的投降主義者。此類人士，前有引清兵入關的吳三桂；後有認賊做父，主張將釣魚島拱手相送的李登輝。

至於汪精衛，卻是個一直積極主戰的黨國領袖。然而，一九三七、一九三八年之交，眼看軍事手段失效，精銳部隊棄甲曳兵，南京首都慘遭屠城，全國精華所在相繼淪陷。於是乎，出於體恤淪陷區人民深處絕境，為了保存國家的元氣，才依循文明國家慣例，以談判手段替代軍事手段，以汪精衛政府來替代日本軍事統治。

中國的主戰派儘管大義凜然，但從來不敢面對的問題是：汪精衛若不出面，淪陷區人民的死活誰管？如果南京大屠殺重複百次，二戰結束後爭取世界五強與安理會常任理事國的地位又是何來的底氣？一九四〇年以降，陝甘寧蘇維埃政府與重慶政府總共收復了多少失地？「敵進我退」的游擊戰術如何保障無法跟著戰略退卻、四下流竄的廣大人民？

不言而喻，所謂「抗戰勝利」不過是把原子彈記在自己功勞簿上的狐假虎威。就客觀意義，汪精衛演出的是場背黑鍋、跳火坑的悲劇，而延安、重慶政府不過是蘇聯、美國的反法西斯道具。

言及此，張女士筆下刻畫的「王」活像是「汪」的化身；六個學生則象徵為國捐軀的無名英雄；幕後操縱熱血青年赴湯蹈火，自己卻保全實力、全身而退的，不外是退守邊區的兩當局；而王、易之間的關係，更是反射鴉片戰爭以來，中國歷屆政府對待列強的如履薄冰曖昧關係；其中，有暗渡陳倉，有燦爛蜜月，有當眾屈辱，也有背後插刀；有的利己，有的利人，有的自肥，有的自殘。李導演在改編劇本時，可能認為綜合實力強大的今天，無有必要糾纏歷史老問題，由是撇開了張愛玲的部分寓意，在影片中灌注了具有時代意義的新內容——色。

第二次世界大戰結束後，有部法國電影演出了一批「愛國志士」把德軍佔領期間與德國士兵交往的法國婦女剃光頭髮以示羞辱的一幕。當時，一位受辱的婦女以輕蔑的口吻問道：「需要你們的時候，你們在哪？」

張愛玲的抗議，代表著失去話語權七十年之久的淪陷區沉默大眾，抗議對象則是空有鼓噪之勇，對淪陷區廣大群眾毫無助益的「愛國志士」。她的短短二十八頁小說，掀開的不止是中國的歷史瘡疤，而是刺激到掩遮國人耳目的疥瘡。

如果說，《阿Q正傳》批判的是中華民族的痼疾，《色、戒》則是替抗日的「精神勝利」添加注腳。因此，它引起震撼。

李安的「政治」

李安與張愛玲都不熱衷於政治，但憑著藝術家的敏銳，卻能以風花雪夜、隻言片語揭發皇帝的新衣。他們知道愛國原教旨主義的不好惹，因此舉手投足間，小心翼翼地指出，「真、偽政府都有著中國式貪腐和手下不留情的通病」。許多原教旨主義者譴責他們缺少政治敏感。張愛玲熬了三十年終於等到臺灣開放的時機，李安又何嘗不是出於政治敏感而拖到二十一世紀?!

無血無淚無所謂

瑞士 顏敏如

收到歐洲華文作協朱會長寄來陳映真在聯合報上發表〈天高地厚——讀高行健先生受獎演說辭的隨想〉一文的剪報，才讓筆者三週來對高先生在臺灣出版三本書的閱讀所引起的慌亂與惶惑得以緩和下來。可敬的陳先生比起所謂名家談如何讀高行健的集體說謊聲中，又再一次展現他的誠實與無畏。其文章題目「天高地厚」取自魯迅所言「中國人要得了諾貝爾文學獎，會讓中國人從此不知天高地厚」，寓意深長，令人震撼於魯迅對中國民族性深刻的體驗，也不得不為中國人喟嘆一聲。陳先生不厭其煩地以西方二十世紀文學發展各時期的觀點為據，以婉轉隱晦的比喻間接駁斥臺灣連文學界都不免遭污染，盲目崇拜權威的反智現象，實在是他的宅心仁厚。

華人百年來首度獲得諾貝爾文學獎是件大事，而高行健的得獎更是沸沸揚揚騷動不寧。高先生的書寫才華毋庸置疑，是位優秀的作家，無論是氣氛營造，敘事技巧，以及敏銳洞察等等成為一個作家所應具備的基本能力，他樣樣不缺。若從三本他在臺灣出版的小說，以《給我老爺買魚竿》、《靈山》、《一個人的聖經》為次序看下來，便不難下以沉痛的結論：一個弄筆一二十年作家的自我演化，是如何以起初的完整創作形式與精準冷峻的語言，逐漸為了求新求變，以中國故事為皮肉，穿上西方的形式結構外衣，走上或許因性靈空洞孤寂而頹廢墮落的不歸路。

「你揭露祖國、黨、領袖、理想、新人，還有革命這種現代的迷信和騙局的同時，也在用文學來製造個紗幕，這些垃圾透過紗幕就多少可看了。你隱藏在紗幕這邊，暗中混同在觀眾席裡，自得其樂，可不是也有一種滿足？」[1]是種多麼令人心寒的文革觀光客心態！高先生嘲笑鄙視文革的一切，就連人們的悲苦也成了可以任意操弄的傀儡。如同富有國家的人到較貧窮、公共設施較差的國家旅行消費，情緒好時，覺得他人的不及值得同情可憫，或稍好一點的，有那麼些感同身受。情緒不好時，就想逃避遠離，不願碰觸任何丁點，唯恐齷齪纏身，打擾了自己的悠閒清靜。再加上中共對作家創作的干預，思想的箝制，強迫書寫為黨服務，作家是黨的文宣工具等等現實的阻撓，高先生於是心中有塊壘，感到不自由，他的急欲發出個人的聲音大約因此而來。值得一問的是，自由為何？難道天地間沒有貫通古今，宇宙不敗的準則？難道不是以同情憐憫悲慈作為安身立命的基點，既能立場超然俯瞰人間世事，又能與所處時代同生同死同戰同敗，才是真自由？知識份子成為御用文人，被譽為「人類靈魂工程師」的作家依附強權以趨吉避凶明哲保身，是種基因式惡劣的承傳，是中國文化中最慘痛最黑暗的一環。高先生倖免於這樣的不堪，是他個人的大幸。如果對高先生的頌詞中「有宏觀的視野」是相對

[1] 《一個人的聖經》，頁201。

於那些欣喜為黨的螺絲釘並拘泥於狹隘民族主義之闡揚的寫作方式而言，高先生無疑是擁有較寬廣的觸角。然而政府不等同於人民，對中國政治體制不滿，並不表示必須放棄對中國百姓的關懷，並不意味就可冷眼旁觀同一土地生長同胞的遭遇。高先生的「遠觀」是種深度痛苦後的超脫，以黑白默片對文革那個極至荒謬時代冷酷掃描，而帶給讀者一點刺痛，一點美感，一點悲涼？還是高先生天性上的冷漠以及知識分子對於政治，一邊厭惡，一邊嘲諷，一邊畏懼的反映？這問題恐怕只有高先生本人才能答覆。

高先生不想念中國，和中國唯一的聯繫只是以中文寫作，而以中文寫作是因為不需要查字典。他的「反中國」或許是對過去創痛有意識地迴避。他愈強調自己是世界公民，就愈突顯，即使他動用再多的努力也無法絲毫消除的中國疤痕。他是個遭了中國咒，被下了中國蠱，黃土地上黃色的中國人。高先生在文革時燒掉兒時照片是想割掉過去的一切以免惹禍上身（父親著西裝，母親著絲絨旗袍，看起來像資本家或洋行買辦）。現在想割掉過去的一切才能不被羈絆，才能享有他自己標準的自由。能嗎？即使他控制得了自己的表面意識，能逃得了潛意識對他部份的宰制嗎？如果「沒有主義」只是文學的形式與內涵，與人生態度無關，就更加離奇了！寫作的人如何將思緒，將精神狀態與筆分離？於是「沈緬在淫慾中，去玩味痛苦，既擺脫不了就乾脆沉淪。你何必去伸張正義，而正義又在哪裡？你對抗不了這世界，只逃逸在書寫的文字裡，從中找點慰藉與快感……」就幾乎成了高先生個人的寫照了。

高先生似乎是個極端寂寞的人，一個似乎跟任何人都無法維持長久關係的人。他寫小人物沒有同情，沒有憐憫，永遠保持一清醒安全的距離，而對女人卻有突顯的興趣，對「女人事」知道特多。「靈山」裡除開頭與結尾僅僅兩度提到尋找靈山，令人感覺這「小說」似乎有那麼個主題之外，許多無頭無尾的篇章是由女人要求他闡述行跡所串聯而成。該書裡，高先生或自創或攙雜實際人物所描繪的女人，大都情緒不穩，有受虐傾向，任性、放蕩，因愛他而嫉妒，因為需要被他愛而可以任意為他獻身。是種完全以男人為主體，只求單方爽快的兩性關係。筆者正等待著女性主義者對這一沈痛的事實發出怒吼！「一個人的聖經」裡的猶太裔德國女子馬格麗特則是集這些女人特質於一身，是種較成穩老練卻同樣沉淪墮落的西式寂寞。高先生似乎獨鍾有暴力的性愛，喜歡女人癱在他懷裡，喜歡受淫蕩言辭挑撥以撩起性慾，不得不令人懷疑，他在孤獨的寫作當中，插撥一些青少年式粗淺情愛的對話與近乎變態的床戲，是否有無數次的性自慰？高先生愈入老境愈是有第三階段的「看山看水」：八十年代初的作品尚有「愛的肉體佔有應該昇華到靈魂的相通」的句子[2]，近年在「一個人的聖經」裡有慾無情的描述，難不成是在人情疏離的西方生活多時而不在心靈上多加經營，不在人類的苦難上多加體察地過著孤獨寂寥的日子，造成強烈自戀而導致頹廢墮落？試看，「……以及那農村水妹子對他的誘惑和嘲弄喚起的慾念，也維繫他對生命的執著，……盡可能捕捉住這點滴的美感，才不至於精神崩潰，並且靠手淫以自慰，如同通過偷偷寫作來得以緩解。」「……以及抓住她結實的胳膊推她出門時碰到那堅挺的奶勾起

[2] 《給我老爺買魚竿》，頁52。

心中的悸動，他都用來溫暖自己，在想像中同她交媾，而且訴諸語言，寫在他的書中，以求得精神的平衡。」[3]起初，筆者只當是小說家精心的佈置與創作，可是優秀作家如高先生，以其功力將我你他不停突兀變換的人稱，書寫得使人不得不將「一個人的聖經」以他本人的自傳看待，感覺他真是誠實得令人難以接受！如此的書寫，對高先生本人，不知是得是失？最令人好奇的是，在高先生書中，深具荒謬典型地，諸多與書名與內容毫不相干的性事描述，不知臺灣只介不評的文藝圈如何包裝吹捧，或乾脆避而不談？

「別浸淫在他的自戀自虐裡，你僅僅是觀察和諦聽，而不是去體味他的感受。」[4]將自己的與他人的苦難做壁上觀，需要多大的勇氣與多少的練習才能成就其事！西方現代主義所體現的冷漠無情是在資本主義社會體制下「不成功」的小市民苦悶、壓抑、被棄之後，一種變形扭曲人格的積極突顯。難道中國突然在八十年代有了昌盛的資本主義社會，而使得高先生有如許無法排遣的個人苦悶，以至人格冰冷？事實上中國至今仍堅持有中國特色的社會主義路線，令人不得不懷疑，高先生是趁改革開放之勢，知識分子不恥於中國的陳腐，以另種「破」舊的方式，汲汲於與西方接軌時，循翻譯工作之便，可能閱讀了大量現代主義文學，並自覺或不自覺地由親炙而內化，將自己訓練得冷漠頹廢，不近人情？

高先生有時在一個段落裡突兀地插入一大堆組合片段沒有標點的字眼，紊亂而無稽，猶如精神病患凌亂無序的告白。是些無

[3] 《一個人的聖經》，頁446。

[4] 《一個人的聖經》，頁188。

意義，彼此間無絲毫關係的串聯。不知他是否先寫開頭幾個字，再讓這些文字向前無目標地奔馳，其筆也不過快速記錄字與字之間互咬的過程？如此的隨性隨意而置讀者的閱讀情緒於不顧，是應被解釋為語言的實驗，還是對文字的褻瀆？

陳映真在〈天高地厚〉一文中，開頭便指出「凡稍許知道西洋文學的人，讀高行健的作品和他的文學主張，都很容易看到高行健明顯地受到五〇年代中期法國『新小說』和『荒謬劇場』運動的影響。……他們反對作家在小說中表現社會關懷，不主張小說要有完整、合邏輯的情節與結構……沒有清晰的主題和意義。……也憎惡明確的政治或社會傾向。……只描寫人物在當下、即時的生存狀態。」[5]慕尼黑的書評《當代外語文學辭典》（KLfG）[6]在一篇介紹高先生劇作的論文中也提到，高先生的戲劇風格受到法國前衛劇場極深遠的影響。事實上一九八三年他的《車站》在北京上演後，便有人批評他是寫了部中國的果陀。一九八九年底在香港首演的《冥城》有德國劇作家Berthold Brecht的影子，而Jean Genet幾乎為他的獨幕劇《躲雨》定調等等，在在為西洋人鑿通親炙中國文學的渠道。此外，「……我的心已經老了，不會再全身心不顧一切去愛一個少女，我同女人的關係早已喪失了這種自然而然的情愛，剩下的只有慾望。哪怕追求一時的快樂，我也怕擔當負責。我並不是一頭狼，只不過想成為一頭狼回到自然中去流竄，卻又擺脫不了這張人皮，不過是

5 《聯合報副刊》，2001年1月12日。

6 KLfG：Kritisches Lexikon zur fremdsprachigen Gegenwartsliteratur。

披著人皮的怪物，在哪裡都找不到歸宿。」[7] 這樣的句子十足自戀，十足頹廢，十足寂寞，十足西方。難道諾貝爾獎對他的頌詞裡「普世的可讀性」是指這種普及到能與西方交心的滄桑感，而不是指撇開宗教信仰、意識形態、語言隔閡、禮儀風俗等差異，讀罷後能引起強烈心靈震撼的文學而言？看在歷經中國近代多少內憂外患同胞眼裡，是怎麼樣的一種苦澀，而又令人對高先生有著「不識愁滋味」的疑慮。龍應台所說：「高行健是少數能以華文寫作直接打入歐洲主流社會的中國人……」，必須以如此面貌來呈現？不知瑞典皇家文學院是否欣喜於終能「讀通」中國這個古老神祕大國，又急於彌補百年來未曾讓中國人出現在名單上的內疚，而遺忘人類大愛才是普世，才是東西相遇，才是覆蓋世界文學最大而唯一的主題。但願以上種種臆測只是筆者個人的井蛙之見而已。

得獎公報說：「高行健的寫作脫離任何一種屈從，哪怕是屈從於善意。他的劇作『逃亡』不但刺痛了那些當權者，也同等程度地刺痛了民主運動。」[8]什麼時候諾獎的評委們也變得如此辛辣譏諷，而完全迷戀於高先生取笑中國民主運動的手法與觀點？還是因傳播的氾濫，人們日日面對世界無止盡苦難，不自覺地衍生出的反感情緒或麻木不仁，而改變諾獎給獎的取向？即使手段上有任何缺失，民主運動哪能容許如此被踐踏！高先生說：「流亡海外的中國文學家，如果只在流亡上做文章，未必有多大出息。索忍尼津的困境，正在於他犧牲了自己的小說藝術，同一個

7 《靈山》，頁242。

8 茉莉：《民主中國》，2000年10月。「高行健是隻紅脯鳥嗎？……刺痛從閱讀『逃亡』開始……」

腐敗的政權作戰，白白耗費了精力。」也批評魯迅是「把自己正經創作弄丟了」。[9] 即使高先生不能與中國感同身受，至少也當沉默陪伴，否則要置那些曾與可鄙可咒又可親可愛的同胞，同體大悲大喜古今中外的前輩作家於何種境地！

諾貝爾文學獎不要求得主「砍頭只當風吹帽」，至少也要有那麼點「敢當面瞪著生命的悲哀，看著血淌下」的氣度！誠如在瑞典的人權評論家茉莉所言，諾貝爾本人是位激進的道德上的理想主義者，也因此百年來文學獎出現一批文學良心。他們把良心的見證化為人性的思考，道德的反思，從而醞釀出偉大的作品。一九〇九年諾獎得主，瑞典女作家賽爾瑪·拉格洛夫的一個寓言故事，提醒了這一更高層次的考量：紅脯鳥原來只有灰色的羽毛，卻想要讓自己名符其實地紅起來。於是它們為愛情燃燒，努力去唱令人愉悅的歌，……種種改變其灰不溜秋的顏色的奮鬥全都失敗了。後來一隻紅脯鳥看見三個人被釘死在十字架上，其中一個頭戴荊冠的人額頭上還在流血。出於對人類的同情，它感到不能坐視不理，它甚至感到鐵釘和荊冠在自己頭上刺痛。它鼓足勇氣飛近受難者，用力拔掉那人額頭上的荊刺，血濺到它的胸脯，從此染紅了永不褪色的羽毛。斯德哥爾摩大學中文系主任羅多弼轉述這寓言，用以闡釋諾貝爾文學獎的精神。他指出：「一般說來，偉大的作家和作品都有對社會參與和對道德理想的關懷，以及對任何形式的迫害和不公正做出批判。」[10]

---

[9] 同註9。

[10] 同註9。

沒有人有權力要求高先生是名鬥士，可是以諾獎理想傾向的原始精神為據，絕對有理由要求文學獎的得主不是無血無淚無所謂，絕對不是主張「文學對大眾不負有什麼義務」，不屑於對「善」的汲汲求取，只為自己書寫，號稱不隸屬於任何主義，完全沒有道德承擔地以別人的苦難為他的文學理念與藝術主張服務，而完成其美學實驗的作家。

高先生無疑是位具有驚人才華的文字工作者，他的以西方形式描繪東方人文，是作家創作自由的另一發揮，同時也豐富了世界文學的面貌，是不容抹滅的貢獻。然而真正具有普世性的道德承擔與社會責任卻不容如此被視為敝屣，隨意棄置。弔詭的是，高先生的成功正是與此相違，頹廢派的消極自由所促成。

茉莉指出，一九八九年發生了《魔鬼詩篇》的作家盧西迪因觸怒伊朗宗教領袖柯梅尼被懸賞追殺的事件，作為堅定的自由與人權的捍衛者，當時文學院的會議主席阿斯佩斯羅姆、女作家夏斯婷和院士勞斯，以及其他院士發生一場大爭執。三位院士指責文學院對盧西迪的支持不力，一起憤而離開那終身制的固定交椅。一九九六年著名作家昂隆德教授也步他們的後塵，因同樣的原因退出文學院。[11] 若這報導屬實，我們便有理由懷疑諾貝爾文學獎的精神是否正在敗落中。

以此為據，高先生的「為中國小說戲劇開闢出新的道路」就更值得商榷了。

---

[11] 同註9。

蹲著，為什麼呢？

德國　謝盛友

坐臥站躺，中國人和歐洲人沒有什麼區別。「站如松，坐如鐘，行如風」，意思就是站著要像松那樣挺拔，坐著要像座鐘那樣端正，行走要像風那樣快而有力。

然而，為什麼歐洲人不懂得蹲？中國人城內鄉下幹什麼的，都有蹲著的。擺攤買賣，蹲著；談古論今，蹲著；下棋聊天，蹲著；切菜做飯，蹲著；找工等人，蹲著。

所謂蹲著，就是像猴子坐著的樣子。猴子坐著屁股著地，而人蹲著屁股不著地。歐洲人好像沒有什麼蹲功。蹲著，是中國人一大特色。蹲，必須有蹲的環境。

一蹲，因為窮。貧窮落後，在家或在外缺少就坐的條件，直接坐地上又會弄髒衣服，只好委曲蹲著了。人蹲著時間久了，就成為自然，自然以後就成為習慣，成為習慣以後就很難改。

還是八十年代初的時候，在南寧參加與德國金屬公司的引進設備談判，當時的專案領導人冶煉室主任老楊和我（因為我是翻譯）住在星級賓館，其他的同事級別不夠，所以住在招待所。每天早上老楊起床第一件事是到招待所如廁。

「小謝，我要到招待所辦公事，坐便拉不出來，一定要蹲便。」老楊對我說。

「你是辦私事，如廁說成辦公事的典故來自於王懷慶。」我這麼回老楊。

我跟老楊說北洋將軍王懷慶的故事。王懷慶生平喜好馬桶，常坐在馬桶上辦公，人稱「馬桶將軍」。

南方海南島人也很有蹲功，誰都是在外頭蹲著幹活。改革開放三十年了，父老鄉親個個喜歡蹲著。我就搞不明白，為什麼今天他們家裡還沒有一張工作檯。淘米，蹲著；煮飯，蹲著；切菜，蹲著。哪怕是現在過年，堂哥還是用竹匾放在地上，在竹匾上放著砧板，在砧板放著雞，然後蹲著切雞。

二蹲，因為懶。在家鄉幹活時，懶漢經常沒事就偷懶，不在田地裡幹活，往往到田埂上蹲著，拿著一把鋤頭蹲著，裝成幹活的樣子。人蹲久了就會變懶惰，因為蹲久了猛地站起來，便會感頭暈眼黑，出現這種現象的主要原因是大腦暫時貧血造成的。當人蹲著時，腰和腿都是曲折的，血液不能上下暢通。如果此時猛地站起來，血液便快速往下流去，造成上身局部缺血。但腦子和眼睛對氧氣和養料的要求特別嚴格，來不得半點鬆懈，短暫的供應不足，也會使它們的工作發生故障，因而會有眼前發黑、天旋地轉的感覺。如果本身身體就虛弱，情況會更嚴重些。所以，人們蹲著的時候覺得舒服，好不容易蹲下來，乾脆蹲久一點。久而久之，人慢慢地變成懶惰漢。

人蹲著就是屈服現實條件，固步自封，逼迫自己被動，不喜歡改革創新，不求進步。

蹲其實是被動的忍耐。中國人的忍耐力沒有變。忍耐（endure）是指「把感情按住不讓表現」。忍耐是文化與環境的結果，是我們中國人心理狀態的一部分。中國人口稠密，經濟有壓力，迫使中國人無盤旋的餘地，尤其是中國的家族，過去四世同堂，一大群人朝夕相處，不忍耐，行否?!所以，中國人的相互容忍是世世代代訓練出來的。中國人民曾忍受暴君、虐政、無政府，種種慘痛遠遠超過西方人。忍耐不同於忍讓。

三蹲，因為散。所謂散就是任意隨便。人一旦懶惰以後，就有閒工夫。閒人無所事事，待業等工作，站著累了，蹲起來；遊玩累了，就蹲下去。

四蹲，因為漫。所謂漫就是不守紀律。蹲就是窮懶閒散的標誌，所以蹲功不是功，蹲姿上不了大雅之堂。據說華人在新加坡不可以在比較繁華的街頭蹲著，否則員警會帶走。因為英國白人在自己的國度裡完全沒有蹲的現象，他們要求世人都應該和他們一樣，不能蹲著，否則就是沒素質。

好友周匀之（前《星島日報》總編）說：「中國人在美國排隊，在歐洲排隊，到香港也排隊，但中國人在中國就不排隊了。」

正好相反，中國人在美國不蹲著，在歐洲不蹲著，到香港、新加坡也不蹲著，但中國人在中國就蹲著。

蹲著，為什麼呢？

X5 [1]

捷克 老木

見歐洲某報稱，歐洲開X5的有百分之六十七是亞洲人。無論他們統計是否準確，是否有人為誇大的成分，事實上在歐洲街上開X5的駕駛員中好像矮個子，黑頭髮的真不少。不是因為亞洲人個子矮有什麼不好，而是車與人的反差因為身材的原因加大，顯得特別突出、扎眼。

從來沒有把開什麼車子看的很重要，讀報後細想，反覺得有趣了：這裡面有一個實際需要與內心追求的微妙問題。中國人喜歡開X5便是一極好例證。

X5本來是一種野外工作用車，講究對外部環境、條件有較寬的適應範圍，比如道路的平整度、坡度、泥濘、沙地、冰雪……它以外部需要為主要訴求，而不太講究車內乘坐和駕駛的舒適。

不知從什麼時候起，「酷」這個概念時尚起來。原先都自稱儒商，掛字畫、藏古玩，滿屋明清傢俱的大佬們，開始了另外

1 X5，是BMW製造公司按照美國「城市越野車」的理念研製的一種外形類似越野車、也有四輪驅動，而底盤高度居於越野車和轎車之間的一種新款式「小」汽車。XI代表四輪驅動版，5系象徵個性、典範、動感外形風格。由於它較早盛行於世，又是著名品牌，因此，之後其他類似的各種牌號的「城市越野車」便被中國人統統冠以「X5」大名。中國人每呼之，多具羡妒之意。在這裡做諷刺這種心態用。

的玩法。或許是從《狼圖騰》中獲得了原始能量，他們從追求雅致，改而追求起「本色」來。於是，登山的、打獵的、沙漠探險的……傾巢而出，於是X5這個本來的「魯莽漢子」，突然成了原來儒雅人士，甚至窈窕淑女們一時狂熱追求的對象。它背後粗獷的輪子、前面自帶的鋼索捲揚機、四輪驅動、高大威武……身材相對瘦小的亞洲人與龐大車體形成的反差，更加襯托了一種強大、一種力量。時尚既起，眾人效尤。無論教授、大亨，還是蔬菜販子、餐館老闆，有錢的開新款高檔X5，錢少的開中低檔X5，沒錢的也要弄個二手X5開開。

於是，每到集會，無論是歌劇院、音樂廳、美術館，還是高爾夫球場、釣魚塘邊或滑雪場，凡是中國人多的場合，都跟獵人聚會似的，一大片X5。待到它們排成一列，就很像中國人穿西服的心態：官員、外交工作者、科學專家、藝術家穿西服；軍人、員警、稅務、工商公務員、公司經理穿西服；推銷員、保安、列車員、旅店的「門迎」也穿西服；甚至許多搬家公司的員工、修理自來水或煤氣的工人，以及裝卸工也都穿西服，似乎一穿上西服，人的身價、地位全都齊頭平等了。

與中國人不講究服裝的功用一樣，很多開X5的人不懂也不想講究工作用車、休閒用車的區別。他們需要的是「我也可以」的概念和感覺。這恐怕和中國人內心深處的絕對平均主義期盼有關。回顧歷史，每一次朝廷更替，包括民主主義革命、新民主主義革命，沒有不是以絕對平均主義為目標，號召隨眾而獲得成功的。

不是說不同階級的人開X5有問題，而是說不同階級的人以為開了X5就進入了某個階級有問題，是盲目地以時尚為追求有問題。

其次，這裡有中國人與歐洲人的文化觀念差別問題。

中國人的賭性比西方人強。這由西方的許多賭場內設立中餐宵夜為證（留住夜晚來賭博的華人，他們是主要客戶）。中國人更加傾向在比較輸贏中得到自己的價值確認。同時，中國人對於禮儀的要求以及真誠度，決定了他們的虛偽成分比西方人大，這就形成了幾乎忘我的表面攀比動力。像大陸的官員前一個時期不顧民生需要，比著造市內廣場誰的大、誰的高級一樣，老百姓比誰家的房子大、高、裝潢好，娶媳婦比誰家更排場，小老闆們比誰的車好、誰的VIP卡多、誰的小蜜漂亮，大老闆們則比誰與政府、銀行的關係鐵，誰做了更大規模的造勢宣傳、誰拿到了可以賺大錢的項目……

競爭，這個最具有時代特徵的標誌，在中國，從幼稚園到老幹部活動中心，從政治局的各位領導到砍草放牛的漢子，無時無處不在。很多人達到了不顧健康、不顧家庭生活的程度，搏殺般的殘酷，遠遠勝過了西方。

中國人少有西方的幾代人居住在一個有文物意義的老房子裡的現象。在文化價值上，人們的家族歷史自豪感淡漠；不習慣做出獨立的、自我的價值判斷而傾向於在集體內的比較；沒有「我是獨特的，所以我自豪」這樣的個體理念，而更多的依附於群體的價值觀念；不珍惜過去的包括文化、傳統在內的所有既有存在，而容易跟著集體的時尚隨波逐流。

中國人多元神相互制約、變化、輪轉的觀念和內在的皇性意識，導致他們更願意「變法求新」，更喜歡接受「推倒重來」的「革命」觀念。近百年來，中國人參加多種極端社會運動的狂熱已經多次證明了，即便他們更換了社會環境也是一樣。歐洲的很多中國人先後放棄賓士、寶馬轎車，更換X5系列越野車就是新的例證。

傾向於競爭而不安於自足常樂，恐怕還與我們近代歷史上經常缺乏富足的物質供應和災害頻仍有關。為了生存，人們被迫努力競爭。以至於長期以來，權利中心幾乎都必須努力用集權的共性力量來壓抑民族中的這種極端競爭傾向。

當我冒著挨開X5的中國人板磚的危險寫下這些字，心裡卻是另外的隱憂：在世界經濟危機的時刻，我國的所謂「大企業」千萬別開著銀行「借」給的X5，比賽誰在海外更多、更快地併購了「知名企業」，擔心這樣「一窩蜂」、「運動式」、「攀比性」的作為，會不會鬧出一個國際性的「短期行為悲劇」來。

腰帶以下的頹唐

瑞士　顏敏如

如同大多數的國家，法國文學有其歷史上豐沛的資產，令人尤其欣羨的是法國所特有，十七世紀便已出現的沙龍文化。

沙龍 salon 的法文原意是客廳，沙龍文化是指藝文人士聚集暢談，意念相互激盪，帶領風騷，形成流派的活動。私人的起居空間成為談文說藝的代名，Rambouillet 夫人是始作俑者。

由於對當時宮廷的粗俗氣氛產生反感，又惱怒於層出不窮的政治陰謀，Rambouillet 夫人在其住所內創立了專為文學界社交而設的聚會場所，使得文人和貴族能平起平坐。法國古典文學某方面的同質性，似乎可追溯於以貴夫人們的客廳做為藝文人士齊集一堂風氣所產生的影響。沙龍文化強調思想和表達方式的細雅，並為正確而優美的法文提供一個標準。

誰料，二十世紀末巴黎筆耕人士的聚會雖仍與女士們有所牽扯，彼此間端正有禮的風雅，卻蛻變為寬衣解帶的消魂沈醉。場所也從高雅溫馨的沙龍廳堂，遷移到講究燈光氣氛的「窰子」！

「窰子」（Bordel）是本法國新的文學雜誌名稱，發行人是三十八歲，紈袴不可一世的暢銷書作者 Frederic Beigbeder。此人嗜好名牌服飾，風趣倜儻又身兼數職，除了寫作、出版之外，也勢之所趨地坐上三大文學比賽的評審桌。

Beigbeder一連串書的中心思想就只是：世界是個大垃圾桶，我是其中的一塊汙穢，一塊可能是受過良好教育的骯髒，並且懂得如何衣裝自己。他不願被歸類為左傾的知識份子，自認為是吃魚子醬的左派，誠實地介紹自己空洞而頹靡的生活，他說：「早上我通常閱讀寫作，午後才和朋友一起用餐，在四點之前我們已喝掉了幾瓶酒，然後才是工作時間，接洽出版事宜之類，中間我回家一趟，晚上十點又出門應酬，這就是我可憐的生活。自從把電視丟了出去，我曾試著待在家裡，卻幾乎被逼瘋。我不能一整天在屋裡繞著自己轉，認為自己是天才。書寫的孤寂容易讓人得妄想症，成偏執狂，並且開始相信全世界都恨著自己，而膨漲自大。像我，只關心自己的作品，一個暢銷書的作者只能談自己。常上談話性節目的作家，就像被削去了一片腦子，越來越遲鈍低能，越來越自戀。」

自我主義者因凡事只圈繞著自己思考，只要夠誠實，應該比他人更明白，自己是個即使被挖出眼珠子，也要努力自我端視的人。Beigbeder公告，自己就屬這類，如此一來，他更可肆無忌憚自我宣揚，並且，他既然咒罵自己在先，也就能詐巧而不著痕跡地剝奪別人批評他的機會。他將Emile Zola著名的自然主義社會批判「我控告」，以反諷手法及「又能耐我何」的態度，運用成對自我釣名的譏諷：「我控告自己，自戀又愛慕虛榮，也控告自己，誘騙社會成癮；我控告自己，汲汲於聲名又懂得如何販賣自己，更控告自己容易被收買。」

Beigbeder之所以不守規矩又吸引人，是因著他切中時代，誠懇地標榜自己的壞與頹唐。他剖析這一代人：忙於享樂、忙於淫蕩，更忙著賺錢與吸毒。因為不懂快樂的真諦，就只能滿足於表面娛樂。他令人感傷的自我鄙視，淋漓地表達了當代人的生命情緒。

Bordel雜誌專門刊登被色情廢水養大，年輕作家的作品。他們在別處找不到發表的園地，在「窰子」裡便可相濡以沫。有些作者就是Beigbeder的好友，他們一起吃飯、一起喝醉、一起分享不見天日與汙穢不堪的品味，如此的社交活動則經常休止在某個俱樂部裡。傳統的貴夫人沙龍已變裝成巴黎幾處特定的文藝咖啡廳，在這些地方，香檳像潮水横流，堆得小山高的牡蠣，短時間裡便被一張張貪婪的嘴吸食殆盡。

Beigbeder所參與評審的比賽裡，得獎的書雖以小說型態出現，實際上是作者使盡全力要臻於花花紈袴之林的進階證書。Beigbeder說得明白：「娼妓在目前的法國文壇是個重要的議題。」

Stephan Zagdanski的新書《黑即是美》，內容是解剖刀一般精準地敘述一名藝術家與一名從事性工作非洲女人之間的激情。巴黎的某些咖啡館只接受黑女人工作，而且是非常好看的黑女人。由於供過於求，這些非洲美女不但必須外表無懈可擊，穿著更要講究格調，即使是夜生活的行家也難以一眼看穿她們真正的工作性質。強力追求性事翻新口味的結果，什麼時候巴黎社會民主的性，已悄然淪落為第三世界的情慾殖民？

二十世紀九十年代的法國文壇似乎是交配文學的天下，小說則越接近作者，越自傳化，縱慾放蕩佔據作家生活極大比重。文學評論者對於當今法國文學充斥過多自傳性的個人歌詠，特別是向腰帶以下肚臍眼的注目與氾濫難擋的自艾自憐，深感失望。一般談話提到腰帶以下部位，已顯得粗鄙，若再加上對自己官能刺激過程的針毫描繪，便是十足的頹唐與庸俗，只是此種逐腥比臭的遊戲，竟被當代所讚嘆。

有些作家不但敘述自己夜生活的細節，也詳實記錄與所結識的文藝人如何互通有無，評估某個俱樂部的裝潢設備是否夠講究，規則是否正恰當，隔間是否有所遮掩卻又方便彼此偷窺，以引誘另一對和自己交換性伴侶。

交配原是自然現象，法國在此現象上的特殊關注，在情慾文學上所做的貢獻，其來有自。某些古典文學對於現今情愛小說的影響更是深遠雄厚。Marquis de Sade（1740－1814）將世界封鎖在性慾快感的殘暴地獄裡，是性虐待的開山祖師。Sadism性虐待一字，便是取其姓氏而來，時至今日，de Sade的衣缽是由Alain Robbe-Grillet繼承。

年近八十的Robbe-Grillet可謂現代法國文學的傳奇，被譽為二十世紀最重要作家之一。六十年代裡，他就已是「新小說」（nouveau roman）的主要代表人物，後來成了新文學的理論專家，也贏得赴美國各精英大學談論自己的機會。他拍了幾部電影，以唯美手法處理性虐待的鏡頭，對於性暴力有許多出人意表的神思幻想，是情慾小說的大師，也是變態心靈的亞里斯多德。他的一本以戰後柏林為背景，情節錯綜複雜，有高度文學價值的間諜小說裡，其中一段是一名變態精神分析師，極其享受地虐姦一名十四歲少女的經過，此景是以譏諷的遠距離寫就。

對於這些以「藝術」處理殘暴，事實上是將人潛藏的獸性本質，加上人類特有的貪婪與見獵心喜的瘋狂，毫無遮掩地攤現手法，Robbe-Grillet並不時髦地勉強以哲學思想提昇、矯飾或美化，而是赤裸裸地展呈被性魔佔據靈魂的深層自我。他說：「我不覺得良心不安，我不認識什麼上帝，也不認為自己犯罪。我只是創作小說，如此而已。我厭惡患有戀童癖的人，可是我有權利說明，年輕少女是相當吸引人的。事實上，我創造的特殊情境能否被接受，完全是運用手法的問題。想像本身是乏味無趣的，常被釘死在古舊的模套裡，呈現的形式才是關鍵所在。我並不反對陳腔濫調，那些被過度使用，黏稠、感傷的字眼，還不致於把我嚇跑。」

對於Robbe-Grillet而言，性解放與性虐待是從他的腦子開始，在他的文字裡結束。致於他的書寫有任何擴展性的影響，他或許不屑，也或許竊喜。

另一顆法國交配文學的燦爛明星，是長期主持極具份量法國現代藝術雜誌Artpress的Catherine Millet。她以冷靜精準洗練的文字以及觀察分析的筆調，毫不造作地書寫自身的性事點滴，很引起一番轟動。不論在樹林裡、在俱樂部內、在豪美的私人宅第或巴黎市清潔運輸車中，她都可以從容趨就，是個能將不可能的場域變格為適合自己款調的行家。她認為自己的小說在法國受到某些人的非難，可能與她是現代藝術代言人的身份有關。攻擊現代藝術當然有千百個理由，更何況她又是創作脈動重要的結晶點。

遇事以害怕為第一反應的保守派，將Millet視為頑強的挑戰，而她對性事雙方的理性中庸寫作態度，對往往不公平地歸罪於女性的道德主義者，是個刺眼的招惹。她說：「我的書並不是我的坦白告解，更不會感到良心不安。我並沒打破任何禁忌，也沒超越界限。我只是試圖打探其他消滅社會階級的可能性。放縱淫慾其實是中產階級的傳統，全發生在講究精緻的上流社會。」

有別於Robbe-Grillet的性暴力，Millet的書寫並不造成對感覺與禁忌的衝撞，而是提供遊戲空間，有意識地進行對向不明的報復行動。她曾和卡車司機有過一手，以為淫慾是種跨越社會階層的手段。然而帶她去和卡車司機一夜春宵的人，絕不可能允許司機進入他們的宅院。被激挑的性其實仍逃脫不出權力階級的既有框架，性本身並不曾前進過一步。平常的世界裡，永遠是富人及其他人的組成，在那個騷動的七十年代，隱約中似乎有過性革命的一些什麼傳聞而已。

一個常在「窰子」出入的作家是Michel Houellebecq，他在一九九八年遭各方非難的國際暢銷書《基本的那幾處》中，嚴加批判參與六八年學潮的那批人是自由派的享樂主義者，認為他們將利己的人生目標以胡言亂語式的「新時代運動」以及假革命的口號，裝掩修飾自己不堪的企圖，事實上他們既自私又享受成癮，更是甘做性魔的奴隸。

Houellebecq本身是嬉皮之子，痛恨自己的出身，尤其不屑那些規定自己要解放、要實現自我，而不願為子女、家庭犧牲的母親們。為了抗議父母那一代，他高度舉揚格局窄小，永遠害怕閒言閒語小老百姓的街坊美德。

然而，被性魔附身似乎能遺傳下一代，只是到了Houellebecq身上，自由情慾已免除了「讓愛與和平在世上實現」的重大使命，轉而讓九十年代的人運用來舒解其憂鬱困頓的存在。Houellebecq書中悲傷的主角，只需要給世界摑上兩個耳光，而不用勞師動眾地加以解放以帶來和平。然而要在「愛」的面前完全沉默，難免有強人所難之嫌，Houellebecq的忿怒與激昂也就不由自主地向著性魔屈下雙膝。「基本的那幾處」對於集體性交俱樂部有諸多描繪，這些場所就如同爵士酒吧或迪斯可舞廳，是巴黎夜生活的專屬。

和性革命與嬉皮文化劃清界線的Houellebecq，先是在配對俱樂部中找到泛著黴味的避難所，後來則忠心追隨「泰國貓的永恆召喚」：為了配合新書出版，他不但率領一支攝影隊伍，穿梭在泰國為觀光客提供的紅燈區巡獵，更詳細說明，在勞累寫作日子的夜晚，他曾光顧哪些溫柔鄉，以做事後有個好睡眠的準備。

性觀光以及急遽高漲的兒童春宮影片與雛妓買賣，是否可以挖根於當今文化中不可告人的那一點。誰說過的，藝術是賣淫，作家不過是娼妓，為了賣個好價錢可以無所不為。他們堅持汙濁與不淨，並且，如果不佔據太多時間，還可從中發展出乾澀棉薄的理論依據，將低俗的意念與如獸的活動哲學化，以為頹廢也可以昇華。

蘇聯倒臺是人類共產大夢的破滅，紐約雙子樓的傾倒是資本至上的告終。恐怖份子的作戰方針與跨國企業的假賬技倆，勸勉人們迎接遁世時代的來臨。掙集金錢與上媒體風光成了時髦的企圖，反諷與挖苦是當今最優良的顛覆型態。自從上個世紀七十年代家長式的威權典範消失，人們彷彿再也找不到被丟棄的使用手冊。當今天的是，一定會成為明日的非，如果自己的堅持，是別人的可有可無；遵循規矩成了笑話，包容愚蠢被詮釋為民主素養；渴望相互取暖，又怕被彼此悶斃，分開來呼吸又感到無依憂鬱；什麼時候人們已成了沒有背脊支柱的變形蟲，只能瑟縮在一隅盲目蠕動？

喜歡羅曼蒂克，卻讓沮喪失望如影隨形；冀盼美麗新世界，卻早已失去相信革命與烏托邦的能力；人人想做點好事、發揮點影響、改變些什麼，卻個個排拒同舟共濟，深怕別人的特色淹埋了自己。

多少人想成為大詩人，卻知道真正的大詩人早已死去，只能寒傖地在腰帶以下的頹唐裡找到些許慰藉。

吉普賽的哀歌

西班牙 莫索爾

一群流離失所四處為家的吉普賽人來到巴黎市中心，到達聖母院，希望能得到庇護。可惜的是，聖母院的副主教對於這群難民並不同情，反而叫侍衛隊長把他們驅離。

這是十九世紀法國文豪雨果的名著「巴黎聖母院」中的場景。

二百多年後的今天，吉普賽人的命運仍未改變。幾個月來，法國政府遣返來自羅馬尼亞、保加利亞等地吉普賽人的行動持續進行，已經受到其國內及國際的普遍關注。國際人權組織、歐盟、教廷以及許多民間團體均認為法國的做法有違人權，且有種族主義傾向。

法國政府則辯稱這些吉普賽人沒有固定的居所，沒有經濟來源，在法國許多地方紮營群居。除了影響環境外，更常發生搶劫、販毒、賣淫等犯罪行為，甚至打傷員警、危害治安。法國是根據歐盟及本國法律遣返不法行為者，而且是個案處理，絕非種族主義措施。

住在歐洲的人，對吉普賽人並不陌生。他們一般衣著五顏六色，膚色棕黑，體型較胖。總是一家人集體出現，有時甚至是乘坐馬車，顯示他們是遊居四方的人。

正是這種喜歡遊居四方的習性，使他們與源自農業社會定居一地的人格格不入。許多世紀以來，吉普賽人都沒有在他們所居住的社會成功融入，這種遊居習俗恐怕是根本原因。他們索群而居之處，大都是貧民窟，各種犯罪叢生。吉普賽人遊居的性格，使他們只能從事一些收破爛、泥水工、鐵匠，或是賣散工的工作，普遍有小偷小摸的毛病。處在社會底層，是最不受歡迎的一群。

吉普賽是英文Gypsy的譯音，而這個字又是埃及Egypt的變音（西班牙文Gitano也是埃及人Egyptano而來）。主要的原因是最早人們以為吉普賽人是埃及人，但是後來語言學家研究，發現吉普賽人的語言Romani（印歐語系的一種）源自於印度的西北部，終於確定吉普賽人最終是來自印度。因為如此，吉普賽人也稱為羅姆（Rom）人。可能在十二世紀，這一支以流浪和神秘著稱，多從事占卜、歌舞職業的印度人，因戰亂或其他原因相繼離開他們的原居地。一批南走，到達北非等地；另一批北走，到達中亞、東歐及地中海各國，最後到達美洲。今日全世界的吉普賽人據估計約有一千二、三百萬，而以居住在歐洲的最多。

歐洲的吉普賽人，估計在一千萬以上，以羅馬尼亞最多，約二百萬。其次保加利亞八十萬、西班牙七十萬、匈牙利及塞爾維亞各六十萬、法國和斯洛伐克各四十萬、英國三十萬。大致來說，東歐、南歐較多，北歐、西歐較少。但幾乎每一個歐洲國家都有吉普賽人。

二〇〇七年羅馬尼亞、保加利亞相繼加入歐盟，成為歐洲聯合體的會員國，其人民得以自由進入其他歐盟國家。於是大批較貧窮的羅馬尼亞人、保加利亞人進入西歐國家。這其中當然包括了許多吉普賽人。於是引起了前述的法國遣返吉普賽人的事件。目前在西班牙約有五萬來自羅馬尼亞及保加利亞的吉普賽人。

自十四、十五世紀，吉普賽人移居歐洲人數逐漸增多，其奇裝異服、不同的語言習俗，以及我行我素的生活方式，引起了當地人民的反感、反對。歧視吉普賽人的呼聲大起，許多國家甚至立法排斥，驅逐吉普賽人。如法國、西班牙、荷蘭、德國、英國、瑞士、奧地利、愛爾蘭等。這種情形直到十八世紀才漸漸減少，不過對吉普賽人的迫害並未停止，於二十世紀上半葉達到最高潮。那就是納粹德國對吉卜賽人如同對猶太人一樣地殘殺。

二戰後，維護吉普賽人權利的機構不斷努力，呼籲要尊重他們的文化與種族認同，吉普賽人自己亦開始覺醒維權。自一九七一年開始，數次吉普賽人全球大會取得了顯著成就，多國賦予吉普賽人國籍。聯合國通過決議，要求各國尊重吉普賽人的人權，吉蔔賽民族有了自己的政黨，進入了議會。一九七八年通過的西班牙憲法，強調不分種族、宗教，所有國民享有同樣權利，吉普賽人可說是得到了完全平等的國民待遇。

但是，今日吉普賽人與當地人完全平等了嗎？在法律上說是肯定的，但是在社會上、生活上、人民觀感上卻很遙遠。

一個民族移居到另一個國家，七、八百年而不能融入，其過錯可能在本身。前面說過，吉普賽人的遊居方式是致命傷，而其獨特的打扮、習俗、不事生產等，也使其邊緣化。

吉普賽人有嚴格的家族體制，其行事一律遵照家法家規，而無視於政府的法規，因而造成許多問題。試舉一例，吉普賽人結婚完全按照其本身的禮儀進行，不去做民事登記。結果，這種婚姻當然不被政府所承認，而產生多種糾紛。直到數年前，西班牙才承認吉普賽婚姻的效力。

吉普賽人除了乞討、小偷小搶之外，少有重大犯罪行為。他們與人和善，易於接納他人；他們能歌善舞，樂天知命。不盡人意的就是不喜歡長居一地，好好接受教育，從事一項工作，發奮向上，而寧願遊走四方，過流浪者的生活。這樣如何能融入社會，並與社會一起進步發展呢？看來，吉普賽人要改變其命運，還得從自身做起。

時至今日，相當大部分的吉普賽人均已成功融入其所居國家，他們住在城市樓房，在社會從事各種工作，與其他國民無異。西班牙是吉普賽人融入比較成功的國家，曾受到國際間的肯定。

歷屆照片

1993年瑞士伯恩二屆年會

1996年德國漢堡三屆年會

1998年台北「世華」第三屆年會

2003年歐華作協代表在臺北第五屆世華會上亮相

2004年歐華匈牙利布達佩斯年會會餐

2005年歐華新疆絲路之旅

2009年歐華奧地利雪山行

2009年歐華第八屆維也納年會場景

語言文學類　PG0583　歐洲作協文庫05

迤邐文林二十年

——歐華作協成立二十週年紀念文集

作　　者 / 歐洲華文作家協會
責任編輯 / 林泰宏
圖文排版 / 陳宛鈴
封面設計 / 王嵩賀

發 行 人 / 宋政坤
法律顧問 / 毛國樑　律師
印製出版 / 秀威資訊科技股份有限公司
114台北市內湖區瑞光路76巷65號1樓
電話：+886-2-2796-3638　傳真：+886-2-2796-1377
http://www.showwe.com.tw
劃撥帳號 / 19563868　戶名：秀威資訊科技股份有限公司
讀者服務信箱：service@showwe.com.tw
展售門市 / 國家書店（松江門市）
104台北市中山區松江路209號1樓
電話：+886-2-2518-0207　傳真：+886-2-2518-0778
網路訂購 / 秀威網路書店：http://www.bodbooks.com.tw
國家網路書店：http://www.govbooks.com.tw
圖書經銷 / 紅螞蟻圖書有限公司
114台北市內湖區舊宗路二段121巷28、32號4樓
電話：+886-2-2795-3656　傳真：+886-2-2795-4100

2011年11月BOD一版
定價：350元

國家圖書館出版品預行編目

迤邐文林二十年：歐華作協成立二十週年紀念文集 / 歐洲華文作家協會著.-- 一版. -- 臺北市：秀威資訊科技, 2011.11
面； 公分. -- (語言文學類；PG0583)
BOD版
ISBN 978-986-221-804-4(平裝)

830.86　　　　　　　　　　100014374

讀者回函卡

感謝您購買本書，為提升服務品質，請填妥以下資料，將讀者回函卡直接寄回或傳真本公司，收到您的寶貴意見後，我們會收藏記錄及檢討，謝謝！
如您需要了解本公司最新出版書目、購書優惠或企劃活動，歡迎您上網查詢或下載相關資料：http:// www.showwe.com.tw

您購買的書名：＿＿＿＿＿＿＿＿＿＿＿＿＿＿＿＿＿＿＿＿

出生日期：＿＿＿＿年＿＿＿＿月＿＿＿＿日

學歷：□高中（含）以下　□大專　□研究所（含）以上

職業：□製造業　□金融業　□資訊業　□軍警　□傳播業　□自由業
　　　□服務業　□公務員　□教職　□學生　□家管　□其它＿＿＿

購書地點：□網路書店　□實體書店　□書展　□郵購　□贈閱　□其他

您從何得知本書的消息？

□網路書店　□實體書店　□網路搜尋　□電子報　□書訊　□雜誌
□傳播媒體　□親友推薦　□網站推薦　□部落格　□其他＿＿＿＿＿

您對本書的評價：（請填代號　1.非常滿意　2.滿意　3.尚可　4.再改進）

封面設計＿＿　版面編排＿＿　內容＿＿　文／譯筆＿＿　價格＿＿

讀完書後您覺得：

□很有收穫　□有收穫　□收穫不多　□沒收穫

對我們的建議：＿＿＿＿＿＿＿＿＿＿＿＿＿＿＿＿＿＿＿＿

＿＿＿＿＿＿＿＿＿＿＿＿＿＿＿＿＿＿＿＿＿＿＿＿＿＿

＿＿＿＿＿＿＿＿＿＿＿＿＿＿＿＿＿＿＿＿＿＿＿＿＿＿

＿＿＿＿＿＿＿＿＿＿＿＿＿＿＿＿＿＿＿＿＿＿＿＿＿＿

請貼
郵票

11466
台北市內湖區瑞光路 76 巷 65 號 1 樓
秀威資訊科技股份有限公司 收
BOD 數位出版事業部

………………………………………………………………………………………

（請沿線對折寄回，謝謝！）

姓　　名：＿＿＿＿＿＿＿＿　年齡：＿＿＿＿　性別：□女　□男

郵遞區號：□□□□□

地　　址：＿＿＿＿＿＿＿＿＿＿＿＿＿＿＿＿＿＿＿＿

聯絡電話：(日)＿＿＿＿＿＿＿＿＿＿ (夜)＿＿＿＿＿＿＿＿＿＿

E-mail：＿＿＿＿＿＿＿＿＿＿＿＿＿＿＿＿＿＿＿＿